ハヤカワ文庫 SF

〈SF2065〉

アトランティス・ジーン1

第二進化

〔上〕

A・G・リドル

友廣 純訳

早川書房

7756

THE ATLANTIS GENE

by

A.G. Riddle

Translated by

Jun Tomohiro

First published 2016 in Japan by

HAYAKAWA PUBLISHING, INC.

This book is published in Japan by

direct arrangement with

RIDDLE INC.

c/o THE GRAYHAWK AGENCY.

アンナへ

目次

〔下巻目次〕

第二進化
〔上〕

登場人物

デヴィッド・ヴェイル………対テロリズム組織クロックタワーのジャカルタ支局長

ハワード・キーガン…………クロックタワー局長

ジョシュ・コーエン…………クロックタワーのジャカルタ支局情報分析部部長

キャサリン（ケイト）・ワーナー………自閉症研究センターの研究者

アディ
スーリヤ ｝…………………………自閉症研究センターで暮らす少年

マーティン・グレイ…………イマリ・リサーチの所長。ケイトの養父

ドリアン・スローン…………イマリ警備の代表

ナオミ…………………………イマリ・リサーチの職員

ドクタ・シェン・チャン……チベットのイマリ総合研究所の科学者

ドクタ・チェイス……………イマリ総合研究所の原子核科学者

プロローグ

大西洋　南極大陸の沖合百四十二キロメートル——調査船〝アイスフォール〟

カール・セリグは船の手すりでからだを支え、双眼鏡の先にある巨大な氷山を見つめた。またひとつ氷塊が崩れ落ち、また少し、その黒い縦長の物体が氷のなかから姿を覗かせた。どうやらあれは……潜水艦のようだ。だが、まさか。

「おい、スティーヴ、ちょっと見てみろ」

カールの大学院の友人であるスティーヴ・クーパーは、観測用のブィを繋ぎとめると、甲板の反対側にいるカールのもとへやって来た。双眼鏡を受け取ってざっと前方を見渡していたが、ふとその動きを止めた。「何だ、あれは？　潜水艦か？」

「そうらしいな」

「その下にあるのは何だ？」

カールは急いで双眼鏡を取り戻した。「下にあるのは……」レンズを潜水艦の下方に向けた。たしかに何かある。潜水艦――と思われる物体――は、やはり金属的な質感をもつほかの物体から突き出しているのだ。こちらは灰色っぽく、潜水艦よりずっと大きい。艦と違って光は反射していない。何やら大気が歪んでいるようにも見える。熱されたハイウェイや砂漠の一本道の地平線で揺らめいている、あの陽炎《かげろう》というやつだ。もっとも、あそこに熱などあるはずがないし、少なくとも周囲の氷は溶けていない。カールはその構造物の上方、潜水艦の表面に、かすかに文字が読み取れることに気づいた。〝U977〟〝ドイツ海軍〟ナチスの潜水艦だ。それが……何かの構造物から突き出している。

カールは双眼鏡をもつ手を下ろした。「ナオミを起こせ。接岸の準備をするぞ。あいつを調べにいく」

スティーヴが甲板から駆け下り、この小型船に二つしかない船室のひとつへ行ってナオミを起こす音がした。この旅にナオミを連れてくるのは、カールの後援企業が決めたことだった。会議の席でカールは黙って頷き、彼女が出しゃばらないことだけを願っていた。いまのところその心配は杞憂に終わっている。五週間まえ、南アフリカのケープタウンから出航するときにナオミが持ち込んだのは、着替えの服が二着とロマンス小説三冊、それに、ロシアの軍隊を酔い潰せるほどのウォッカだった。そしてそれ以後、彼女とはほとんど顔を合わせていない。〝彼女には退屈極まりない旅なのだろう〟とカールは思った。彼にとっては、一生に一度あるかないかの大チャンスなのだが。

カールはまた双眼鏡を構え、一カ月ほどまえに大陸から砕けて分離したその巨大な氷山を眺めた。九割は海のなかに沈んでいるが、水上に出ている部分だけでも約百二十平方キロメートルある。マンハッタン島の一・五倍近い面積があるというわけだ。

カールは博士論文で、新たに分離した氷山が溶解する際、地球の海流にどんな影響が現われるかを論じるつもりでいた。ここ四週間のあいだ、彼とスティーヴは氷山のまわりに高性能観測ブイを設置し、水温を測ったり海水と淡水の比率を調べたり、ソナーを使って形状変化を観察したりしてきた。大陸を離れた氷山がどのように崩れていくかを詳しく知るためだ。南極大陸には地球上の氷のおよそ九割が集まっている。今後数百年のうちにその氷が溶けていけば、世界の様相は一変するだろう。自分の研究が未来の姿を知る手がかりになること、それがカールの望みだった。

資金を提供してもらえることがわかったとき、カールはすぐにスティーヴに声をかけた。「いっしょに来いよ――大丈夫、後悔はさせない」当初スティーヴは、しぶしぶといった様子で彼の誘いを受けた。だがうれしいことに、昼は二人で数値を読み、夜はデータについて話し合うという日々を過ごした結果、長年の友はやる気を取り戻してくれた。今回の調査旅行に出るまで、研究者としてのスティーヴは彼らが追っている氷山のように腰が定まらず、ふらふらと漂うようにテーマを変えてばかりいた。カールを含めて友人たちはみな、彼がいつか博士課程を辞めてしまうのではないかと心配していたのだった。

そしていま、興味深いデータを手に入れただけでなく、何かとんでもない発見までしたようだ。これは大ニュースになるだろう。だが、いったいどんな見出しがつくのか？

〝南極でナチスの潜水艦を発見〟ということになるのか？ あり得ない話ではない。

ナチスが南極に強い関心をもっていたことはカールも知っていた。彼らは一九三八年から三九年ごろに遠征隊を派遣し、大陸の一部を〝ノイシュヴァーベンラント〟と名づけてドイツの領土にしようとした。それに、ナチスの潜水艦のなかには、第二次大戦中に行方不明になって沈没も確認されていないものが何隻かある。世間の陰謀説によれば、ある潜水艦は第三帝国が崩壊する直前、ナチスの高官とあらゆる財宝を載せてドイツを離れたそうだ。そこには略奪した貴重な芸術品や、最高機密のテクノロジーを有する品々が含まれていたという。

ふと、カールの頭にある考えが浮かんだ――〝褒賞金をもらえるのではないか〟。もしあの艦にナチスの財宝があれば、その価値は莫大なものになるだろう。もう二度と研究費のことで頭を悩まさずに済むかもしれない。

とはいえ、まずは氷山にうまく船を着けられるかどうかが問題だった。波が高いせいで三度もやり直す羽目になったが、苦戦のすえ、どうにか潜水艦と謎の構造物から数キロほどの位置に船を繋ぎとめることができた。カールとスティーヴは防寒具を着込み、クライミングの装備を調えた。カールはナオミに遵守事項を説明した。要するに〝何も触るな〟と言ったのだ。そして、スティーヴとともに船から氷の棚に降り、一歩を踏み出した。

それから四十五分ほどのあいだ、彼らはただ黙々と何もない氷の山を歩きつづけた。奥に入るほど氷が険しくなり、歩みは遅くなったが、スティーヴはカールよりもさらに足が重いようだった。

「スティーヴ、もう少し急げ」

スティーヴが必死で追いかけてきた。「すまない。ひと月も海にいたんで、すっかりからだが鈍《なま》ったようだ」

カールはちらりと太陽に目をやった。日が沈めば気温が急激に下がり、凍死してしまう可能性がある。南極の日照時間は長く、日の出は午前二時半、日没は午後十時過ぎぐらいだが、それでもあと数時間しか残っていない。カールは心もちペースを上げた。

何とかついていこうと、背後のスティーヴが懸命にスノーシューズを引きずる音がした。それに、足元の氷が立てる奇妙な音も。初めはうなるような低音だったが、やがてそれは、千羽のキツツキが一斉に氷を叩くような忙《せわ》しない音に変わった。カールは立ち止まって耳を澄ました。うしろを振り返り、スティーヴと目が合ったときだった。スティーヴの足元の氷に瞬く間にクモの巣状の亀裂が広がった。スティーヴが怯えたような目を下に向け、狂ったようにカールのいる安全地帯の方へ駆けだした。

それはどこか現実離れした光景で、スローモーションを見ているかのようだった。気づけばカールも友人に向かって走りだし、腰のロープを投げていた。スティーヴがそれを摑んだ。と、次の瞬間には彼の足元の氷が轟音を響かせて崩れ落ち、巨大な裂け目がぱっくりと口を開けた。

すぐにロープが強く引かれた。その勢いでカールは腹から氷面に倒れ込んだ。このままでは自分もスティーヴも氷の谷に呑み込まれてしまうだろう。立ち上がろうともがいたが、ロープは容赦なくカールを引きずった。指の力を緩め、手のなかでロープを滑らせた。引きずられる速度がいくらか遅くなった。脚を前にまわしてブーツのスパイクを食い込ませ、顔面に氷の粒を浴びながら前進を止めた。ふたたび手を握り締めると、きつく張ったロープが穴の縁をこすり、調子が外れたヴァイオリンのような低い音を奏でた。

「スティーヴ！　手を離すなよ！　すぐに引き上げて――」

「よせ！」スティーヴが叫んだ。

「なんだと？　何を言ってる――」

「下に何かあるんだ。ゆっくり降ろしてくれないか」

カールはしばし頭を整理した。「何があるんだ？」

「トンネルか洞穴みたいだ。なかに灰色の金属みたいなものがある。ぼやけていてよく見えないが」

「よし、わかった。少しロープを下げる」カールは三メートルほどロープを送ったが、スティーヴから何の反応もないのでさらに三メートル送った。

「止めろ！」スティーヴが叫んだ。

強く引かれる感じがあった。スティーヴが揺らしているのだろうか？と、ふいにロープが緩んだ。

「着いたぞ」スティーヴが言った。

「何がある？」

「よくわからないな」スティーヴの声はくぐもりはじめていた。

カールは裂け目の縁まで這っていき、下を覗き込んだ。

スティーヴが洞穴の入口から顔を突き出した。「聖堂か何かのようだ。かなり大きいぞ。壁に記号みたいなものが書いてあるんだが……見たこともない形だな。ちょっと調べてみる」

「スティーヴ、待て――」

スティーヴはまた奥に消えてしまった。そのまま数分が経過した。また揺れただろうか？カールは耳をそばだてた。音はしないが、たしかに感じる。氷が急速に震えはじめているのだ。カールは立ち上がって一歩退がった。背後の氷がピシリと鳴り、あたり一面に亀裂が走った。そして瞬く間にヒビが広がっていった。彼は大きくなりつつある裂け目に全速力で突進し、ジャンプした――が、あと少しのところで反対側に届かなかった。縁にしがみつき、しばらくそこにぶら下がっていた。震動は刻一刻と激しくなっている。カールは周囲の氷が崩れ落ちるのを見つめた。やがて、彼の手が摑んでいる氷も砕け、彼は深い谷の底へとまっすぐに落ちていった。

船の上で、ナオミは太陽が氷山に沈むのを見届けた。衛星電話を手に取り、彼から渡された番号を押した。

「何か見つけたら連絡しろということだったので」

「何も言うな。このまま切らずに待て。二分以内に場所を特定してそちらへ向かう」

ナオミはカウンターに電話を置き、コンロに戻ってまた鍋の豆をかき混ぜはじめた。

衛星電話を受けた男は、GPSの座標が表示されているスクリーンに顔を向けた。数字をコピーし、監視衛星のデータベースからライブ映像を探すと、一件ヒットした。ストリームを開き、画面に氷山の中央部分を映し出した。何か黒い点が見える。何度か拡大ボタンを押し、画像の焦点が合った瞬間、彼の手からコーヒーが落ちた。彼はすぐさまオフィスを飛び出し、廊下を抜けてボスのオフィスに向かった。そしてノックもせずに部屋へ駆け込み、両手を上げて口を開こうとした白髪の男に言った。

「発見しました」

I　ジャカルタ炎上

1

現在
インドネシア　ジャカルタ——自閉症研究センター（ＡＲＣ）

ドクタ・ケイト・ワーナーはぞっとして眠りから覚めた——部屋のなかに誰かいる。目を開けようとしたが、うまくいかなかった。薬でも打たれたように頭がぼんやりしていた。このカビっぽい臭いは……地下室にでもいるようだ。軽く身をよじったとたん、あちこちに痛みが走った。どこか硬いところに寝ているらしい——たぶんカウチだろう。いずれにしろ、ジャカルタ市街地にあるコンドミニアムの、十九階の自分のベッドでないことはたしかだった。ここはどこだろう？

また足音がした。テニスシューズがカーペットを踏むような、小さな音。「ケイト」男の声が、こちらの様子をうかがうようにささやいた。

ケイトはわずかに目を開けた。淡い陽の光が、横長の窓を覆う金属製のブラインドを抜けて広がっている。部屋の隅では、忙《せわ》しないカメラのフラッシュを思わせる閃光が数秒おきに光っていた。

大きく息を吸い、一気にからだを起こして男に顔を向けた。あとずさった彼の手から何かが落ち、騒々しい音とともに床に茶色の液体が飛び散った。

研究補助員のベン・アデルソンだった。「びっくりしたよ、ケイト。ごめん。その……もし起きてたら、コーヒーを飲みたいだろうと思って」彼は腰を屈めてコーヒーカップの破片を拾い、それからまじまじと彼女を見つめた。「気を悪くしないでほしいんだけど、ひどい顔をしているよ、ケイト」そう言うと、またひとしきり彼女を見つめた。「どうなっているのか、ちゃんと話してくれないか」

ケイトは目をこすった。いくらか頭の霧が晴れてきたようで、自分がどこにいるかはわかった。この五日のあいだずっと研究室に引きこもっており、スポンサーから電話を受けたあとは、文字通り不眠不休で作業を続けてきたのだった。〝いますぐ何か結果を出せ。

出せないならカネも出さない〟そう言われてしまった。今回ばかりは本気らしい。だが、彼女の自閉症研究を手伝うスタッフたちには何も伝えていなかった。わざわざ不安にさせることはないからだ。自分が結果を出せば済む話だし、もし出せなければ、ここを去ってもらうより仕方がない。「コーヒーは大歓迎よ、ベン。ありがとう」

ヴァンから降りると、男は黒い覆面を引き下ろした。「侵入後はナイフを使え。銃声でまわりに気づかれたくない」

アシスタントの女が頷き、同じように覆面を下ろした。

男は手袋をはめた手をドアに伸ばしたが、ふと動きを止めた。「警報装置は切ったんだな?」

「ええ、外部に繋がる回線は切ったわ。でも、なかでは作動しているはずよ」

「何だと?」男が頭を振った。「くそっ。いまごろ通報してるかもしれない。急ぐんだ」

彼は勢いよくドアを開けて建物に踏み込んだ。

ドアの上方には、こう書かれたパネルがあった――〈自閉症研究センター通用口〉

コーヒーを注ぎ直して運んできたベンに、ケイトは礼を言った。ベンがデスクの向かいの椅子に腰を下ろした。「そのうち過労死してしまうぞ。もうここに四泊もしてるじゃないか。それに、その秘密主義。みんなを研究室から追い出して、資料も見せようとしない。ARC247がどうなっているかひと言も話さないだろう。みんな心配しているよ」

ケイトはコーヒーを口にした。ジャカルタのような土地で臨床試験を行うのは大変だが、ジャワ島で働いていればこそのよろこびもある。そのひとつがコーヒーだ。

少なくともいまは、ベンに作業の内容を明かすことはできなかった。結果につながるとは限らないし、このままいけば、みんなに辞めてもらう可能性が高いからだ。下手にベンを巻き込んだところで、彼を共犯者のような立場に追い込んでしまうだけだろう。

ケイトは顎をしゃくって部屋の隅の光を指した。「あの光はなに？」

ベンがそちらを振り返った。「よくわからない。警報装置のはずなんだが——」

「火事なの？」

「それはない。出勤したあと見まわりをして確かめたからね。詳しく調べようとしたんだが、きみのオフィスのドアが開いていたものだから」ベンは、オフィスに積まれた一ダースほどの段ボール箱のひとつに手を入れた。そして、額に入った修了証書や免許状を出して眺めた。「なぜ壁に掛けないんだい？」

「意味がないからよ」ケイトに修了証書の類いを飾る趣味はなかったが、あったとしても、それを見せるべき相手がわからなかった。この治験に携わる研究者や医師はケイトひとりだし、研究スタッフはみな彼女の経歴を知っている。客が来るわけでもない。ほかに彼女のオフィスを目にする者といえば、治験対象の自閉症の子どもを世話する二ダースほどの現地スタッフだけだった。彼らにとって、スタンフォードやジョンズ・ホプキンズは人の名前としか思えないだろう。大昔に死んだ親戚か何かだと考え、修了証書を出生証明書と勘違いするかもしれない。

「ジョンズ・ホプキンズ大で医学博士号を取ったんだろ。ぼくなら飾るけどな」慎重な手つきで証書を戻すと、ベンはまた箱のなかをごそごそやりだした。

ケイトはコーヒーの残りを飲み干した。「そう？」カップを差し出して言った。「もう一杯くれるなら、あなたにあげてもいいわよ」

「それって、今後はぼくの命令に従ってくれるということかい？」

「調子に乗らないの」ケイトは部屋を出ていくベンに言った。立ち上がり、ブラインドのプラスティックのつまみをひねると、この施設を囲むフェンスとその先の賑やかなジャカルタの通りが見えた。朝のラッシュはピークを迎えているようだ。バスや車が押し合うようにじりじり進み、その隙間を縫うようにしてバイクが走っていく。歩道は自転車や歩行者で溢れ返っていた。サンフランシスコほど渋滞がひどい街はないと思っていたのだが。

交通事情だけが問題なのではなかった。彼女にとって、ジャカルタはいまだに馴染めない土地だった。自分の居場所だと感じられないし、この先も感じることはなさそうだ。四年まえのケイトは、世界のどんな場所へでも行くつもりだった。サンフランシスコでなければどこへでも。養父のマーティン・グレイは彼女に言った。「ジャカルタなら研究を続けるのにいいだろう。それに……やり直すにもな」彼は、時間が傷を癒してくれる、というような話もしていた。だが、どうやらその時間も残りわずかになってしまったようだ。デスクに向き直り、ベンが出した写真を片付けはじめた。と、そのなかに一枚の色褪せた写真を見つけて手を止めた。寄せ木張りの広々とした舞踏室を写したものだ。なぜこれが仕事関連の箱に紛れ込んでいたのだろう？　それは一枚きりしかない、西ベルリンのティアーガルテン通りに建つ彼女の生家の写真だった。三階建ての大きな建物を、ケイトはうっすらと覚えていた。記憶のなかの家は、外国の大使館か古い時代の屋敷を思い起こさせた。いや、城と言うべきかもしれない。空っぽの城だ。ケイトの母親はお産で命を落としてしまい、父親は、愛情こそ注いでくれたがめったに家にいなかった。父の姿を思い出そうとしたが、無理だった。おぼろげに覚えているのは、十二月の寒い日に父に連れられて散歩にいったときのことだ。父の手のなかで、自分の手はとても小さく感じられた。そして、心から安心しきっていた。いっしょにティアーガルテン通りを歩き、ベルリンの壁まで行った。そこは悲しい場所だった。たくさんの家族が花輪や写真を置き、壁が消えて愛する者が戻ってくるように願い、祈っていた。断片的な記憶もある。家を離れるときや帰ってきたときの父の姿で、父はいつもどこか遠い場所からちょっとしたお土産を買ってきてくれた。使用人たちは、留守がちな父の代わりにしっかりと家を切り盛りしていた。

彼らは勤勉だったが、少し冷たかったのだと思う。あのハウスキーパーは何という名前だっただろう？　ケイトや使用人たちとともに最上階に住んでいた、あの家庭教師は？　彼女はケイトにドイツ語を教えてくれた。おかげでいまもドイツ語を話せるが、彼女の名前は思い出せない。

六歳までの記憶のなかで唯一はっきり覚えているのは、マーティンが舞踏室にやって来た晩のことだ。彼は音楽を切り、こう言ったのだった。「きみのお父さんは――もう二度と――帰ってこないから、これからは私といっしょに暮らすんだ」

あの晩の記憶など消してしまいたかった。そして、そのあとの十三年間もいっそ忘れてしまいたかった。ケイトはマーティンと北アメリカに移ったが、ひとつの都市に落ち着いたことはなかった。マーティンは調査のためにあちこち飛びまわり、ケイトもあちこちの寄宿学校に入れられた。しかも、どの学校にも愛着をもてなかった。

これまで自分の居場所にもっとも近いと思えたのは、この研究室だ。眠るとき以外はいつもここにいる。サンフランシスコを離れたあと、ケイトはひたすら研究に打ち込んだ。自分を護るため、生き延びるために始めたことが、いつしか自分の生き方になった。研究チームは彼女の家族で、被験者は彼女の子どもだった。

そしていま、そのすべてを失おうとしている。

集中しなくては。もっとコーヒーが必要だ。ケイトはデスクの写真をまとめて箱に落とし込んだ。ベンはどこへ行ったのだろう？

廊下を抜けて給湯室に行った。誰もいない。コーヒー・ポットを覗いてみると、こちらも空だった。警報装置はここでも点滅している。

様子が変だ。「ベン？」ケイトは大声で呼びかけた。

あと数時間ほどしなければ、ほかのスタッフたちは出勤してこない。彼らの勤務時間帯は少々変わっているが、仕事はきちんとこなしてくれる。そこがいちばん肝心な点だ。

ケイトは意を決して実験エリアに向かった。そこには備品室やオフィスに囲まれた広いクリーンルームがあり、ケイトら研究チームは、そこで自閉症の遺伝子治療を目的としたレトロウイルスを作成していた。ガラス越しになかを覗いたが、やはりベンの姿はなかった。

朝の研究センターはどこか気味が悪い。ひと気がなくしんとしていて、暗くはないが明るくもない。廊下の東側に並んだ部屋の窓からは、まるで動くものを探すサーチライトのように光の筋が差し込んでいる。

自分の足音が響くなか、ケイトは洞窟が連なったような実験エリアを歩きまわり、ジャカルタの日差しに目を細めながら順番に部屋を覗いていった。どこにもベンはいなかった。こうなると、残りは居住区――居室とキッチンと、治験対象である百人ほどの自閉症の子どもを世話する設備がある――だけになる。

遠くの方で足音がした。ケイトの歩調より速く、走っているように聞こえる。そちらへ向かおうとさらに足を速め、角を曲がったときだった。ベンの手が伸びて彼女の腕を摑んだ。「ケイト！　こっちへ来てくれ、早く」

2

インドネシア　ジャカルタ――マンガライ駅

デヴィッド・ヴェイルは券売所の陰に身を隠し、売店で《ニューヨーク・タイムズ》紙を買っているその男を観察した。男は店員にカネを払い、その新聞を捨てることなくゴミ箱の横を通り過ぎた。情報提供者ではないようだ。

売店の背後のホームに通勤列車が滑り込んできた。近隣の都市からこの首都へ日雇い仕事を求めてやって来るインドネシア人労働者で溢れ返っている。両開きのドアの戸口にはびっしりと乗客がしがみついており、その大半は中年の男だった。屋根の上に坐ったりしゃがんだり寝そべったりしているのは、十代、二十代の若者で、彼らは新聞を読んだりスマートフォンをいじったり、お喋りをしたりしている。この超満員の通勤列車は、ジャカルタそのものを象徴していると言えた――近代化へとひた走り、急激な人口増加ではち切れそうになっているこの都市を。公共の交通機関には、首都圏の二千八百万もの人口に市が対応できていないという現実がもっともわかりやすく反映されているだけなのだ。

乗客たちは、いまでは我先にと列車を降り、クリスマスまえのセールに詰めかけるアメリカ人さながらに構内を埋め尽くそうとしていた。まったくひどい騒ぎだった。労働者たちは押し合いへし合いして何か叫びながら出口へ急いでいるが、その一方で駅へ入ろうともがいている者たちもいる。この都市では、こうした光景が毎日のようにあちこちの駅で繰り広げられている。これほど密会に適した場所もそうはないだろう。

デヴィッドは売店に意識を集中させた。イアフォンがノイズとともに息を吹き返した。

「収集家、こちら時計屋。連絡事項、予定時刻を二十分経過」

情報提供者は遅れているようだ。チームに不安が広がりはじめている。彼らが訊きたいことはわかっていた――中止するのか？

デヴィッドは耳元に携帯電話を近づけた。「了解、時計屋。貿易商、仲介人、報告を」

見通しの利く位置にいるため、デヴィッドからはその工作員二人の姿が見えていた。ひとりは人込みに埋もれたベンチに坐り、もうひとりはトイレ近くの持ち場に就いている。

〝トバ計画〟というテロの危険が迫っているのでその情報を渡したい、というのが匿名の通報者の言いぶんだったが、どちらの工作員からもそれらしい人物はいないという報告が返ってきた。

ジャカルタ支局で一、二を争う優秀な工作員だけあって、二人はデヴィッドでも見失いそうなほどうまく人込みに紛れていた。駅の構内を見渡したデヴィッドは、なぜかふと、かすかな胸騒ぎを覚えた。

またイアフォンが音を立てた。ハワード・キーガンだった。デヴィッドが所属する対テロリズム組織、〈クロックタワー〉の局長だ。「収集家、鑑定人だ。どうやら売り手は今日の市場が気に入らないようだな」

デヴィッドはジャカルタ支局の支局長だが、キーガンは彼の上司であり指導者だ。むろん、デヴィッドの頭越しに作戦を中止させる気などないのだろうが、この年長の男が言いたいことは明らかだった。彼はちょっとした息抜き代わりにはるばるロンドンからやって来ている。クロックタワーが抱えているほかの作戦のことを考えれば、ここで無茶をするわけにはいかない。

「わかりました」デヴィッドは言った。「店じまいにしましょう」

工作員二人がさりげなく持ち場を離れ、慌ただしく行き交うインドネシア人の波に溶け込んだ。

デヴィッドは最後にもう一度、売店へ目を向けた。赤いウィンドブレイカーを着た長身の男が、何かを買っていた。新聞だ。《ニューヨーク・タイムズ》を買っている。

「待て、貿易商、仲介人。商品を見ている買い手がいる」デヴィッドは言った。

男は一歩退がって新聞を広げ、少しのあいだ一面記事に目を走らせた。そして、顔を上げずに新聞をたたんだかと思うと、それをゴミ箱に投げ入れ、足早に出発直前の満員列車に向かっていった。

「情報提供者だ。接触する」鼓動が速くなるのを感じながら、デヴィッドは物陰から人込みへ足を踏み出した。なぜ時間に遅れたのだ？　それに、あの風貌……何かが違う。目立つ赤のウィンドブレイカーといい、姿勢――あれは軍人か工作員のものだ――といい、歩き方といい。

男は列車の車内にからだをねじ込み、立っている男や坐っている女のあいだをすり抜けていった。際立って背が高いので、デヴィッドからも男の頭がまだ見えていた。自分も身をよじって乗り込んだところで、デヴィッドははたと動きを止めた。なぜ彼は逃げているんだ？　何かを目撃して怯えているのだろうか？　そのときだった。男が振り返ってデヴィッドを見た。その目のなかに、すべての答えがあった。

デヴィッドは即座に向き直り、戸口に立つ男四人をプラットホームへ払い落とした。空いた隙間になだれ込もうとする客たちも次々に押し戻した。デヴィッドが叫び声を上げる暇はなかった。爆音が車内に轟き渡り、ガラスや金属の破片が駅に飛び散った。爆風を浴びたデヴィッドはコンクリートのプラットホームに叩きつけられていた。彼の上にも下にも人が重なり、死んでいる者、痛みにのたうちまわる者がいた。悲鳴が響いていた。立ちこめる煙のなか、破片や灰が雪のように舞っていた。デヴィッドは手も脚も動かすことができなかった。次第に頭がぼんやりし、意識を失いかけていた。

つかの間、彼はニューヨークに戻っていた。崩れ落ちるビルから逃げようとしたが、下敷きになって閉じ込められ、ひたすら助けを待っていた。見えない腕が彼を掴み、そこから引っぱり出した。「もう大丈夫だぞ」彼らが言った。顔に日差しを感じたとき、〝FDNY《ニューヨーク市消防局》〟や〝NYPD《ニューヨーク市警》〟の名が入った車のサイレンが彼の耳にも聞こえてきた。

だが、今回彼を待っていたのは救急車ではなかった。駅の外に駐められた、黒い大型ヴァンだった。男たちもニューヨークの消防士などではなく、二人の工作員、〝貿易商〟と〝仲介人〟だった。彼らはヴァンにデヴィッドを担《かつ》ぎ込み、通りを埋めるジャカルタ警察や消防チームを横目に猛スピードでその場を走り去った。

3

インドネシア　ジャカルタ——自閉症研究センター（ARC）

第四プレイルームは物音で溢れていた。それはいつもと変わらぬ光景だった。床一面におもちゃが散らばり、一ダースほどの子どもが思い思いの場所でひとり遊びをしている。隅の方で、八歳になるアディという子がからだを揺らしながら手際よくパズルを組み立てていた。最後のブロックをはめ終えると、彼はベンを見上げて得意そうに笑った。

ケイトは自分の目を疑った。

その少年がたったいま組み立てたパズルは、サヴァン症候群——自閉症などの障碍《しょうがい》をもちながら、特定の分野で並外れた能力を発揮する症状——の子どもを見つけるために使っているもので、解くためにはIQが一四〇から一八〇は必要だった。ケイトには無理だし、これまで被験者のなかでは、サティヤという子どもにしか解くことができなかったのだ。

ケイトが見つめる前で、少年はいとも簡単にパズルを組み立て、壊し、また組み立ててみせた。アディが立ち上がってベンチのところへ行き、七歳のスーリヤの隣に坐った。すると、今度はその小柄な少年がパズルを始め、やはり苦もなく完成させてしまった。

ベンがケイトに顔を向けた。「信じられるかい？　二人とも、サティヤがするのを見て覚えただけなんだろうか？」

「違うわ。いえ、断言はできないけど、そうじゃないと思う」ケイトは答えた。様々な考えが頭のなかを駆け巡っていた。整理する時間が必要だ。慌てて結論を出すわけにはいかない。

「きみが熱心に取り組んでいたのは、これだったのかい？」ベンが言った。

「ええ」ケイトはうわの空で頷いた。だがあり得ない。こんなにすぐに効果が出るなんて。この子どもたちは、つい昨日まで典型的な――そう呼べるものがあるとすればだが――自閉症の症状を見せていたのだ。近年、研究者や医師のあいだでは、自閉症は多様で幅広い症状を含む広汎性の障碍だと認識されている。診断の軸となるのは、言語コミュニケーション能力や対人関係の形成などに問題があるかどうかだ。自閉症の子どもの大半は人と目を合わせたり触れ合ったりすることを避けるし、名前を呼ばれても反応しない場合もある。重症のケースではあらゆる接触を拒絶する。昨日までは、アディもスーリヤもパズルを組み立てられず、目を合わせることも、遊びの順番を待つこともできなかったのだ。マーティンに報告しなくては。これを聞けば、出資を続けるよう取り計らってくれるはずだ。

「この先は何を？」ベンが興奮した声で言った。

「二人を第二観察室へ連れていってちょうだい。私は電話をしてくるわ」ケイトのなかで、疑いと疲労感と、よろこびとがせめぎ合っていた。「そうね、まずは診断しなくては。『ADI‐R』、いえ『ADOS‐2』を使いましょう。早く判定できるから。撮影の準備もしておいて」ケイトは小さく笑ってベンの肩を握った。何か深みのあることばを言いたかった。のちに有名になる天才科学者が何か大発見をしたときに言いそうな、記念すべきこの瞬間にふさわしいひと言を。だが、出てきたのはくたびれた微笑みだけだった。ベンは頷いて二人の子どもの手を取った。ケイトがドアを開け、四人で廊下へ出た。そこに二人の人物が立っていた。いや、人間ではなく、真っ黒な軍服に包まれた怪物だ。布製の覆面とヘルメット、スキーで使うような黒いゴーグル、防弾服、それに黒いゴム手袋。

ケイトとベンはぴたりと立ち止まり、互いに啞然として目を合わせ、続いて子どもたちを背後に押し込んだ。ケイトは咳払いをして言った。「ここはただの研究施設で、現金は置いてません。器材が欲しいなら持って行って下さい。こちらはいっさい――」

「黙れ」男の声はしわがれていた。まるで長年の喫煙と飲酒ですっかり嗄《か》れきってしまったという感じだ。男が黒ずくめの小柄な同伴者――明らかにこちらは女だろう――を振り返って言った。「連れていけ」

女が子どもたちの方へ足を踏み出した。ケイトは反射的に行く手を遮っていた。「やめて、この子たちには手を出さないで。代わりに私を――」

男が拳銃を抜き、銃口をケイトに向けた。「そこをどけ、ドクタ・ワーナー。邪魔をするなら撃つだけだ」

この男は私の名前を知っている。

視界の隅で、ベンがケイトと怪物のあいだに入り込もうと近づいてくるのが見えた。

アディが走りだしたが、すぐに女にシャツを摑まれてしまった。

傍らまで来たベンが、ケイトの前に躍り出た。それを合図に二人で銃をもつ男に飛びかかった。男が倒れるのと銃声が響くのは同時だった。ベンが黒衣の男の上から転がり落ちた。あたり一面、血だらけだった。

ケイトは立ち上がろうとしたが、彼女を捕らえる男の力は強かった。床に押さえつけられ、鋭い音が彼女の鼓膜を震わせた。

4

インドネシア　ジャカルタ――クロックタワーの隠れ家

列車の爆破から三十分後、デヴィッドは隠れ家にある粗末な折り畳み式のテーブルに向かい、医療班の手当てを受けながら攻撃された理由を考えていた。

「うっ」アルコールの染みた脱脂綿を顔に当てられ、デヴィッドは思わず身を退いた。

「ありがとう。だが、本当にもう充分だ。こんなのはかすり傷さ」

部屋の奥でハワード・キーガンが立ち上がり、ずらりと並んだコンピュータ・スクリーンの前からデヴィッドのもとへやって来た。「あれは罠だったんだ、デヴィッド」

「しかし、なぜですか？　我々が狙われる理由など――」

「あるんだよ。これを見てみろ。爆発の直前に私に送られてきたものだ」そう言うと、キーガンは一枚の紙を差し出した。

《極秘文書　クロックタワー　中央司令部》
クロックタワーが攻撃を受けている模様
ケープタウン支局、マルデルプラタ支局は壊滅
カラチ、デリー、ダッカ、ラホールも突破された
ファイアウォール・プロトコルの開始を要請
指示を求む
《通信終了》

キーガンが上着のポケットに紙を戻した。「やつの情報はでたらめだったのさ」

デヴィッドはこめかみを揉んだ。悪夢のようなシナリオだ。爆発の衝撃で、頭がまだずきずきと脈打っていた。よく考えなくては。「でたらめではないでしょう――」

「百歩譲っても、やつは攻撃の規模を見誤っていたんだろう。もっとも、あえて適当な情報を流したとしか思えないがな。我々の目をくらませて動きを封じ、今回のクロックタワ

ーへの大規模攻撃を準備していたんだ」

「クロックタワーが攻撃されているからといって、彼の言うテロの脅威がでたらめだとは限りません。もしかすると、この攻撃はただの前哨戦で――」

「そうかもしれん。だが、いまわかっているのはクロックタワーが窮地に陥っているということだけだ。おまえは自分の支局を護ることに専念しろ。何しろ東南アジアで最大の支局だからな。この瞬間にも支局本部が攻撃を受けているかもしれない」キーガンがバッグを持ち上げた。「私はロンドンに戻って対応策を検討する。幸運を祈ってるぞ、デヴィッド」

握手を交わしたあと、デヴィッドは隠れ家から出ていくキーガンを見送った。

通りにいた新聞売りの少年が、新聞の束を振りながらデヴィッドの方へ駆け寄ってきた。

「知ってるかい？　ジャカルタが攻撃されてるよ！」

デヴィッドは追い返そうとしたが、少年が丸めた新聞を押しつけてきた。そして、あっという間に通りの角へ走り去った。

デヴィッドは新聞を脇へ放り投げようとした……が、そこで妙な重みを感じた。何か包まれているようだ。紙を開くと、なかから長さ三十センチほどの黒い管が滑り落ちた――

パイプ爆弾だ。

5

インドネシア　ジャカルタ――自閉症研究センター（ARC）

　ジャカルタ西警察署の署長、エディ・クスナディは、眉に溜まった汗を拭きながら現場に足を踏み入れた。そこは街の西端にある研究施設で、そこから銃声が聞こえたという通報が近隣住民から入ったのだった。比較的高級な地区であり、政治的なコネをもつ住民も多いとあって、彼自身が出向かないわけにはいかなかった。一見して医療関係の施設だとわかったが、なかには保育園にしか見えない部屋もいくつかあった。

　署内でも有数の敏腕刑事であるパクが、奥の部屋から彼を手招きした。行ってみると、床の上に意識のない女が倒れていた。近くには血まみれになった男の死体も転がっており、それを取り囲むように警官たちが立っていた。

「痴情のもつれか？」

「そうではなさそうです」パクが答えた。

　あたりには子どもの泣き声が響いていた。インドネシア人の女が部屋に入ってきて、床の二人を見るなり金切り声を上げた。

「このご婦人を外に出してくれ」署長が言うと、警官二人が女を連れていった。彼はひとり残ったパクに訊いた。「二人の身元は？」

「こちらの女性はドクタ・キャサリン・ワーナーです」

「ドクタ？　ここは病院なのか？」

「いえ、研究所です。ワーナーが所長のようですね。いま入ってきたのは子守りの女性です。ここは障碍のある子どもを研究している施設なんです」

「あまり儲かりそうにないな。この男は？」署長は訊いた。

「研究補助員のひとりです。さっきの子守りの話では、昨晩はもうひとりの補助員が子どもたちの世話を申し出てくれたので、自分は帰宅したということです。それから、子どもが二人見当たらないとも言っています」

「逃げたのか？」

「その可能性は低いだろうと。この建物は、安全のために勝手に出られないようになっているそうです」

「敷地内に防犯カメラは？」

「ありません。ただ、子ども部屋にはいくつか監視カメラが設置されています。映像を確認してみましょう」

署長は腰を屈めて女を観察した。すらりとしているが痩せすぎてもいない、彼好みの体つきだった。脈を探り、顔を左右に振らせて頭に外傷がないかどうか確かめた。両の手首に薄いあざができていたが、それ以外に目立った傷は見当たらなかった。「やれやれ。女にカネがあるか確認しろ。あるようなら署に連れてこい。そうでなければ病院にでも放り込んでおけ」

6

中国　チベット自治区　プラン郊外——イマリ総合研究所

ゆったりとした足取りでオフィスに入ってくると、その総轄責任者はドクタ・シェン・チャンのデスクにファイルを放った。「新しい療法だ」

ドクタ・チャンはファイルを手に取り、ぱらぱらとページをめくった。

責任者は部屋のなかを歩きまわっていた。「かなり期待できそうだ。すぐに取りかかってくれ。装置の準備をして、被験者には新療法を試しておくんだ。四時間以内にな」

チャンはファイルを落として顔を上げた。

口を開こうとした科学者に、責任者が手を振った。「何も言うな。いつかこの日が来ることはわかっていただろう。今日になるか、明日になるか、もしかしたらすでに来ていたかもしれないんだ。ためらっている暇はない」

チャンは声を発しようとしたが、またもや遮られてしまった。「時間が足りないとは言わせないぞ。これまで充分にあっただろう。いま必要なのは結果だ。そのうえでまだ何かあるというなら、話してみろ」

チャンはぐったりと椅子にもたれかかった。「前回のテストでは、地元の電力系統に負荷をかけてしまいました。この施設内の発電量を超えてしまったんです。まあ、その問題は改善できているはずですが、地元の電力関係者はここで何が行われているのか不審に思っているでしょう。それに、もっと深刻なのは、実験動物の霊長類が足りないと――」

「動物は使わない。今回は五十名の人間でテストする」

チャンは背筋を伸ばし、声に力を込めた。「道義的な問題を抜きにしても、それはぜったいにやめるべきです。単純に、人間でテストするにはまだまだデータが足りないんです。これから――」

「データならあるぞ、ドクタ。そのファイルに揃っている。もっと詳しいデータも集めている最中だ。それだけじゃない。被験者がいるんだよ。アトランティス遺伝子が持続的に活性化した、二人の被験者がな」

チャンは目を見開いた。「まさか……二人も……どういう――」

男の指先がコブラのように素早くファイルを指した。「これを読め、ドクタ。すべて書いてある。二人は間もなくここへやって来る。しっかり準備しておけよ。おまえは、この遺伝子療法を再現すればいいだけだ」

チャンはファイルをめくり、ページに目を走らせ、ぶつぶつと独り言をつぶやいた。彼ははたと顔を上げた。「被験者は子どもなんですか?」

「そうだ。問題があるか?」

「いえ。いや、どうかな。たぶん大丈夫でしょう」

「〝たぶん大丈夫〟ならそれでいい。何かあれば連絡しろ。四時間だぞ。失敗したらどうなるか、言わなくてもわかってるな」

だが、ドクタ・チャンの耳にはもう何も届いていなかった。ドクタ・キャサリン・ワーナーのノートにすっかり没頭していたからだ。

7

インドネシア　ジャカルタ――クロックタワー　支局本部

デヴィッドは、防御シールドの狭いのぞき窓から黒いパイプを見つめていた。パイプの蓋をひねるには、気の遠くなるような時間をかけてロボット・アームを操らねばならなかった。だが、それでも中身は確かめなければならない。重さが気になるのだ。爆弾なら釘や鉛の散弾が詰め込まれているはずだが、そのパイプはあまりに軽かった。

ようやく蓋が外れたところで、今度はパイプを傾けた。なかから筒状に巻いた紙が滑り落ちた。厚みと光沢があるところを見ると、どうやら印画紙のようだ。

デヴィッドは紙を開いた。それは衛星写真で、濃いブルーの海に氷山がひとつ浮かんでいた。氷山の中央には黒くて細長い物体が見える。氷の山から一隻の潜水艦が突き出しているのだ。写真の裏側にはメッセージが書き込まれていた。

トバ計画は実在する

4＋12＋47　＝　3／5　ジョーンズ
7＋22＋47　＝　3／6　アンダーソン
10＋4＋47　＝　5／4　エイムズ

デヴィッドはその写真を厚いマニラ紙のフォルダに挟み、監視モニター室へ向かった。

二人の技術者の片方が、並んだスクリーンから目を離して振り返った。「まだ彼は現われません」

「空港には?」デヴィッドは訊いた。

男がキーボードを打ち、また振り返った。「はい、数分まえにスカルノ・ハッタ国際空港に到着したようです。あちらで待機させますか?」

「いや、彼にはここでやってもらうことがある。とにかく連中に気づかれないよう注意しろ。彼の姿が上階のモニターに映らないようにするんだ。その先はおれが何とかする」

8

〈BBCワールド・リポート〉ケーブル配信
ケープタウン(南アフリカ共和国)とマルデルプラタ(アルゼンチン)の住宅地でテロ攻撃か
＊速報――カラチ(パキスタン)とジャカルタ(インドネシア)でも爆破事件が発生。詳細は追って報告。

南アフリカ共和国、ケープタウン発——今朝未明、ケープタウンの住宅地に自動小銃と手榴弾の爆音が響き渡った。武装集団約二十名がアパートに侵入し、十四名が死亡したとみられている。

いまのところ地元警察からの発表はない。

現場にいた目撃者によると、この武装集団は訓練を受けた特殊部隊のように見えたという。現地のBBC特派員がこの目撃者から話を聞いた。「そうだよ、戦車か装甲車みたいな車があそこの歩道を越えてきたんだ。なかからニンジャかロボット兵みたいな連中が降りてきてさ。機械みたいにてきぱき動きまわってると思ったら、アパートが丸ごと吹っ飛んだみたいな音がしたんだ。そこらじゅうにガラスが降ってくるし、慌てて逃げ出したよ。まあ、ここはあまり治安のいい場所じゃないが、あんなのは初めてだね。最初はヤクの手入れかと思ったんだが。とにかくひどい有り様だったよ」

やはり匿名で取材に応じたほかの目撃者によると、武装集団の車両や制服に公的機関の標章などは入っていなかったという。

封鎖される直前に現場に入ったロイター通信の記者は、内部の様子についてこう語っている。「あそこはCIAかMI6の隠れ家という印象だった。よほどの資金がなければあんなハイテクな設備は用意できないはずだ。壁一面にスクリーンが並ぶ危機管理室があったし、サーバー・ルームもかなり広かった。なかは死体だらけで、半分ぐらいは私服姿だったが、あとの半分は目撃者が見た犯人と同じような黒い防弾服を着ていた」

防弾服姿の遺体が、置き去りにされた武装集団側の人間なのか、反撃した被害者なのかはまだわかっていない。

ＢＢＣはこの証言についてＣＩＡとＭＩ６に問い合わせたが、両者とも返答を拒否している。

アルゼンチンのマルデルプラタでも、現地時間の昨夜、低所得者層の住む地区で爆発があった。死亡者は十二名に上る。二つの事件の関連性はいまのところ不明だが、複数の目撃者が、爆発の直前に身元不明の武装集団が襲ってきたと証言している。

ケープタウンの事件と同様、マルデルプラタの事件においてもいまのところ犯行声明は出されていない。

「事件の関係者がわからないというのは、非常に憂慮すべき事態だ」アメリカン大学のリチャード・ブックマイヤー教授はこう語っている。「被害者と加害者、そのどちらがテロ組織に関わっているとしても、いまある情報から判断するに、その組織は既存のテロ組織よりはるかに洗練された能力を備えている。新たな集団が誕生したか、既存の組織が急激に進化したとしか考えられない。いずれにしろ、今後は世界のテロ組織の勢力図を見直す必要があるだろう」

この件に関して詳細がわかり次第、随時報告していく。

9

インドネシア　ジャカルタ――クロックタワー　支局本部

デヴィッドがジャカルタの地図を広げて市内にあるクロックタワーの隠れ家を確かめていると、監視モニター室の技術者が入ってきた。「彼が現われました」

デヴィッドは地図をたたんだ。「よし」

ジョシュ・コーエンは、クロックタワーのジャカルタ支局本部がある地味な外観のアパートメントに向かって歩いていた。周囲には建設計画が頓挫した公営住宅や朽ちた倉庫が並び、そのほとんどが無人の廃墟になっている。

本部の建物には〈クロックタワー警備〉という看板が掲げてあった。世間から見れば、クロックタワーは最近増えている民間警備会社のひとつでしかないのだ。この表向きのクロックタワー警備は、企業の重役やジャカルタへ来た外国の要人を相手に、身辺警護のサービスを提供している。地元の捜査当局が〝あまり協力的でない〟場合には、民間捜査業務も引き受ける。隠れ蓑《みの》としては最適の業種だろう。

ジョシュは入口を抜けて長い廊下を進み、重い鋼鉄の扉を開けて銀色に光るエレヴェータへ近づいていった。ドア脇のパネルが滑るように開いた。そのミラー面に手を乗せ、声を発した。「ジョシュ・コーエンだ。声紋認証を」

第二パネルが開いた。こちらは顔の高さにあり、ジョシュが目を開けてじっとしているあいだに、赤い光線が上下に動いて彼の顔を読み取った。

エレヴェータがベルを鳴らしてドアを開け、中層階へとジョシュを運びはじめた。箱は音もなく上昇していたが、ジョシュはこのビルのどこかで監視員が彼の全身をスキャンし、隠しマイクや爆薬など、何かまずいものを身に着けていないか確認していることを知っていた。もしそうしたものをもっていれば、エレヴェータ内に色も臭いもないガスが放出され、監禁室で目を覚ますことになる。そして、そこが自分の目にする最後の部屋になってしまう。だが、無事に検査を通過すれば、エレヴェータは四階に停止する——三年まえから彼が勤めている職場、すなわちクロックタワーのジャカルタ支局本部に。

クロックタワーは、国境のないテロリズムに対して世界が打ち出した、極秘の対抗策だった。つまり、国境なき対テロリズム機関なのだ。そこには官僚的な運営体系も、役所的な手続きもない。善人が悪人をやっつけるというだけだ。実際にはそこまで単純でなくても、かつてクロックタワーほどそのイメージに近づいた組織はないだろう。

クロックタワーは政治や思想から切り離された自立した存在だが、何より重要なのは、目的達成能力が極めて高いということだった。だからこそ、その実態がほとんど摑めなくても世界各国の情報機関がクロックタワーに協力する。この組織の創設時期も、最高責任者も、資金源も、本拠地さえ明らかにされてはいない。クロックタワーに入った三年まえ、ジョシュは内部の人間になれば答えがわかるものと思っていた。だが、それは間違いだった。ジョシュの昇進は速く、ほどなく彼はジャカルタ支局情報分析部の部長になったが、CIAの対テロ分析局から転職した当時と比べて知識は何ひとつ増えなかった。おそらく、知らないままでいろということなのだ。

クロックタワーの内部では、情報は独立した各支局、〝セル〟のあいだで細かく分割される。セルが得た情報はすべて中央司令部、〝中央〟と共有されるし、中央から情報を引き出すこともできるが、各セルが大きな作戦の全体像を摑んだり推測したりすることはできないようになっている。そして、その状況が当たり前だからこそ、六日まえにジョシュに案内が届いたときは仰天したのだった。それは、クロックタワーの全セルの首席分析員に宛てた〝サミット会議〟への案内だった。彼はジャカルタ支局長のデヴィッド・ヴェイルのもとへ行き、これは冗談かと訊いてみた。支局長は違うと言い、各方面のトップはみな会議のことを知っていると答えた。

だがそんな驚きも、会議で受けた衝撃に比べれば何ほどのものでもなかった。最初にびっくりしたのはその出席者の多さだった──二百三十八人もいたのだ。それまでジョシュは、クロックタワーはもっと小規模で、せいぜい五十ほどのセルが世界の紛争地域に散らばっている程度だと思っていた。しかし、出席者は地球上のあらゆる場所から集まっていた。ひとつのセルがジャカルタ支局と同じ規模──約五十名が所属している──だとすれば、全セルを合わせた構成員は一万人を超す計算になる。さらに中央には、情報を統合・分析する人間が最低でも一千人はいるはずで、むろん、セル間の調整を図るための人員もいると思われた。

これは予想外の規模だった──ジョシュが働いていたCIAにはおよそ二万人の職員がいたが、それに匹敵する大きさだ。ただし、CIAの二万人の大半はヴァージニア州のラングレーで分析活動を行っており、現場で動いているわけではない。しかも、CIAは官僚的で肥大化しているがクロックタワーは無駄のない組織だ。

クロックタワーの特殊作戦遂行能力は、各国政府のそれをはるかに凌いでいるのかもしれなかった。クロックタワーの各セルは、三つのグループで構成されている。ひとつめは諜報員のグループで、CIAで言えば秘密作戦部に相当する。彼らはテロ組織や麻薬カルテルといった犯罪組織に潜入したり、地元政府や銀行、警察などで協力者を確保したりする。諜報員の任務は現場の生きた情報、つまりHUMINT《人的情報》を収集することだ。

二つめのグループは、情報分析を担っている。分析員は勤務時間のほとんどを二つの行為に充てている――ハッキングと推理だ。そこではあらゆるものがハッキングの対象になる。電話、Eメール、文書。そうしたSIGINT《信号情報》は、HUMINTや地元の情報と併せて中央に送られる。部長であるジョシュの務めは、ジャカルタ支局ができるだけ多くの情報を収集できるようにすることと、情報から結論を導き出すことだった。〝結論を出す〟などと言えば、推理するだけの一般分析員より聞こえはいいかもしれないが、本質的には彼も推理に基づいて支局長に助言をする立場でしかない。現場での作戦を許可するのは支局長であり、彼が中央と相談したうえで、秘密武装工作員――これが三つめのグループだ――に作戦を実行させるのだ。

ジャカルタの武装工作員は、クロックタワーでも第一級の工作部隊として評価されていた。おかげでジョシュも会議ではちょっとした有名人気分を味わった。事実上、ジョシュのセルはアジア太平洋地域のトップで、誰もがその成功の秘訣を知りたがった。

とはいえ、出席者の全員がジョシュをスター扱いしたわけではなかった――うれしいことに、会議では古い友人の顔もたくさん見受けられたのだ。CIA時代の同僚や他国の情報機関の知り合いだ。これには本当に驚かされた。何しろ、この旧友たちとは長年連絡をとり合っていたのだから。クロックタワーには厳格なルールがある。新メンバーは新しい名前を与えられ、過去を消され、セルの外で新たな身元を明かすことを禁じられる。外部と電話するときはコンピュータで声を変えなければならない。むろん、メンバー同士が直接会うことも許されない。

つまり、このように顔を突き合わせて――しかも、すべてのセルの首席分析員が集まって――会議を開くというのは、そうした秘密のヴェールをずたずたに引き裂いてしまうということだった。クロックタワーのあらゆる規約を無視していると言っていい。ジョシュにも、こんな危険を冒すには何か理由が――よほど切迫した、やむを得ない事情が――あることは察しがついていた。しかし、会議場で中央から聞かされたのは、彼の予想をはるかに超える真相だった。いまでも信じられないくらいだ。一刻も早く、この件をデヴィッド・ヴェイルに伝えなければならなかった。

ジョシュはエレヴェータのドアにぎりぎりまで近づき、支局長のオフィスへ直行すべく到着を待った。

午前九時ともなれば、ジャカルタ支局は本格的にその業務を開始しているだろう。分析室はニューヨークの証券取引所並みに光で溢れ、並んだモニターの前では分析員たちが何か指差しながら議論を交わしているはずだ。フロアの先の、ドアを全開にした作戦準備室では、集まった工作員たちが今日の出動に備えているだろう。ロッカーの前で手早く防弾服を着け、ポケットというポケットに予備の弾倉を詰め込んでいるのは、やや遅れて出勤した者たちだ。早起き組はたいてい木製のベンチで肩を並べ、スポーツや銃の話をしながら朝の打ち合わせが始まるのを待っている。そんな仲間同士の語らいを中断させるのは、ときどき起きるロッカールームでの悪ふざけぐらいだ。

ここはジョシュの我が家であり、会議で思いがけず充実した時間を過ごしたとはいえ、やはりいちばん帰りたくなる場所だった。たしかに、自分と同じ境遇の首席分析員に囲まれ、みなが同じような悩みや不安を抱えていると知ったことは、ジョシュにとって大いに慰めになった。ジャカルタでは分析部部長として部下を率い、従うべき上司は支局長ひとりだが、何でも話せる対等な仲間がいない。諜報活動は孤独な仕事だが、責任ある立場にいればなおさらだ。旧友のなかには大きな犠牲を払った者もいるようだった。年齢以上に老けて見える者が大勢いたし、冷淡でよそよそしくなった者もいた。自分もいつか同じ道を辿るのだろうか、と彼らを目にして考えさせられた。だが、人生に代償はつきものだ。自分はこの仕事に信念をもっている。欠点のない仕事などありはしないだろう。

会議の思い出に浸っていたジョシュは、そのときふと、いつまでもエレヴェータのドアが開かないことに気づいた。どうしたのかと首《こうべ》を巡らすと、照明がスローモーション映像のようにぼんやりとかすんだ。からだが重く、息が苦しかった。手すりを摑もうとしたが力が入らない。指が滑り落ち、ジョシュの眼前にスティールの床が迫ってきた。

10

インドネシア　ジャカルタ——ジャカルタ西警察署　取調室C

ケイトはひどい頭痛とからだの痛みを感じていた。だが、警察が何かしてくれそうな気配はまるでなかった。パトカーの後部座席で気がついたときから、運転手は返事すらしなかったし、警察署に着いてからも事態は悪くなる一方だった。

「なぜ私の話を信じないの？　早くあの子たちを捜してちょうだい」ケイト・ワーナーは立ち上がってスティールのテーブルに身を乗り出し、やけに澄まし込んだその小柄な取調官を睨《にら》みつけた。彼はもう二十分もそうして時間を無駄にしていた。

「もちろん、我々もそのつもりですよ。だからこそ質問に答えて頂きたいんです、ミス・ワーナー」

「もう答えたじゃない。私は何も知らないの」

「果たして本当なのか、嘘なのか」そう言いながら、小柄な男は左右に首を傾けた。

「本当よ。もういいわ、自分で捜しにいくから」ケイトは鋼鉄製のドアに向かって足を踏み出した。

「ドアは開きません、ミス・ワーナー」

「じゃあ開けてちょうだい」

「それは無理ですね。容疑者の取り調べ中は鍵を開けないことになっていますから」

「容疑者ですって？　弁護士を呼んで、いますぐに」

「ここはジャカルタですよ、ミス・ワーナー。弁護士を呼ぶことも、アメリカ大使館に電話することもできません」男は下を向いてそう答え、ブーツの埃をつまみ取った。「ここには外国人が山ほどいます。観光だの何だのと、大勢やって来ますが、この国や地元の人間に敬意を払うことを知りません。以前はね、我々もアメリカ領事が怖くて弁護士を呼んでいたんです。するときまって逃げられてしまう。こっちだって学習しますよ。インドネシア人はね、ミス・ワーナー、あなたが思っているほど間抜けではないんです。あなたもそんな勘違いをしたからこの国に来たんでしょう？　何を企んだって、どうせ我々なら気づきはしないとね」

「企むだなんて。私は自閉症を治したいだけよ」

「なぜご自分の国で治さないんですか、ミス・ワーナー？」

なぜアメリカを離れたのか、ケイトは何があってもこの男にその理由を教える気はなかった。彼女は言った。「アメリカほど治験にお金がかかる国はないからよ」

「ほう、では費用の問題だと？　このインドネシアなら実験用の赤ん坊を買えるから、ということですか？」

「赤ん坊を買ったことなんて一度もないわ！」

「ですが、この子どもたちはあなたの研究所のものでしょう？」彼がケイトの方へファイルを向け、紙面を指した。

ケイトはその指先に目をやった。

「ミス・ワーナー、あなたの研究所はこの二人の——いや、百三人の子どもすべての法的保護者になっていますよね？」

「法的保護と所有はまったくべつのものよ」

「あなたたちは色んなことばを使う。オランダの東インド会社もそうだった。ご存じですか？　もちろんご存じのはずだ。彼らは〝植民〟などと言っていたが、実際には二百年以上もインドネシアを支配したんです。ひとつの会社がこの国と民衆を支配し、我々をまるで所有物のように扱って、欲しいものは何でも奪っていった。我々は一九四五年にようやく独立を果たしましたが、記憶はいまも生々しく残っています。今回の件も、陪審員の目にはそれとそっくり同じに映るでしょう。あなたは子どもたちを奪った、違いますか？ご自分で口にしたように、代金も支払わずにだ。それに、見たところ両親に関する記録がまったくない。子どもを引き取るにあたって親の許可を得ていないのでしょう。ひょっとすると、親たちは我が子の居場所さえ知らないのではありませんか？」

ケイトは黙って男を見つめた。

「どうやら図星のようですね。それでいいんです。正直がいちばんですよ。最後にもうひとつだけ。あなたの研究資金は、イマリ・ジャカルタの研究開発部から出ているそうですね。たぶん、ただの偶然でしょうが……いや、不運なことです。イマリ社は、六十五年ほどまえにオランダがこの地を追い出されたとき、連中からたくさんの土地を買い取ったんですよ。つまり、あなたの研究資金だって、もとを正せば……」

男はファイルに書類を戻し、これからインドネシアのペリー・メイスンが最終弁論を披露するとでも言わんばかりの顔で立ち上がった。「陪審員がどう感じるか、あなたにもおわかりでしょう、ミス・ワーナー。あなたたちは去ったが、名前を変えて戻ってきたんだ。そして相変わらず我々を食いものにしている。一九〇〇年代はサトウキビやコーヒー豆。いまは新薬の開発のために実験用のモルモットを欲しがっている。自分の国ではできない実験をするために、我々の子どもを奪っているのです。自分たちの子どもは使いたくないと言ってね。そして、何か起きたときは——子どもに副作用が出たり、地元政府にばれそうになったりしたら——その子どもたちを片付けてしまうつもりだった。しかし、ここで予定外のことが起きたのでしょう。おそらく、ある補助員が子どもを殺すことを拒んだんです。間違ったことですからね。彼は抵抗し、争ううちに殺されてしまった。このままでは警察が来てしまいます。そこであなたは、この誘拐話をでっち上げることにした。そうですよね？　わかっています。素直に認めたほうがいい。インドネシアは慈悲深い国だ」

「でたらめよ」

「これがいちばん納得できる筋書きなんです、ミス・ワーナー。あなたは何の釈明もしないじゃありませんか。ただ弁護士を呼べと言い、釈放しろと要求するだけだ。自分がどんな印象を与えているか、よく考えてみるといい」

ケイトはじっと彼を見すえた。

男はドアへ向かいはじめた。「いいでしょう、ミス・ワーナー。忠告しておきます。この先はもう、我々も甘い顔はしません。協力したほうが身のためです。まあ、アメリカ人ならその辺の計算はお手のものでしょうが」

11

中国　チベット自治区　プラン郊外――イマリ総合研究所

「起きろ、ジン。おまえの番号が呼ばれてるぞ」

ジンは目を開けようとしたが、明かりが眩しすぎた。ルームメイトが身を屈めて何やらささやきかけているが、何を言っているのかわからない。室内にはスピーカーの声が響き渡っていた。「二〇四三九四番、直ちに出頭せよ。二〇四三九四番、直ちに出頭せよ。二〇四三九四番、二〇四三九四番」

ジンは狭いベッドから飛び起きた。いつから呼ばれていたのだろう？　慌てて左右に顔を向け、ウェイと共有している三メートル四方の部屋に目を走らせた。パンツとシャツはどこへいった？　勘弁してくれ——遅れたうえに下着姿で駆けつけたりすれば、間違いなくここから放り出されてしまう。どこだ？　どこに——？　ベッドに腰掛けたルームメイトが、白い布製のシャツとパンツを差し出していた。ジンはそれをひったくり、パンツを破らんばかりの勢いで脚を突っ込んだ。

ウェイはうつむいていた。「すまない、ジン。おれも眠り込んでしまって。聞こえなかったんだ」

ジンはひとこと言いたかったが、とにかく時間がなかった。部屋を飛び出し、廊下を走った。無人の部屋がいくつかあったが、ほとんどはひとりだけが残っていた。別棟に続くドアに到着すると、係員が言った。「腕を」

ジンは腕を突き出した。「二〇四三九四番です」

「口を開くな」そう言うと、係員はジンの腕に小さなスクリーンのある装置をかざした。

ブザーが鳴り、彼が振り返って叫んだ。「来たぞ」そして、ジンのためにドアを開けた。

「入れ」

ジンは五十人ほどの〝居住者〟と合流した。彼らは係員三人に導かれ、椅子が何列も並んだ広い部屋へと案内された。列のあいだは背の高い衝立で仕切られていた。椅子は浜辺で使うリクライニング・チェアのようで、傍らには銀色の長い支柱が立っている。そこに透明な液体の入った袋が三つ掛けられており、それぞれの袋からチューブが垂れ下がっていた。椅子を挟んだ反対側には、何やら車のダッシュボードよりたくさん計器が並んだ機械が置いてある。底から伸びたワイアの束が右手の衝立にくくりつけられていた。

ジンがこんな部屋を目にするのは初めてのことだった。こんなふうに呼び出されるのも初めてだ。半年まえにこの施設に来てからというもの、毎日の生活にはほとんど変化がなかった。朝、昼、晩と、同じ時刻に同じメニューの食事をし、食後には必ず、右腕に埋め込まれたバルブのような装置から血を採られる。ときどき午後になると、胸に計測用の電極を付けて運動することもあった。そしてそれ以外は、ベッド二台とトイレしかない、三メートル四方の小部屋にずっと閉じ込められている。数日おきに、低い音がする大きな機械で写真を撮られたりもするが、そういうときはただじっと横になっていなければならなかった。

シャワーは週に一回で、男も女もいっしょに大きなシャワー室に入れられた。ジンにとってはこの時間が何よりもきつかった――欲求を抑え込まなければならないからだ。ジンがここへ来た最初の月に、ある男女がじゃれ合っていて捕まった。それ以来、その二人の姿を誰も見かけていない。

先月、ジンはシャワーの時間になっても部屋に残ったことがあった。するとすぐに監視員が飛んできた。「今度勝手な真似をしたら、ここから放り出すからな」そのことばはジンを震え上がらせた。ここにいればお金を――それも、かなりの大金を――もらえるのだ。ジンにはそのお金がどうしても必要だった。

ジンの家族が農地を手放したのは、去年のことだった。いまや小さい畑だけで税金を払えるような農家は一軒もない。もっと大きな農家なら何とかなるかもしれないが。中国の人口が膨れあがり、国じゅうで地価が急騰しているせいだ。その結果、ジンの家族も大半の農家と同じ道を辿ることになった。上の子どもを都会で働かせ、両親と下の子どもに仕送りをさせるのだ。

ジンの兄は電子機器の工場で働き口を見つけた。一ヵ月後、ジンは両親といっしょに兄のもとを訪れた。労働環境はここよりはるかに悪く、兄のからだは早くも蝕まれはじめていた。故郷を離れるときは健康でたくましかった二十一歳の青年が、二十歳は老けてしまったように見えた。顔は青白く、髪も薄くなり、少し腰を曲げて歩くようになった。咳も止まらないようだった。風邪をひいた工員から宿舎のみんながうつされた、というのが兄の説明だったが、ジンは信じていなかった。兄は、給料から貯めたわずかなお金を両親に手渡した。「大丈夫、五年か十年働けば、また畑を買えるぐらい貯金できるよ。そしたら家に帰るから、みんなで一からやり直そう」そのときは、そこにいる全員がとても楽しそうに振る舞った。両親は、おまえを心から誇りに思う、と兄に言った。

家への帰り道、父親が明日にでも何かいい仕事を探しにいくと言いだした。自分の技術があればどこかで管理職に就けるだろうし、いい給料ももらえるだろうと。ジンと母親は黙って頷いた。

その晩、ジンは母親の泣き声を聞いた。続いて父親が怒鳴る声も。これまで喧嘩などしたことがない二人なのに。

そして、次の晩。ジンはそっと部屋から抜け出し、書き置きを残して、いちばん近い大都市の重慶《チョンチン》に向かった。街には仕事を求める人間が溢れていた。

七カ所ほどまわってみたが、ジンを雇ってくれるところは見つからなかった。だが、八カ所目は様子が違った。質問などはひとつもされず、ただロのなかに綿棒を入れられ、一時間ほど広い待合室で待たされただけだった。応募者の大半はそこで追い返されていた。そして、さらに一時間ほど待たされたあと、ジンは二〇四三九四という番号で呼ばれ、医療研究施設で雇うと告げられたのだった。彼らから報酬の額を聞いたとき、ジンは手が痛くなるほど力を込めてサインをしていた。

ジンは自分の幸運が信じられなかった。きつい仕事にちがいないと覚悟していたが、予想は見事に外れた――まるでリゾートに来たようなものだったのだ。そしていま、そのすべてがジンの手から逃げようとしている。このままではきっと馘《くび》になってしまう。あんなに何度も呼び出されていたのに。

もう畑を買えるぐらいのお金は貯まったかもしれない。ほかの研究所で雇ってもらうという手もあるだろう。だがジンは、国内の大工場では労働者のブラック・リストがまわっている、という話を聞いたことがあった。リストに載った者は、もうどこにも雇ってもらえない。それは死を意味していた。

「何をぼんやりしてるんだ！」男が叫んだ。「早く椅子に坐れ」

ジンをはじめ、裸足に白服姿の〝労働者〟五十人が一斉に椅子に駆け寄った。押し合いになって肘が飛び交い、足を取られて倒れる者までいた。そうしてまわりが椅子に落ち着いたころ、ジンだけはまだ席を見つけられずにいた。毎回、すんでのところで誰かにとられてしまうのだ。もし椅子に坐れなかったらどうなるのだろう？　これは何かのテストかもしれない。自分はもう――。

「落ち着け、慌てるな。装置を壊すなよ」男が言った。「みんな手近な椅子に坐ればいいんだ」

ジンはほっとため息をつき、隣の列に向かった。ここも満席だ。最後の列まで行ってようやく空いている椅子を見つけることができた。

係員の一団が部屋に入ってきた。長い白衣を羽織り、タブレット端末を手にしている。

若そうな女性がひとり、ジンのもとへやって来た。彼女は袋のチューブをジンの腕のバルブに繋げ、彼のからだに円いセンサーを貼った。そして何度かスクリーンに触れたあと、傍らの椅子に腰を下ろした。

きっとこれもただの検査なのだ、とジンは思った。

ふいに眠気を感じ、彼は背もたれに頭を乗せた――。


ジンは同じ椅子の上で目を覚ました。腕のチューブは外されていたが、センサーは付いたままだった。頭がぼんやりして、からだが痛い。インフルエンザにでもかかったようだ。頭を上げようとすると、ずっしりと重かった。近づいてきた白衣がジンの目にペンライトの光をあて、センサーを外した。そして、ほかの者たちとドアの近くに立っているように、と指示をした。

立ち上がってみると、脚が震えていまにも倒れそうだった。それでもジンは、椅子の肘掛けでからだを支え、ふらつく足でどうにかみんなと合流した。誰も彼もが、半分眠ったような顔をしていた。ざっと見たところ、集まっているのは二十五人ほどで、初めの半分まで数が減っていた。残りはどこへ行ったのだろう？　もしかして、ここでも寝過ごしてしまったのか？　これは懲罰なのだろうか？　そのうち何か説明が？　それから二、三分後、またひとり男が加わった。彼はジンやほかの者よりさらに弱っているようだった。

ジンたちは係員に導かれて長い廊下を抜け、初めて見る大きな部屋に通された。室内には何ひとつものがなく、壁はやけに滑らかだった。まるで金庫室か何かのようだ。そのまま数分が経過した。ジンは床に坐り込みたい誘惑に駆られていた。だが、坐ってもいいとは聞いていない。重い頭を肩から垂らし、その場にじっと立ちつづけた。ドアが開き、子どもが二人入ってきた。せいぜい七、八歳というところだろうか。付き添いの監視員が二人を残して部屋を出ると、ドアの閉まる重い音が響き渡った。

子どもたちは薬を打たれていないようだった。少なくともジンにはそう見えた。二人は警戒した表情を浮かべ、素早く人のあいだに潜り込んできた。褐色の肌をしているところをみると中国人ではなさそうだ。忙しなく人のあいだを動きまわり、見慣れた顔はないかと探している。ジンは、二人がいまにも泣きだすのではないかと思った。

そのとき部屋の奥の方からウィンチが回転するような音が聞こえてきた。そしてすぐに、ジンは何かが下りてきていることに気づいた。頭が重くて仕方なかったが、どうにか上へ視線を向けた。かろうじてその装置が目に入った。それは巨大な鉄の塊で、頭部が潰れたチェス駒のポーンのような形をしていた。あるいは、側面に凹凸《おうとつ》がないベルのような。高さは四メートル近くあり、重量もかなりありそうだった——外周二十五センチほどの太いケーブルで吊るされているからだ。極太のケーブル四本で吊るされたそれは、床から六メートルほどの位置まで下りたところで動きを止めた。壁にはレールが走っていたらしく、ケーブルのうちの二本がそれに沿って下がりはじめた。そして、巨大な装置の真横まで来ると、ぴんとまっすぐに張って両側から装置を固定した。ジンはさらに上方へ目を向けてみた。装置の天辺からもう一本ケーブルが伸びている。両脇のケーブルよりもさらに太い。こちらは硬い金属の綱ではなく、ワイアやコンピュータ・ケーブルなどを束ねた電気ケーブルのようだった。

子どもたちは人込みの真ん中で立ち尽くしていた。大人たちは必死で上を向こうとしている。

目が慣れてくると、装置の側面に刻まれた模様がかろうじて見て取れた。あれは、ナチスのシンボルのはずだ。だがその名称までは思い出せない。とにかく眠いのだ。

装置は暗いままだったが、かすかに、何か振動する音が聞こえた気がした。ドン、ドンと、硬い扉を規則的にノックするような。いや、もしかすると写真機の音かもしれない。これは一風変わった撮影機器なのだろうか？　集合写真でも撮ろうというのか？　だが、振動の音は一秒ごとに大きくなっていき、やがて巨大なポーンの頭部から光が放たれた――どうやらそこに細い窓があるようだ。黄色とオレンジの光が音のリズムに合わせて明滅し、まるで灯台のように室内を照らしていた。

装置の音と光にすっかり心を奪われていたジンは、まわりの人間が倒れはじめたことに気づかなかった。何かが起きていた。そして、異変はジンのからだにも現われていた。どんどん脚が重くなっていく。金属が曲がるような音がした。装置が両脇のケーブルを振り切って上昇しようとしているのだ。

ジンを引き倒そうとする力はますます強くなっていった。周囲に目をやったが、子どもたちの姿は見当たらなかった。誰かに肩を掴まれた。振り返ると、ひとりの男がジンにしがみついていた。顔じゅうにシワが寄り、鼻血を流している。手の皮が剝がれたようで、ジンの服に男の皮膚が残っていた。いや、皮膚だけではない。男の血がみるまにジンのシャツに染み込んでくる。男がジンに倒れかかり、その勢いでジンも床に崩れ落ちた。ドンドンという響きが次第に低いうなりに変わり、光が点滅をやめたころ、ジンは顔を伝う自分の鼻血を感じていた。そして、ふいに音も光も消滅した。

ドクタ・チャンと研究員たちは制御室に立ち、被験者が次々と血にまみれたしわくちゃの死体になるのを見つめていた。

チャンはぐったりと椅子に坐り込んだ。「わかった、もういい。止めてくれ」そう言うと、眼鏡を外してテーブルに放り、鼻梁をつまんでため息をついた。「ボスに報告しなくては」あの総轄責任者が不満を感じることはわかっていた。

チャンは腰を上げてドアへ向かった。「すぐに片付けを始めてくれ。検屍は必要ないからな」今回も、過去二十五回のテストと何も変わらない結果になったのだから。

清掃員の二人はタイミングを合わせて腕を振り、キャスター付きのプラスティック・ケースに死体を放り込んだ。ケースで一度に運べる死体はせいぜい十体ほどだ。今日は火葬炉まで三往復はしなければならないだろう。めいっぱい積み上げれば二往復で済むかもしれないが。

彼らにとって、今回の現場はまだましなほうだった。少なくとも死体は原形をとどめている。これがばらばらだったりするといつまで経っても終わらないのだ。

防護服を着ての作業は楽《らく》ではなかったが、着用しなければもっと悲惨な結末が待っていた。

二人はまたひとつ死体を持ち上げ、左右に振って勢いをつけた。と、そのとき——。

死体の下で何かが動いた。

子どもが二人、死人の山から這い出そうともがいているのだ。全身を血まみれにして。

清掃員のひとりが死体をどかしにかかった。もうひとりはカメラの方を向き、両手を高く振った。「おい、生存者だ！　二人いるぞ！」

12

インドネシア　ジャカルタ――クロックタワー　支局本部　監禁室

「ジョシュ、聞こえるか？」

ジョシュ・コーエンはまぶたを開けようとした。光が眩しく、頭がずきずきと脈打っている。

「おい、もうひとつだ」

ジョシュはおぼろげに、自分の横たわる硬いベッドに誰か坐っているのを見て取った。ここはどこだ？　何やら本部の監禁室のように見えるのだが。人影がジョシュの鼻先にカプセルを近づけ、パチンと音を立ててそれを開けた。ジョシュの鼻に人生最悪の臭いが流れ込んできた――強烈なアンモニア臭が気管を通って肺を満たし、とっさにのけぞったジョシュは壁に頭をぶつけてしまった。おかげで、重く脈打っていた頭痛が鋭い痛みに変わった。ジョシュはきつく目を閉じて頭をさすった。

「よしよし、慌てるな」支局長のデヴィッド・ヴェイルだった。

「どういうことですか？」ジョシュは訊いた。

いまでは視界がはっきりし、デヴィッドが完全武装していることも、ドアの前に武装工作員が二人立っていることもわかった。

ジョシュはからだを起こした。「誰かに盗聴器でも仕込まれ――」

「落ち着け、盗聴器があったわけじゃない。立てるか？」デヴィッドが言った。

「ええ、たぶん」ジョシュはふらつきながら立ち上がった。エレヴェータで彼の意識を奪ったガスが、いまだに脚に効いていた。

「よし、ついてこい」

ジョシュはデヴィッドと工作員二人に連れられ、監禁室をあとにした。長い廊下を進み、サーバー・ルームのドアの前まで来ると、デヴィッドが工作員の方を振り返った。「ここで待機しろ。誰かが廊下に現われたら無線で連絡をくれ」

サーバー・ルームに入るとデヴィッドがまた歩調を速めたので、ジョシュは小走りになってあとを追わなければならなかった。身長が百九十センチ前後で筋肉質の支局長は、アメフト選手並みの巨体をもつ工作員たちよりは小柄だったが、バーで暴れる酔客を一瞬で大人しくさせるぐらいの迫力は充分に備えていた。

二人は入り組んだサーバー・ルームを縫うように進み、緑や黄や赤の光を放つ高い棚のあいだを抜けていった。室内は冷房が効いており、機械から絶えず響いてくる低音が頭の芯をしびれさせた。三人組のＩＴ担当者が、何やら黙々と作業を続けていた――機械を付けたり外したり、元に戻したりしている。あたりはひどく散らかっていた。ジョシュの足がコードを引っかけたが、転ぶ寸前にデヴィッドが振り向いて彼を押し戻した。

「大丈夫か？」

ジョシュは頷いた。

「ええ。ずいぶんごちゃごちゃとした場所ですね」

デヴィッドは何も答えなかったが、そこからはいくぶんペースを落とし、やがて壁際にあるスティールの棚の前に出た。デヴィッドがその棚を脇へ押しやると、背後から銀色のドアとパネルが現われた。赤い光が彼の手のひらをスキャンし、次に開いたパネルが顔と網膜を読み取った。壁面が左右に開き、その奥に、どこか戦艦をイメージさせる黒い金属の扉が出現した。

デヴィッドがまた手をかざして扉を開き、ジョシュをなかへ案内した。そこは体育館の半分ほどの広さがある洞窟のような部屋だった。壁はコンクリート製らしく、足音が大きく反響した。部屋の中央に、太い金属の綱で吊るされた縦横三・五メートルほどのガラス張りの小部屋があった。小部屋はぼんやりと光って内部が見えなかったが、それが何であるかはジョシュにも察しがついた。

これまでもうすうす存在は感じていたのだが、自分の目で見るのは初めてだった。これは〝隔離室〟だ。もっとも、ジャカルタ本部全体がひとつの——あらゆる盗聴装置から防御された——隔離室だと言えなくもない。だからこそ、本部内ではとくに警戒する必要がないのだが、内部の人間にも話を聞かれたくないときは事情が違ってくる。

たしかに、こうした部屋が必要な局面はあるだろう。支局長はこの小部屋でほかの支局長と電話やテレビ会議をしているのかもしれない。おそらくは中央とも。

小部屋に近づくと短いガラスの階段が下りてきて、二人がなかに入るとまたすぐに引っ込んだ。背後でガラスのドアが閉じた。奥の壁にコンピュータ・スクリーンが並んでいたが、目立つものといえばそれぐらいで、室内は驚くほど簡素だった。飾り気のない折り畳み式のテーブルに、椅子が四脚。電話二台と会議用スピーカー。それに、古ぼけたスティール製の書類棚があるだけだ。家具はどれも安物で、建築現場の事務所で使うほうが似合いそうな感じだった。

「坐ってくれ」そう言うと、デヴィッドは書類棚に近づいてファイルを数冊取り出した。

「私からも報告があります。とても重要な――」

「まずはこっちの話だ」デヴィッドがジョシュの向かいに腰を下ろし、テーブルにファイルを置いた。

「失礼ながら、これはすべてを一変させるような話なんです。何もかも根底から見直すことになるかもしれません。この支局が現在実行している作戦はもちろん、分析の段階から――」

デヴィッドが片手を上げた。「その先は言わなくていい、わかっている」

「わかっている？」

「ああ、こう言いたいんだろう？　先進国での不審な動きも含めて、我々が追っているテロ計画の大半が実は関連性をもっている、と。これまで我々は、複数のテロ集団や原理主義グループが独自にテロを企てていると考えていた。だが、そうではなかった」

ジョシュが何も答えられずにいると、デヴィッドがさらに言った。「クロックタワーはこう考えているんだ。それらの集団は、どれもある組織のべつの顔にすぎず、世界には想像をはるかに超えたひとつの巨大な組織が存在すると」

「もうお聞きになったんですか？」

「ああ。だが最近のことじゃない。おれは、クロックタワーに入るまえから自分で仮説を立てていた。正式に聞かされたのは支局長になったときだ」

ジョシュは顔を背けた。裏切りとまでは言えなくても、これほど重大な事実を——分析部のトップである自分が——いままで教えてもらえなかったのかと思うと、腹に一撃を食らったような気分だった。そして同時に、自分も先に勘づくべきだったのではないか、自力で見抜けなかったことでデヴィッドを失望させたのではないか、とも感じていた。

デヴィッドはジョシュの落ち込みを感じ取ったようだった。「いまさらだが、おまえにはずっと打ち明けたかったんだ。だが、これは極秘事項だったからな。おまえに言っておくことがある。会議に出席した二百四十名近い分析員のうち、百四十二名は戻ってこられなかった」

「え？　そんなはずは。みんな——」

「彼らは審査を通過できなかったんだ」

「審査……」

「あの会議はテストだったんだよ。到着した瞬間から帰るときまで、カメラとマイクで監視されていたのさ。我々が容疑者を尋問するときと同じで、主催者側はずっと音声ストレスや瞳孔の拡がり、眼球運動、そのほかにもいろいろな指標を読み取っていた。つまり、会議のあいだじゅう分析員の反応を観察していたんだ」

「我々が情報を漏らさないかどうか確かめるためですか？」

「それもある。だがもっと重要なのは、誰がすでに情報を知っているか見極めることだったんだ。なかでも、背後に超巨大組織が存在することを知っている分析員、これをあぶり出すことが目的だった。あの会議は、クロックタワーの大がかりなスパイ狩りだったのさ」

その瞬間、ジョシュは周囲の景色が消えていくような感覚を覚えた。デヴィッドが遠くで何か話していたが、頭は満杯状態だった。会議は罠を張るのに最適な場所だ。たとえ分析員であろうと、クロックタワーの局員はみな防諜法の基礎を教え込まれている。嘘発見器を欺くことも基礎訓練のひとつだ。だが、真実のように嘘をつくことはできても、驚きの情動反応を作り出すのは極めて難しい。三日ものあいだそれを維持して各種の検査を通過するなど、不可能な話だろう。それにしても、首席分析員を全員集めて調べるとは。それはつまり……。

「ジョシュ、聞いてるのか？」

ジョシュは顔を上げた。「いえ、すみません。頭が追いつかなくて……つまり、クロックタワーに敵が入り込んでいたということですね」

「そうだ、だから集中して聞いてくれ。これから事態は急速に変わっていく。おまえの協力が必要なんだ。分析員へのテストは、クロックタワーの〝ファイアウォール・プロトコル〟の第一段階だ。いまごろ世界中で、会議から戻った首席分析員が支局長と話し合いをしているだろう。これとそっくり同じ隔離室にこもり、自分たちのセルをどうやって護るか検討しているはずだ」

「このジャカルタ支局にも敵が入り込んでいると？」

「いないほうが驚きさ。話はここからだ。分析員の浄化はスタートの合図だった。ファイアウォール・プロトコルでは、まず内通者の分析員を見つけ出し、残った首席分析員と支局長で内部に潜む二重スパイを特定する、という段取りが組まれていたんだ」

「なるほど」

「だが、誤算があった。ほころびは予想よりも大きかったんだ。ここでおまえにも、クロックタワーの組織について簡単に教えておこう。セルがいくつぐらいあるかはもう知っているな。常時、二百から二百五十はある。我々は会議のまえから、六十名ほどの首席分析員が内通者であることを摑んでいた。その連中は会議には出席していない」

「では、会場にいたのは――」

「替え玉だ。かつて分析員をしていた工作員など、怪しまれない人間を用意した。分析員のなかには、大まかにだがセルの総数を把握している者もいたからだ。それに、替え玉を使う利点もあった。彼らは的確な質問をぶつけて答えさせ、反応を引き出すことで、三日にわたる判定作業を効果的に進めていたんだ」

「信じられない……なぜそんなにほころびが広がっていたのでしょうか？」

「それを解き明かすのも課題のひとつだ。話はまだ終わっていない。クロックタワーのセルは、ジャカルタ支局のようなものばかりではない。その大半は情報収集所と呼んだほうがふさわしい規模だ。少数の諜報員で構成されていて、集めたHUMINT《人的情報》やSIGINT《信号情報》を中央に送っている。この収集所が汚染されていると、厄介なことになる――巨大組織の正体が何であれ、やつらはそのセルを使って情報を集めることも、こちらに偽のデータを送ることもできてしまうからだ」

「そうなると、こちらは目が見えないも同然ですね」

「そうだ。我々は当初、敵が一部の情報収集担当者を取り込んで大規模攻撃を企てている、という程度に考えていた。だが、そんな話では済まないことがわかった。主要セルにまでほころびが広がっていたんだ。こうしたセルはジャカルタ支局と同じで、情報収集者に加えて強力な秘密工作部隊を擁している。主要セルは、ここを含めてぜんぶで二十ある。これらのセルは最後の砦だ。敵が何を企んでいるのかわからないが、連中の手に落ちれば世界に危険が及ぶだろう」

「敵が入り込んでいた主要セルの数は？」

「わからない。だが、三カ所の主要セルがすでに陥落した。カラチ、ケープタウン、マルデルプラタ。現地からの報告によれば、どこも身内の工作部隊が本部を襲撃し、分析員や支局長を殺害したそうだ。ここ数時間は連絡も途絶えている。アルゼンチン上空の監視衛星で見たところ、マルデルプラタ本部が破壊されていることが確認された。ケープタウンの反乱には外部の部隊が加わっていたという情報もある。ソウル、デリー、ダッカ、ラホールでは、こうしている間にも銃撃戦が行われている。これらの支局が陥落するとは限らないが、覚悟はしておくべきだ。そして、いまこの瞬間にも、うちの工作部隊がジャカルタ支局を乗っ取ろうとしている可能性がある。外ではすでに攻撃が始まっているかもしれない。まあ、まだだろうと踏んではいるが」

「なぜですか？」

「連中はおまえが戻るのを待っているはずだからだ。おまえは知りすぎた存在だ。攻撃をいつ始めるとしても、真っ先におまえを狙うだろう。タイミングとしては朝の打ち合わせのときがいちばんだから、たぶん、それまでは大人しくしているはずだ」

ジョシュは口が乾いていくのを感じた。「だから、エレヴェータにいるうちに私を捕まえたんですね」そう言うと、しばし考え込んだ。「それで、何をすれば？　打ち合わせが始まるまえに、局員にどんな危険が及ぶか特定すればいいですか？　先制攻撃を仕掛けるつもりでしょうか？」

「いや」デヴィッドは首を振った。「当初はその予定だった。だが、もう手遅れだ。ジャカルタ支局も陥落すると考えたほうがいい。ほかの主要セルと同じぐらい敵が入り込んでいるとすれば、抵抗しても無駄だろう。それより大局に目を向けて、敵の最終目標を見極めるべきだ。生き残るセルは一つか二つかもしれないが、我々が何か摑めば彼らの役に立つ。もし全滅しても、どこかの国の情報機関が活用するかもしれない。ところで、おまえからまだ訊かれていないことがあるぞ。とても重要な質問だ」

ジョシュは少し考えてから言った。「なぜいまなのか？　それに、なぜ分析員から浄化を始めたのか？　まずは工作部隊に潜む敵を見つけ出すべきだったのでは？」

「たいへんけっこう」デヴィッドがファイルを開いた。「十二日まえになるが、ある匿名の情報提供者が、私に二つのことを連絡してきた。ひとつめは、テロ攻撃の危険が迫っているということ――かつてない規模の攻撃が。そして二つめは、クロックタワーに敵が潜入しているということだった」デヴィッドが数枚の書類を並べた。「情報のなかには、敵の二重スパイだという分析員六十名のリストが含まれていた。我々は数日かけて彼らを見張り、情報の受け渡しや無許可の交信を行っていることを確認した。裏付けが取れたわけだ。情報提供者によれば、二重スパイはもっといるという話だった。その先はおまえも知ってのとおりだ。私は各地の支局長と協力してあの分析員会議を計画した。六十名の分析員を尋問して隔離し、替え玉を会場に送り込んだ。情報提供者の正体はわからないが、彼は工作員については何も知らなかったのかもしれない。あるいは、何かの事情で隠していたのかもしれない。彼は直接の接触を拒んだし、連絡も一度きりだった。会議が開かれ、浄化が進められたが、その間も音沙汰はなしだ。ところが、ゆうべ遅くになってまた連絡があった。前回約束した残りの情報を伝えたい、つまり〝トバ計画〟と呼ばれる大規模攻撃の詳細を教える、とな。そこで今朝、マンガライ駅で会うことになったんだが、彼は現われずに代わりに爆弾を担いだやつがやって来た。だが、彼自身は会いたがっていたのだと思う。爆発事件のすぐあとに、子どもがこのメッセージを新聞に挟んでもってきたからだ」そう言うと、デヴィッドは一枚の紙をジョシュの方へ滑らせた。

トバ計画は実在する
4＋12＋47 ＝ 3／5 ジョーンズ
7＋22＋47 ＝ 3／6 アンダーソン

10＋4＋47 ＝ 5／4　エイムズ

「暗号のようですね」ジョシュは言った。

「ああ、意外だった。ほかのメッセージは普通の文章だったからな。だが、いまはすべてに納得がいく」

「どういうことでしょうか？」

「この暗号が何であれ、これこそが彼の本当に伝えたかったメッセージなんだ——すべてはこれを届けるための準備だったのさ。情報提供者は、この暗号文を送るために分析員の浄化をさせたんだ。そうすれば二重スパイではない分析員が——つまり、おまえが——解読してくれるからだ。それに、我々の目を分析員だけに向けさせておけば、工作員との衝突が起きるまえにこのメッセージを届けることができる。もし我々が初めからほころびの大きさを知っていたら、まずは工作員を隔離してクロックタワーを完全に封鎖していただろう。そうなれば、いまのこの話し合いはなかったはずだ」

「たしかにそうですね。ですが、いまだに暗号にする理由がわかりません。なぜこれまでどおり、普通に書かなかったのでしょうか？」

「いい指摘だ。おそらく彼は監視されているのだと思う。この内容をそのまま伝えたりすれば、殺されるか、テロ計画の実行を早めてしまうにちがいない。言い換えれば、彼を監視している人間は我々がまだメッセージを解読できていないと踏んでいるんだ。だから、攻め落とされたセルの数もこの程度で済んでいるのかもしれない——敵はいまも、クロックタワーは制御可能だと考えているんだろう」

「なるほど」

「ああ。だが、いまだに不明な点があるぞ。なぜおれに送ったのか、という点だ」

ジョシュは首をひねった。「そうですね。なぜクロックタワーの局長や、ほかの支局長ではないのか？　もっと単純に、世界中の情報機関に警告したっていいはずです。そのほうが大勢の人間を動かしてテロ対策ができるのに。それとも、彼らに密告するとテロ攻撃を早めてしまうのでしょうか——メッセージをそのまま伝えた場合と同じで。あるいは……支局長だけがテロを止められる立場にいるのか……」ジョシュは顔を上げた。「支局長が何かを知っているのではありませんか？」

「たいへんけっこう。さっき話したように、おれはクロックタワーに入るまえからこの超巨大テロ組織について調べていた」デヴィッドは立ち上がり、書類棚のところへ行ってファイルをもう二冊取り出した。「これは、おれが十年以上かけてまとめたものだ。これまで誰にも見せたことはなかった。クロックタワーにさえな」

13

インドネシア　ジャカルタ――ジャカルタ西警察署　取調室C

ケイトは椅子の背にもたれかかり、どうするべきか考えていた。この捜査官に、治験を始めた当時のことを打ち明けたほうがいいのかもしれない。たとえ彼が信じなくても、裁判に備えて調書は残してもらうべきだ。「待って」ケイトは言った。

男がドアの前で立ち止まった。

椅子の脚を着地させると、ケイトはテーブルに両腕を置いた。「子どもたちを研究所で引き取ったのには、ちゃんとした理由があるの。あなたに話しておくわ。私も、ジャカルタに来た当初はアメリカと同じ手順で治験を行えると思っていた。でも、それがそもそもの間違いだったの。すぐに壁にぶつかって……やり方を変えることになったわ」

小柄な男が戻ってきて腰を下ろしたので、ケイトは、被験者集めに奔走した数週間のことを話して聞かせた。

もともとケイトの出資者は、今回の治験を実施するにあたってアメリカの慣例どおりに〈医薬品開発業務受託機関《CRO》〉に仕事を依頼していた。アメリカの製薬会社は新薬や新療法の開発に熱心で、何か有望な研究があればその治験の運営をCROに任せるのが一般的だ。CROはまず、治験に興味をもつ医師がいる医療施設を探し出す。次に、治験を引き受けた施設が希望者を募って新薬や新療法を試し、副作用などの問題が起きないかどうかを定期的にチェックする。その間もCROは施設を監督しており、治験の状況は出資者や研究組織に報告される。そして、報告を受けた組織が最後に食品医薬品局や各国の行政機関に報告書を提出する。治験が最終的に目指すのは、副作用のない治療効果を実証することだ。とても長い道のりで、実際に試された薬のなかで薬局の棚に並ぶのはわずか一パーセントに満たないと言われている。

ただ、ケイトの治験には初めからひとつ問題があった。ジャカルタはおろかインドネシア全国を探しても、自閉症を診る病院が一軒も見つからなかったのだ。発達障碍全般を扱う施設はわずかにあるものの、そうした施設は臨床試験の経験がなく、治験を行えば患者を危険にさらすかもしれなかった。それに、インドネシアの製薬産業は小規模なため——医薬品の大半を輸入に頼っており、市場が小さいからだ——臨床試験を持ちかけられたことのある医者もゼロに近かった。

そこで、CROは斬新な方法を思いついた。直接患者の両親に働きかけ、自分たちで治験を行う病院を作ってしまおうと考えたのだ。ケイトは、治験の第一責任医師であるジョン・ヘルムズとともに長いことCROと話し合い、ほかの手段がないかどうか探ってみた。

だが、ないというのが結論だった。そして、この案で進めてみようというケイトの説得に応じ、ドクタ・ヘルムズもしぶしぶ承知したのだった。

彼らがまず取りかかったのは、ジャカルタの百六十キロ圏内に住む、自閉症児をもつ親のリストを作成することだった。ケイトは街なかにある最上クラスのホテルのホールを予約し、親を招いて説明会を開くことにした。

何度も治験のパンフレットを書き直し、推敲してはまた書き直すという日々が続いた。最後はベンがオフィスにやって来て、いい加減にしないと治験を手伝わないと宣言した。これにはケイトも降参するしかなく、パンフレットは倫理委員会を経て印刷機にかけられることになり、その後は着々と説明会の準備が進められていった。

会の当日、ケイトは訪れた家族を迎えるために入口に立っていた。どうしても手の汗が止まらないので数分おきにパンツで手のひらを拭っていた。肝心なのは第一印象だ。自信に満ち、誠実そうで、頼れる雰囲気の専門家でなければならない。

ケイトは待った。パンフレットは足りるだろうか？　用意したのは一千部で、送った招待状は六百通だが、両親が揃って来る可能性もあるだろう。ほかの親族が来ないとも限らない――何しろ、患者をもつインドネシアの家族については信頼できる記録やデータベースがまだないのだ。もし足りなかったら？　ケイトはベンに言って、ホテルのコピー機を使えるように手配させた。そうしておけば、万が一のときはケイトが話している隙に重要な部分をコピーできるからだった。

開始予定時刻を十五分ほど過ぎたころ、二人の母親が現われた。ケイトはまた手を拭って力強く握手をし、少々大きすぎる声で挨拶した。「お越し下さってありがとうございます――いえ、ここで間違いありません。どうぞおかけになって下さい。すぐに始まりますから」

予定時刻から三十分が経過した。

そして、一時間が。

ケイトは六人の母親と輪になって坐り、雑談を交わしていた。「いったいどうしたんでしょう――招待状を受け取られたのはいつですか? いえ、ほかのかたにも送りました。きっと配達に問題があったのでしょう――」

結局、ケイトは母親六人を連れてホテル内の小さな会議室に移動した。そこにいる全員の気まずさを和らげるためだった。それでも、ケイトが簡単な説明をしているあいだに、ひとり、またひとりと母親たちが帰りはじめてしまった。子どもを迎えにいくとか、仕事に戻らなければならないといった弁解を口にして。

階下のホテルのバーでは、ドクタ・ヘルムズがだらしなく酔い潰れていた。ケイトが下りていくと、その白髪の男は身を乗り出してこう言った。「だから言っただろ、うまくいくわけないってな。この街では被験者なんて集まらないさ。まったく、なんで――おい、バーテンダー、こっちだ。もう一杯くれよ、ああ、同じものを頼む――何の話だった？　そうそう、すぐにでも中止して引き揚げよう。実はオックスフォード大から誘いを受けたんだ。あっちが恋しいよ。ここはやたらとジメジメして、年中サウナにいるみたいだ。それに、正直に言うとな、私はあっちで最高の業績を出しているんだよ。つまり――」彼はさらに身を寄せてきた。「口にするとツキが落ちると言うが、ノー、ベル、賞だ。噂では私の名前が挙がっているらしい。今年はいけるかもしれないぞ、ケイト。こんな惨めな敗北は一刻も早く忘れてやる。まったく、私はいつになったら学習するんだ？　人助けの話になると、ついつい情け心が出てしまうんだからな」

その情け心とやらでしっかり計算もしていたくせに、とケイトは言いたくなった。ケイトの三倍の給料をもらい、論文でも特許でも筆頭に名前を載せているが、この研究はすべてポスドクのころのケイトの研究に基づいているのだ。だが、ケイトは何も言わずにシャルドネの残りを飲み干した。

その晩、ケイトはマーティンに電話した。「私にはもう――」

「その先は言うな、ケイト。おまえなら、こうと決めたことはやり遂げられるはずだ。いつもそうしてきたじゃないか。インドネシアには二億人の人間がいる。こんな小さな世界でも、合わせれば七十億もの人々がいるんだ。そのうち〇・五パーセントに自閉症の症状があるとすれば、患者は三千五百万人にも上る。これはテキサス州の人口より多いんだぞ。

おまえはたった六百軒の家に手紙を送っただけじゃないか。諦めるな、私が承知しないぞ。朝になったら、イマリ・リサーチの出資責任者に電話をしておこう。なに、打ち切りにするような真似はしないさ。あの俗物のジョン・ヘルムズがいようといまいとな」

ケイトは、サンフランシスコから彼に電話した夜のことを思い出していた。あのときマーティンは、やり直すにも研究を続けるにも、ジャカルタは素晴らしい場所になると言っていた。たぶん、彼は正しいのだろう。

翌朝、ケイトは研究室に行ってもっとパンフレットを刷るようベンに言った。それに通訳も探すようにと。都会を出て地方の村落を訪れるつもりだった。網を広げようと考えたのだ——もう、家族が来るのをただ待つのはやめにして。ケイトはCROを治験から外した。ドクタ・ヘルムズの反対には耳を貸さなかった。

それから二週間後、医師二人と研究補助員四人と通訳八人を乗せた三台のヴァンには、五つの言語で印刷されたパンフレットの箱が山と積まれていた。インドネシア・マレー語、ジャワ語、スンダ語、マドゥラ語、そしてベタウィ語だ。どの言語を選ぶべきか、ケイトはここでも大いに悩むことになった。何しろインドネシアでは七百以上もの言語が使われているのだ。とはいえ、最終的にはジャカルタやジャワ島全域で広く普及しているこの五つに落ち着いた。皮肉を抜きに、コミュニケーションの問題で自閉症の治験を失敗させることは避けたかった。

だが、ジャカルタ市内のホテルのときと同じで、ケイトの努力はまったく報われなかった。最初の村をまわってすぐに、ケイトや研究チームは愕然となった。自閉症の子どもがただのひとりもいなかったのだ。村人たちはパンフレットにも興味を示さなかった。通訳によれば、そのような障碍をもつ子には誰も会ったことがないという話だった。そんなはずはなかった。少なくとも村に二人か三人は治験対象者がいるはずだし、もっといてもおかしくないのだ。

次の村で、戸口から戸口へ歩きまわるほかの者をよそに、ひとりの年配の通訳がヴァンに寄りかかっていた。

「ねえ、なぜ動かないの？」ケイトは訊いた。

男は肩をすくめてみせた。「どうせ無駄だからですよ」

「当たり前でしょう。そんなところに突っ立っていても――」

男が両手を上げた。「批判しているわけじゃありません。ただ、あなたたちは質問を間違えているんです。質問する相手もね」

ケイトはまじまじと男を見つめた。「いいわ。あなたなら誰に訊くの？　何を質問するのかしら？」

男はヴァンからからだを離し、ついてくるようケイトに合図した。そして、比較的まともな造りの家々を通り過ぎ、村の奥へと向かっていった。村はずれまで来たところで、彼が一軒目の家のドアをノックした。出てきた背の低い女性に何やら乱暴な口調で話しかけ、ときどきケイトを指差しながら早口でまくしたてた。その様子に思わずひるんでしまったケイトは、体裁を取り繕うように白衣の襟をしっかり合わせた。服装もまたケイトを悩ませた問題だったが、結局はまっとうな医師に見えそうな格好を選んだのだった。もっとも、工場から持ち帰った廃品や古着の切れ端で身を包んでいる村人たちにとって、自分がどんなふうに見えているのかは想像するしかなかったが。

気づくと女性が去っていたので、ケイトは事情を訊こうと通訳に近づいた。彼が手でそれを制した。直後に、ふたたび女性が姿を現わし、戸口の外へ三人の子どもを押し出した。子どもたちはうつむいて立ったまま石像のように固まっていた。通訳の男が、ひとりずつ順番に、上から下まで眺めはじめた。ケイトはそっと姿勢を変え、どうしたものかと考えた。この子たちは健康そうだ。自閉症の兆候はまったく見受けられない。最後の子どものところで、男が身を屈めて大声を出した。母親がすぐに何か言い返したが、男に怒鳴られて黙り込んだ。怯えた子どもが、単語を三つ口にした。そして、通訳に何かを言われてもう一度その単語を答えた。誰かの名前かもしれない、とケイトは思った。それとも地名だろうか？

立ち上がった通訳が指を突きつけてまたもや女性を怒鳴りつけ、彼女も激しく首を振って同じことばだけを何度も繰り返した。それから数分が経ったころ、男のしつこい追及に負け、ついに女性が下を向いて何かぼそぼそ話しはじめた。彼女の指が一軒の小屋を指し示した。初めて通訳が声を和らげ、そのことばを聞いた女性がほっとしたような顔をした。彼女は子どもたちを集めて家に引っ込んだが、あまりに慌てて閉めるので、最後のひとりはドアで真っ二つにされかけていた。

二軒目の小屋でも同じ光景が繰り広げられた。指を突きつけて怒鳴る通訳、気まずい思いで立ち尽くすケイト。それに、しぶしぶ四人の子どもを差し出して不安げに待つ女性。通訳が子どものひとりに質問すると、今回は五つの単語が返ってきた。やはり誰かの名前のようだ。母親の抗議を無視し、通訳がさらに子どもを問い詰めた。そして答えを聞いたとたん、長身のからだを起こして子どもや母親を払いのけ、まっすぐ家のなかへ入っていった。ケイトはあっけにとられていたが、母親や子どもたちがあとを追うのを目にし、自分もそれに続くことにした。

三部屋だけの粗末な家は、足の踏み場もないほど散らかっていた。ケイトはつまずきそうになりながら奥へと進んだ。突き当たりの部屋で、通訳と女性が先ほどよりも一段と激しく言い争っていた。二人の足元では、痩せこけた小さな男の子がひとり、屋根を支える木の柱に縛りつけられていた。猿ぐつわをはめられていたが、前後に揺れて柱に頭を打ちつけるたび、その口から低い音が漏れていた。

ケイトは通訳の腕を掴んだ。「どういうことなの？　説明してちょうだい」

男はケイトを振り返り、また母親に視線を向けた。雇い主と、興奮してどんどんわめき声を大きくしている猛獣とのあいだで板挟みになっているらしい。ケイトが腕を握り締めて強く引くと、彼が説明を始めた。「母親は、自分のせいではないと言っています。彼が言うことをきかないからだと。名前を呼んでも振り向くことさえないし、言ったとおりにしない。ほかの子とも遊ばない」

どれも典型的な自閉症の症状だ――しかも、重症の。ケイトは子どもを見下ろした。

男が付け加えた。「母親は、自分は悪くないと言い張っています。自分はほかの人よりも長く育ててきた。しかし――」

「ほかの人より？」

通訳は怒鳴るのをやめて母親に話しかけ、それからケイトの方を向いた。「村の外ですね。そこに、親を敬わない子や反抗的な子、家族の一員になろうとしない子を連れていく場所があるそうです」

「そこへ案内してちょうだい」

母親をなだめてさらに詳しい情報を聞き出すと、通訳はドアを指差して出発しようと合図した。母親がうしろから呼びかけてきた。男がケイトに顔を向けた。「あの子を連れていくつもりか、と訊いています」

「連れていくと伝えてちょうだい。それから、紐をほどくようにと。あとで迎えにくるわ」

通訳に案内された先は、村のすぐ南に広がるひと気のない密林だった。一時間ほど捜しても何も発見できなかったが、二人は捜索をやめなかった。ときおり、獣が枝や草を分けて動きまわる音がした。このままでは日没を迎えてしまう。日が沈んだらこの林はどんな場所になるのだろう。インドネシアは熱帯に属し、一年三百六十五日、ほとんど気温が変わらない。ジャワの密林は危険な未開拓の地で、様々な種類のヘビや大型のネコ科動物や、昆虫たちが棲んでいる。とても子どもが暮らせるような場所ではない。

遠くで悲鳴がし、通訳がケイトに叫んでいるのが聞こえた。「ドクタ・ワーナー、早くこっちへ！」

ケイトは深い林のなかを必死で走り、一度転びながらも何とか茂みを掻き分けて進んだ。通訳がひとりの男の子を捕まえていた。小屋にいた少年よりもさらに痩せ細っており、褐色の肌をしていても、顔が泥や垢で覆われているのが見て取れた。子どもは罠にかかった動物のように泣きわめき、通訳の腕から逃れようともがいていた。

「ほかにはいなかった？」ケイトは訊いた。五十メートルほど先に、傾いた一枚の屋根が見えた。ぼろぼろに朽ちかけた小屋がある。あそこに寝転んでいるのは子どもだろうか？

ケイトはそちらへ近づこうとした。

「行ってはいけない、ドクタ・ワーナー」彼が子どもを掴む手に力を込めた。「ほかにはいません……連れていける子は。それより手を貸して下さい」

ケイトも子どもの片腕を握り、通訳といっしょに彼をヴァンのもとまで連れていった。そして研究チームを呼び集め、柱に縛られていた少年も迎えにいった。少年はアディという名前だった。密林にいた子には名前がなく、この先両親が見つかるとも、あんな真似をした人間が名乗り出てくるとも思えなかったので、ケイトがスーリヤと名前をつけた。

チームがヴァンの前に集まったところで、ケイトは例の通訳に詰め寄った。「さあ、いったいどんな手を使ったのか教えて――何を話していたのか、漏らさず聞かせてちょうだい」

「あなたが聞いても仕方がない話ですよ、ドクタ」

「いいえ、とても興味を惹かれるわ。ほら、話して」

男がため息をついた。「あなたのことを、子どもを助けている人道支援組織の人だと紹介し――」

「何ですって?」

男が背筋を伸ばした。「どうせ同じことですよ。本当のことを言ったって、彼らにはどこが違うのかわかりませんから。そもそも治験が何かさえ理解できないんです。そんな話は聞いたこともないんですからね。まわりを見て下さい。ここの人たちは千年まえと何も変わらない生活をしています。彼らには、あなたに子どもを見せるよう言いました。実際に見て何か問題があれば支援をしてくれると。でも、信用されませんでした。厄介ごとが起きると決めつけている者もいますが、大半はたんに噂を恐れているんです。ここでは、問題のある子がいるというのは危険なことですから。だから人目に触れないよう隠している。もし噂が広まれば、ほかの子どもたちが結婚できなくなるでしょう。『あの男と結婚したら、あそこの弟と同じ問題のある子が生まれるぞ』とか、『そういう血だから』などという話がまことしやかにささやかれて。でも、子どもたちは本当のことを言います。兄弟姉妹の名前を訊くと答えるんです。まだそういうことで嘘をつく頭がないんですね」

ケイトは男の言ったことを考えてみた。結果的にうまくいったのはたしかだ。彼女はチームの方へ向き直った。「いいわ。これからはこの方法でいきましょう」

ドクタ・ヘルムズがケイトと通訳の前に進み出た。「私はやらないぞ。親を騙《だま》して子どもを治験に参加させるなど、医療の基本倫理に反している。いや、もっと単純に、人として間違っているではないか」彼はわざとらしく間を置いた。「そう、彼らの境遇や社会通念がいかなるものであったとしても、だ」そして、ケイトやほかのスタッフをひたと見すえた。

ケイトは彼の三文芝居をやめさせた。「お好きにどうぞ。車のなかで待っていて下さい。ほかにも、この子たちをここに残して死なせたいという人がいれば、車で待機してもらってけっこうです」

ドクタはケイトの方を向いてまた熱弁を振るおうとしたが、ベンがそれを遮った。「ぼくはやりますよ。車で待つなんてごめんだ。もちろん、子どもを死なせるのもね」そう言うと、せっせと荷物をまとめだし、ほかの者にも手伝うように声をかけた。

残りの補助員三人が、ためらいがちに作業を始めた。ケイトはそのときになって初めて、彼らはどちらに転んでもおかしくなかったことに気づいた。あとでベンに礼を言わなくてはと思ったが、その後すぐに動きが慌ただしくなり、やがて忘れてしまった。

次の村で、チームは治験のパンフレットを外に放り捨てた。だが、村人がそれを拾いはじめたので、直接自分たちの手で配ることにした――彼らの家の断熱材として。親切な行為は援助活動をしているという話の裏付けになるし、ケイトとしても、苦労して作ったパンフレットが人の役に立つのはうれしかった。

ドクタ・ヘルムズは相変わらず異議を唱えていたが、もう誰も耳を貸さなかった。そしてその不満の声も、ヴァンに乗る子どもが増えるにつれて次第に小さくなり、一日が終わるころには彼の顔にはっきりと後悔の色が浮かんでいた。

ジャカルタに戻り、ほかのスタッフが帰ったあと、ドクタ・ヘルムズがケイトのオフィスにやって来た。「ケイト、ずっと話したいと思っていたんだ。その、いろいろと考えたんだが……正直に言うとだな、今日の活動で子どもたちが得たものを考えると……我々の行為は、医療倫理に反しているとは言えないし、個人的に不快さを感じることもない。だから、そうだな、私は充分納得してこの治験の責任者を務められるよ」彼はそう言って腰を下ろそうとした。

ケイトは書類から目を上げずに言った。「坐らないで、ジョン。私もずっと言いたいことがあったの。今日のあの現場で、あなたは自分の安全を——自分個人の評判を——あの子たちの命よりも優先したわね。これは許しがたいことよ。もちろん、私にはあなたを馘にする権限はない。だけど理屈を抜きに、子どもの命を預かる治験の場で、これ以上あなたと働くことはできないわ。もしあなたが子どもを危険にさらして何か起きてしまったら、とても耐えられないもの。だから、イマリ・リサーチに辞めたいと連絡したの。そしたら、とても面白いことになったのよ」ケイトは顔を上げた。「私が抜けるなら、出資はしないと言うのよ。あなたが辞めるか、私が辞めるか。どちらにしても、あなたにはお金は出ないということね。私が名前を変えて同じ治験を再スタートさせるだけ。そうそう、それから、明日には引っ越し業者があなたのオフィスを片付けに来るわ——いずれにせよ、あなたには次の物件を探してもらうことになるのよ」

ケイトはオフィスを去って夜の通りへ出た。翌日、ヘルムズはインドネシアに永遠の別れを告げ、ケイトはこの治験でただひとりの医師になった。そして、マーティンが何本か電話をかけ、いくつかの交渉が行われたあと、ケイトの研究所は子どもたち全員の法的保護者になったのだった。

ケイトがすべてを話し終えると、捜査官は立ち上がってこう言った。「そんな話を信じろと言うんですか？　我々は野蛮人ではありませんよ、ミス・ワーナー。そんなでたらめがジャカルタの陪審員に通じるといいですがね」彼はケイトの返事も待たずに狭い部屋から出ていった。

取調室を出ると、その小柄な男はでっぷりと肥った署長に近づいていった。署長が汗ばんだ腕を男にまわした。「どうだった、パク？」

「もういいころでしょう、ボス」

14

インドネシア　ジャカルタ――クロックタワー　支局本部　対傍受通信室

ジョシュはガラスの小部屋から周囲のコンクリート壁を眺めながら、デヴィッドに聞かされた話を整理しようとしていた。クロックタワーに敵が入り込んでいる。主要セルのなかには、すでに生き残りをかけた戦闘を始めているところもある。ジャカルタ支局が攻撃されるのは時間の問題で、そのうえ世界規模のテロの危険性も高まっている。デヴィッドは、それを止めるために暗号を解読してもらいたがっている。

これでプレッシャーを感じないほうがおかしい。

デヴィッドが書類棚から戻ってきてまた向かいに坐った。「おれは自分の仮説をもとに、ずっと調査を続けてきた。仮説を立てたのは十年ほどまえになる。9・11のすぐあとだ」

「今回の攻撃と9・11には関係があるとお考えですか？」ジョシュは訊いた。

「ああ」

「では、今回のこともアル・カイダの仕業だと？」

「そうとは言い切れない。9・11の実行犯はアル・カイダだろうが、おれは、ほかにもイマリ・インターナショナルというグローバル企業が関与していたと睨んでいるんだ。実はこの組織が9・11を計画して資金を出し、利益を得ていたとな。イマリはテロを口実に、アフガニスタンやイラクのあちこちで遺跡を発掘し、手の込んだ盗みを働いていたんだよ」

ジョシュはテーブルに目を落とした。デヴィッドはおかしくなったのだろうか？　9・11絡みのこの手の陰謀説は、インターネット上では議論のネタになっても、対テロ活動の現場でまともに取り上げられることはない。

デヴィッドはジョシュの戸惑いを感じ取ったようだった。「突拍子もない話だと思うだろう。無理もないが、最後まで聞いてくれ。9・11のあと、おれは一年間入院して、その後リハビリ生活を送っていた。つまり、考える時間がたっぷりあったんだ。あのテロ攻撃には理屈に合わない点がたくさんあった。なぜニューヨークから始めたのか？　なぜホワイトハウス、連邦議会、ＣＩＡ、国家安全保障局を同時に攻撃しなかったのか？　あの四機がそこに激突していれば、国家機能、とくに防衛機能が麻痺して、アメリカは大混乱に陥っていたはずだ。それに、なぜ四機だけだったのかもわからない。パイロットは当然もっと養成できただろう。ダレス空港のほかにも、ボルチモアやリッチモンドといったワシントンＤＣ周辺の国際空港を合わせれば、それだけで三十機はハイジャックできたのに。アトランタだってすぐそばじゃないか。あそこのハーツフィールド・ジャクソン空港は世界一発着便が多い。その気になれば、あの日、乗客に抵抗する暇を与えずに百機の飛行機を激突させることができたんだ。連中だって、飛行機をぶつける手が一度しか使えないことは承知していたはずだ。それなら普通は、可能な限りダメージを大きくしようとするんじゃないか？」

ジョシュは頷いたが、まだすんなりとは受け入れられなかった。「興味深い指摘です」

「まだあるぞ。なぜわざわざ、大統領がフロリダの小学校に出かけて首都にいない日を選んだんだ？　これはどう考えても、国の戦闘能力を奪うことが目的ではないだろう。むろん、ペンタゴンが攻撃されて勇敢なアメリカ人がたくさん死んだが、全体で見れば、あれはペンタゴンと軍を――ついでに全国民も――ひたすら怒らせるだけの結果になった。そして9・11以後、アメリカはかつてないほど好戦的になってしまった。テロが大きく影響したものはもうひとつある。株式市場だ。あのとき歴史的な大暴落が起きただろう。ニューヨークは世界金融の中心だ。そこを攻撃するとすれば、納得できる理由はただひとつ。株式市場を暴落させることだろう。あのテロ攻撃が本当に成し遂げたことは、二つだけなんだ――大きな戦争を起こさせること、それに株式市場を暴落させることだよ」

「そんな視点で見たことはありませんでした」ジョシュは言った。

「一年近くも病院にいて、昼は歩行訓練、夜は思索に耽るという日が続けば、おまえだってものの見方がすっかり変わるはずだ。病院のベッドからではテロリストの情報などそうは集められない。だから、金融市場という側面に焦点をあてたんだ。株の暴落で誰が儲けているかに注目したんだよ。アメリカの株の暴落に賭けているのは誰か。どの企業が空売りをしていて、誰がプットオプション《売却権》をもっているか。大儲けをしているやつは誰なのか。長いリストが出来上がった。そこで次は、戦争で儲かる連中を拾い出していった。民間軍事会社や、石油、ガスの関連企業なんかだ。リストは短くなった。そして、ふとあることに気づいたんだ。あのテロは、アフガニスタンで戦争が起きることを保証したようなものだ。リストの連中が何を狙っているにせよ、それはアフガニスタンにあって、それを探しに入るための口実が欲しかったのではないか、とな。あるいはイラクか、その両方が狙いかもしれないが。自分も実際に現地へ行かなければ、真相を摑めないことはわかっていた」

デヴィッドはそこでひと息つき、こう続けた。「二〇〇四年には、おれは元どおりに歩けるようになっていた。そこでCIAに入ろうとしたが、落とされてしまった。一年間訓練して翌年も挑戦したが、やはりだめだった。さらに訓練を続けた。軍に入隊することも考えたが、真相に近づくためには秘密工作員でなければ意味がなかった」

ジョシュはすべてを呑み込み、下を向いた。いまではデヴィッドへの見方がすっかり変わっていた。これまでジョシュは支局長を無敵の最強兵士としか見てこなかったし、それ以外の姿が過去にあるなどとは思ってもみなかったのだ。一年も病院のベッドから動けなかったデヴィッドや、工作員の試験に――二度も――落ちたデヴィッドがいたのかと思うと、何か落ち着かない気分になった。

「どうした?」デヴィッドが訊いた。

「いえ、何も……ただ……支局長はもとからずっと、工作員なのだと思っていたので。9・11のときもCIAにいたものとばかり」

デヴィッドは面白がるような笑みを浮かべた。「いや、縁もゆかりもなかったよ。当時は大学院生だったんだ。何とコロンビア大のな。CIAに落とされつづけたのはそのせいかもしれない。あれこれ考えすぎるやつなんて、工作部隊には入れたくないだろう。だが、三度目の正直というやつで、二〇〇六年には採用された。きっと工作員を大量に失ったか、民間の軍事会社にでもとられたのさ。理由はともあれ、おれはアフガニスタンに行けてうれしかった。そして答えを見つけた。おれの短いリストには三つの企業が並んでいたが、どれも、ある企業の子会社だということがわかったんだ。そう、イマリ・インターナショナルのな。テロ攻撃を膳立てしたのは、この企業の軍事部門であるイマリ警備で、9・11で稼いだカネはこの企業のフロント会社に分散されていたのさ。そして、おれはさらにある事実を突き止めた。〝トバ計画〟という暗号名で呼ばれる、新たなテロ計画の存在だ」デヴィッドがファイルを指差した。「それに関する情報はこのファイルに収まっている。たいした量はないがな」

ジョシュはファイルを開いた。「このためにクロックタワーに入ったのですか？　イマリとトバ計画を調べるために？」

「それもある。調査の拠点としてクロックタワーは理想的だった。あのころおれは、9・11の背後にイマリがいて、テロで大儲けしたことも、連中がアフガニスタン東部やパキスタンの山中で何かを熱心に探しまわっていることも摑んでいた。だが、全体像が見えるまえに向こうに気づかれてしまい、パキスタン北部で殺されかけたんだ。公式には、おれは活動中に死亡したことになっている。ＣＩＡを出るには絶好の機会だった。おれは新しい身元と、調査が続けられる場所を求めた。クロックタワーの名前はアフガニスタンに行くまで聞いたことがなかったが、逃げ込むには申し分のないところだった。ここに入る理由は人それぞれだが、おれにとってクロックタワーは生き延びる鍵であり、イマリとトバ計画の正体を突き止めるための道具だったんだ。このことは誰にも話したことがない。おれの真の動機を知っているのは局長だけだ。四年まえに、彼がおれを引き入れてジャカルタ支局の開設を手伝ってくれたのさ。その後、イマリの調査はなかなか進展しなかったが、先週になってついに情報提供者が現われたというわけだ」

「情報提供者があなたを選んだのは、そういう事情があったからなんですね」

「おそらくな。彼はおれが調査していることを知っているんだ。このファイルの存在に気づいているんだろう。このなかに、暗号を解く手がかりがあるのかもしれない。おれが知っているのは、イマリが何らかの形で９・１１に絡んでいたこと、その前後にもほかのテロ計画に関与していたらしいこと。それに、もっとばかでかい何かを企んでいるということだ。トバ計画だよ。おれがジャカルタを選んだ理由もそこにある。ここがトバ火山にいちばん近い大都市だからだ。おれは、暗号名が攻撃の開始場所を示していると睨んでいるんだ」

「妥当な読みだと思います。それで、トバ計画についてわかっていることは？」ジョシュは訊いた。

「あまり多くはない。いくつかの噂を抜きにすれば、計画に関する短いレポートを手に入れただけだ。都市化現象と交通インフラ、それに、世界人口を減らせるかどうかについて書いてあった。トバ計画がどんなものであれ、最終目的はおそらくそれだろう。地球の総人口を大幅に減らそうとしてるんだ」

「だとすれば、可能性は限られてきますね。世界人口を減らすテロというと、生物テロになるでしょう。環境を大きく変えてしまうような。あるいは、新たな世界大戦でも引き起こすのか。いずれにしろ自爆テロなどではなく、もっと大がかりな攻撃ですね」

デヴィッドが頷いた。「はるかに大規模で、しかも、予想もつかない形になるだろう。ジャカルタは攻撃を開始するには最適の場所だ。人口密度が高く、国外からの移住者も大勢集まっている。攻撃が始まれば、市内に住む裕福な外国人が空港に殺到して、そこから世界中に散らばっていくだろう」

デヴィッドがジョシュの背後に並ぶスクリーンを示した。「うしろにあるコンピュータは、中央やこの支局のサーバーのほかに、各地のセルとも繋がっている。我々が掴んだ世界の情勢や、様々なテロリスト集団・組織——いまではどの背後にもイマリがいると判明したが——の情報を引き出すことができる。それほど量はない。まずはそこを押さえてから、早急に地域レベルの最新情報を分析してくれ。もしこのジャカルタで何か起きていたら、そこから調査するんだ。この支局が陥落したときは、誰かに我々が摑んだ事実を引き渡す責任があるからな。何か異様なものを探せ。通常のパターンには当てはまらないことが起きているはずだ。いつもなら見過ごすものに目を向けろ。たとえば、サウジアラビア人がドイツで飛行訓練を受けているとか、そのあとアメリカに渡ったとか。オクラホマで農民でもない人間が大量の化学肥料を買ったとか」

「残りのファイルには何が？」ジョシュは訊いた。

デヴィッドが一冊のファイルを滑らせてきた。「このファイルには、おれがクロックタワーに入るまえに集めたイマリの情報が収まっている」

「データベースには入れていないんですか？」

「ああ。クロックタワーにも伝えていない情報だ。理由はいずれわかるだろう。それから、こっちの封筒にはおれからおまえに宛てた手紙が入っている。おれが死んだら開けてくれ。指示が書いてあるからな」

ジョシュは口を開こうとしたが、デヴィッドに遮られてしまった。「最後にもうひとつ」

デヴィッドが席を立ち、部屋の隅から小ぶりな工具箱のようなものを運んできた。彼がそれをテーブルに置いた。「この小部屋と周囲のコンクリート壁は、おまえを護る防壁になるだろう。うまくいけば、手がかりを見つけてメッセージを解読するまで時間を稼いでくれるはずだ。おまえを捜すならこの本部は最後になるだろうしな。だが、それでもあまり余裕はないと考えたほうがいい。何か発見したらすぐにおれの携帯端末に連絡してくれ。右上のスクリーンには監視カメラの映像が映っている。ドアの上部からサーバー室を捉えているから、誰かがここに侵入しようとすればすぐにわかる。知ってのとおり、セキュリティの問題で本部の中枢にはカメラがないから、それより早く動きを察知するのは難しいだろう」デヴィッドが工具箱を開け、拳銃を取り出した。そしてグリップに弾倉を押し込み、ジョシュの目の前にそれを置いた。「使い方は知ってるな?」

ジョシュは銃を見つめたまま椅子にもたれかかった。「ええ、まあ……。十二年まえにCIAに入ったとき、基礎訓練は受けました。ですがそれからは触っていないので……使えるかどうか」本当はこう言いたかった。〝ここに工作部隊が乗り込んできたら、私が何をしたって無駄でしょう〟と。だが、何も言わなかった。デヴィッドが銃を見せたのはジョシュを安心させるためなのだ。少しでも恐怖が和らげば、そのぶん集中して仕事に取り組めるだろうと。もっとも、支局長の頭にはほかの理由もあるように思えたが。

「もし使うときは、このスライドをうしろに引け。弾が薬室に送り込まれる。弾がなくなったらここを押して弾倉を抜き取るんだ。次の弾倉を押し込んでこのボタンを押すと、スライドが戻ってまた弾を送り込めるようになる。ただし、もしドアを破られたら、引き金を引くまえにやってもらうことがある」

「コンピュータのデータを消すんですね？」

「そのとおりだ。それに、このファイルと手紙も焼却処分しろ」デヴィッドは金属製のクズ入れを指差したあと、工具箱から小型のボンベ式ガスバーナを出してジョシュに渡した。

「その箱には、ほかに何が入っているんですか？」うすうす答えはわかっていたが、ジョシュは訊いてみた。

ジャカルタ支局長は一瞬動きを止め、それから箱に手を伸ばして小さなカプセルを取り出した。

「呑み込むんですか？」

「いや、もしものときは嚙み潰せ。青酸カリだ。ほんの三、四秒しかかからない」デヴィッドがカプセルを寄こした。「もっていろ。使わずに済むことを願っている。この部屋に踏み込むのは、そう簡単ではないからな」

デヴィッドは工具箱に銃をしまい、部屋の隅に戻しにいった。「何かわかり次第、すぐに連絡をくれ」彼が背を向けてドアへ向かった。

ジョシュは立ち上がって呼びかけた。「何をされるつもりですか？」

「時間を稼ぐのさ」

15

インドネシア　ジャカルタ――ジャカルタ西警察署　取調室C

ドアの開く音にケイトが顔を上げると、肥った汗だくの男が入ってくるところだった。片手にファイルをもち、もう片方の手をケイトに差し出している。「ドクタ・ワーナー、署長のエディ・クスナディです。たいへん――」

「何時間ここで待たされてると思ってるの？　あなたの部下は私の研究の話ばかりしつこく訊いてきて、私を投獄すると脅したのよ。さらわれた子どもたちの捜索がどうなっているのか、いますぐ教えてちょうだい」

「ドクタ、あなたはここの事情を理解していないようだ。ここは小さな署なんですよ」

「それなら国家警察を呼べばいいでしょう。そうじゃなきゃ――」

「国家警察だって自分たちの仕事で忙しいんです、ドクタ。知恵遅れの子どもの捜索は管轄外で――」

「そんなことばを使わないで」

「知恵遅れではないのですかな？」彼はファイルをめくった。「こちらの記録では、あなたの病院は知恵遅れの子どもに新薬を試していると――」

「知恵遅れではないわ。彼らの脳は、ほかの人とは違う働き方をしているだけよ。私とあなたでは代謝の働き方が違うようにね」

肥満体の署長は、まるでケイトと比べるために自分の代謝を観察しようとするように、我が身を見下ろした。

「子どもたちの捜索を始めるか、私を釈放して捜させるか、どちらかにしてちょうだい」

「釈放はできませんな」クスナディが言った。

「なぜ?」

「あなたの嫌疑はまだ晴れていないからですよ」

「何をばかな――」

「わかっています、ドクタ、ちゃんとわかっています。ですが、私にどうしろと? 部下たちがいるのに、私の一存で容疑者か否かを決めたりはできませんよ。そんな横暴な。もっとも、あなたをこの個室で待たせるように説得したのは私なんですがね。部下たちは一般の留置場に移せと言っていたんです。あそこは男も女もいっしょくたで、監視の目もなかなか行き届かないというのに」彼はそこでしばらく間を置き、またファイルをめくった。「まあ、留置場行きはもう少し先になるよう、私もがんばってみますよ。ところで、私からもいくつか質問させてもらえますかな。記録によると、あなたはこのジャカルタでコンドミニアムを購入していますね。米国ドルにして七十万ドル相当の代金を、即金で払っている」彼はちらりと視線を上げたが、ケイトが黙っているとさらに言った。「これは銀行関係者から聞いたのですが、あなたの当座預金口座には、米国ドル換算で常に三十万ドルほどの残高があるとか。何でも、ケイマン諸島の銀行から定期的に送金があるそうですね」

「私の預金残高とこの件は何の関係もないでしょう」

「もちろんありません。ですが、部下たちがどういう目で見るかはおわかりでしょう。差し支えなければ、どうやってそんな大金を手に入れたのかお聞かせ願えませんか？」

「遺産を相続したのよ」

署長が眉を上げ、どこかうれしそうな顔をした。「そうでしたか。お祖父さまやお祖母さまから？」

「いいえ、父からよ。ねえ、こんな話は時間の無駄だわ」

「どんなお仕事を？」

「誰が？」

「お父さまですよ」

「銀行家だと思うわ。投資家かもしれないけど。よく知らないのよ、まだ小さかったから」

「なるほど」署長が頷いた。「私たちは協力し合えそうですな、ドクタ。部下たちに、あも知恵――いや、気の毒な子どもたちを何としても見つけるために、あなたが資金を援助するのです」

ケイトは彼をじっと見つめた。ようやく事情が呑み込めてきた。「続けてちょうだい」

「私はあなたを信じていますよ、ドクタ・ワーナー。ですが、やはり部下たちがね。彼らは証拠が第一ですし、このままいけば陪審員がどう判断するかもわかっています。それに、ここだけの話、彼らは外国人があまり好きではないんですよ。アメリカ人はとくにね。そうなると、あなたの身の安全を保証して、互いに望みの結果を得るためには、あの子どもたちを見つけるしかありません。それがあなたの潔白を証明する唯一の方法です」

「だったら、こんなところで何をしているの？」

「言ったでしょう、ドクタ・ワーナー、ここは小さな署なんです。子どもを捜すには……もっと資金が必要です。外部から人を集めねばなりませんから。言いたくはありませんが、こうした捜査にはお金がかかるのですよ。そう、二百万ドルはかかるでしょう。米国ドルでね。まあ、私が口利きをすれば百五十万ドルで済むと思いますが。時間が勝負ですよ、ドクタ。すでにあの子たちはどこにいてもおかしくない。無事でいることを願うばかりです」

「百五十万ドルね」

署長が頷いた。

「いいわ。だけど、まずは私を釈放して」

「できれば私もそうしたいのです、ドクタ。しかし、取り調べ中の容疑者にいくら口で約束されても……」彼が両手を上げてみせた。

「わかったわ。電話をもってきて、あなたの口座番号を教えてちょうだい。それから車も用意して」

「いますぐに、ドクタ」彼はにんまり笑うと、立ち上がって部屋を出ていった。

ケイトは取調室にひとり残された。またテーブルに向かい、椅子の上で片膝を立て、ブロンドの髪を手ぐしでとかした。マジックミラーに映ったその女は、四年まえ、希望を胸にジャカルタにやって来た科学者とは似ても似つかない姿をしていた。

署長は取調室のドアを閉めた。百五十万ドルだ！ これで退職できる。家族全員が一生働かなくて済むだろう。百五十万ドルか……もしかして、もっととれたのだろうか？ 二百万、二百五十万？ 三百万ドルでもいけたかもしれない。彼女はもっともっているのだ。とてつもない大金を。現に、百五十万ドルの要求を即座に呑んだではないか。また戻って、もっと人を雇わねばならないと言ってみようか。そのためには四百万ドル必要だと。こんなにとれるとは思わなかった。せいぜい、二十五万ドルぐらいだと踏んでいたのだが。彼は取調室の前に立ったまま頭を働かせた。

すぐには戻らないほうがいい。もっと弱気にさせるのだ。カメラを切って二、三時間は閉じ込めておこう。慎重にやらなければ危険だが――あとでアメリカ大使館に駆け込まれるのはまずい――うまくいけば、今日のうちに莫大なカネを手にできるだろう。

16

インドネシア　ジャカルタ――クロックタワー　支局本部　対傍受通信室

ジョシュは位置情報が示された画面の赤い点に目をやった。デヴィッドが去ってから一時間のうちに、二十四個の赤い点――ジャカルタ支局の全武装工作員を表わす点だ――が本部を出て市内に散らばっていった。いまは六個単位のグループが四つ、地図上に見えている。

各グループの現在位置のうち、三つの地点はジョシュにも馴染みがあった。ジャカルタ支局の隠れ家だ。そこにいる計十八人の工作員は、デヴィッドの容疑者リストに載っている者たちだと思われた。赤い点が隠れ家のなかをゆっくり移動し、壁に行く手を阻まれては引き返している。さながら待機房で判決を待つ被告人といった様子だ。

手堅い作戦だった。デヴィッドは疑わしい工作員に別行動をさせ、彼らが追ってくるか、攻撃を仕掛けてくるか見定める機会を作ったのだ。そして、いつ攻撃を開始するかも見張っている。地図上の点は、ジョシュに恐怖を感じさせた。それは本物の脅威だった。そのときが迫っている。もはや、ジャカルタ支局をかけた戦いが始まるのは時間の問題だ。いずれこの赤い点は隠れ家から解き放たれ、デヴィッドが率いる隊の六人に襲いかかるだろう。そして、ジョシュを仕留めに本部へ戻ってくるだろう。

デヴィッドはひたすら時間を稼いでいた。ジョシュが地元の情報をふるいにかけ、暗号の解読作業を進められるように——何かを見つけてほしいと願って。だが、これがその何かなのか、ジョシュには確信がもてなかった。

もう一度、衛星が捉えたその映像を確かめた。発見できたのはこれだけだ。もし、ただの勘違いなら？

ジョシュは髪を掻き上げた。間違いなく異様なものではある。だが、まったくの的外れという可能性も……。

情報分析は、最終的に直感頼みのところがある。このヴァンといい、手口といい、やはり不自然だ。

ジョシュはデヴィッドの番号を押した。「気になるものを見つけました」

「続けろ」デヴィッドが言った。

「誘拐事件があったんです——病院から子どもが二人さらわれました。数時間まえにジャカルタ警察に通報があったようです。クロックタワーの分類では、緊急性の低い地元の事件に振り分けられていました。ですが、使用されたヴァンが商用車で、所有者は香港を拠点にしたイマリのダミー会社なのです。それに、率直に言ってこれは地元民の犯行とは思えません。明らかにプロの仕業です。通常なら金銭目的の誘拐と見なすところですが、イマリ社の目当てが身代金のはずはありません。まだ調査中ですが、九十九パーセントこれはイマリの犯行で、手口の大胆さを考えると緊急性も高いと判断できるでしょう。容易に足がつく車両を使って、白昼堂々と子どもを連れ去っていますから。よほど必要に迫られていたということです」

「それで、やつらの狙いは？」

「まだ何とも言えません。妙なのは、襲われた病院の運営資金が、どうやらイマリ・リサーチというイマリの系列会社から出ているということです。施設の賃貸料や毎月の経費は、ジャカルタに本社のある親会社が支払っていました——イマリ・ジャカルタですよ。この名前は支局長のファイルにも何度か登場していますね。ルーツは二百年ほどまえに遡り、植民地時代にオランダ東インド会社の子会社だったとか。この会社が、イマリの東南アジアでの活動拠点になっているのかもしれません」

「わけがわからないな。なぜイマリが自分の組織から子どもをさらうんだ？　内輪揉めだろうか。病院の職員の情報はあるのか？」

「あまり多くはありません。人数は少ないようです。研究補助員が数名いて、そのうちひとりは今回の事件で死んでいます。それに子どもの世話をする交代制のスタッフ。ほとんどが地元の住民で、怪しい繋がりはありません。あとは、責任者を務める科学者が一名ですね」ジョシュはドクタ・キャサリン・ワーナーの資料を呼び出した。「彼女は襲撃時に現場にいましたが、身動きできない状態にあったと思われます。事件後一時間以上、建物を出た人物はいませんでしたから。現在はジャカルタの地元警察に拘束されているようです」

「地元警察は各機関に誘拐発生を報せたのか？」

「いいえ」

「広域手配は？」

「それもしていません。ただ、思い当たることがあります。ジャカルタ西警察に協力者がいるのですが、実は彼が、十五分ほどまえに情報を送ってきたんです。何でも署長がアメリカ市民を強請《ゆす》っているとか。女性だそうです。おそらく、それがドクタ・ワーナーではないでしょうか」

「ふむ。そこはどんな病院なんだ？」

「正確に言うと研究所です。遺伝子の研究をしています。発達に障碍のある子ども、とくに自閉症児を対象にした新しい治療法を開発しているようですね」

「あまり国際テロに縁があるとは思えないな」

「はい」

「それで、どんな筋書きが考えられる？　そこから読み取れることは？」

「正直、まったくわかりません。とことんまで掘り下げたとは言えない状況ですから。ですが、ひとつだけ目を惹く事実があります。この研究所は、一度も特許を申請していないんです」

「それが重要なことなのか？　実際には研究をしていないと？」

「いえ、輸入した装置や設備から見て、研究していたのはたしかです。でも金儲けが目当てではありませんね。商品化を目指した研究なら、先に特許を申請したはずです。治験の手順としてはそれが普通ですから。何か新たな化合物を見つけたら、まず特許を出し、それから試験をするんです。そうしておけば、サンプルを盗んだライバル社が先に特許を取って市場を独占してしまう、なんて事態は防げますからね。特許も出さずに治験を行うとしたら、理由はひとつ。世間に知られたくないからでしょう。なぜジャカルタで行っているのかも、それで説明がつきます。アメリカで患者を使った治験をする場合、食品医薬品局への申請が義務づけられていますし、治療内容を公開する必要もあるんです」

「では、生物兵器でも開発しているのか？」

「可能性はあります。ですが、この病院では今日まで何の事件も起きていません。死亡者も報告されていませんし、もし子どもたちで試しているとすれば、史上もっとも効き目の弱い生物兵器ということになりますね。私が見たところ、これは合法的な研究でしょう。世の中の役に立つものです。実際、もしこの研究がうまくいけば、医学界における大発見になりますよ」

「隠れ蓑としても大いに役立つだろうな。ところで、まだ疑問は解けていないぞ。なぜ身内を襲ったんだ？　イマリがカネを出して病院を運営しているなら、わざわざ子どもをさらう必要はないだろう。研究者が、生物兵器の開発やイマリの計画に怖じ気づいたんだろうか？」デヴィッドが言った。

「そうかもしれません」

「ジャカルタ警察の協力者は、そのドクタを釈放できそうか？」

「いえ、階級は高くないようですから」

「署長に関する情報は？」

「お待ち下さい」ジョシュはクロックタワーのデータベースを調べ、署長の資料を見つけて思わずのけぞった。「ええ、ありました。いやはや、これは」

「隊の作戦司令車に送ってくれ。地元の情報はもう洗い終わったのか？」

「はい、目に留まったのはこの件だけです。ですが、少し気になることが」口にすべきかどうか迷っていたが、誘拐の映像と同じで、やはり不自然に思えてならなかった。「ほかのセルから、攻撃されたという報告が一件も入ってこないのです。中央からの通達もないし、ニュースでも、カラチ、ケープタウン、マルデルプラタのあとは何も報じられていません。どのセルも静かで、何事もなかったかのように定例報告を送ってきています」

「どう考える？」

「可能性は二つです。こちらが動きだすまで様子を見ているのか、あるいは……」

「あとのセルは、戦うこともなく陥落してしまったのか」

「そうです。残った主要セルはここだけなのかもしれません」ジョシュは言った。

「暗号を解いてくれ――できるだけ早くな」

17

中国　チベット自治区　プラン郊外――イマリ総合研究所

ドクタ・シェン・チャンは、緊張を堪《こら》えながらビデオ通話が始まるのを待っていた。

画面に男が現われた瞬間、チャンは唾を呑み込み、声を発した。「プロジェクトの責任者から、あなたに連絡をとるよう言われたんです、ドクタ・グレイ。与えられた治験計画書に従い、厳密に手順を守って進めたのですが、何が起きたのか――」

「わかっている、ドクタ・チャン。だが、あの結果にはとても驚いている。なぜ大人はだめで子どもだけが生き残ったのだ？」

「よくわからないのです。子どもたちには様々な検査をしてみました。たしかに彼らは〝アトランティス遺伝子〟が持続的に活性化しているようですね」

「この療法は大人には効かない可能性があるのかね？」

「ええ、あるかもしれません。治験計画書によれば、この療法は、レトロウィルスを使って被験者の遺伝情報に特定の遺伝子を組み込むというものです。情報を大きく書き換えるわけではありませんが、エピジェネティック《後成的》なレベルでほかの遺伝子の発現に連鎖的な影響を与えます。もともと被験者がもっている一連の遺伝子群のスウィッチを、入れたり切ったりするのです。生理的な影響はとくにないようですが、脳には大きな変化が現われます。活性化した遺伝子が被験者の脳の神経回路網を再編成するからです。ですが、神経の可塑性《かそせい》、つまり回路を再編成し、新しい情報に順応する脳の能力は、年齢とともに低下していきます――歳をとると新たに何かを学ぶのが難しくなるのは、このためです。もしかすると、大人に療法が効かなかったのは、たとえ遺伝子が活性化しても脳に変化を起こせなかったからかもしれません。レトロウィルス自体はきちんと働き、回路を繋ぎ直そうとしたが、すでに回路網がたっぷり張り巡らされていて無理だったのかもしれない。幼少期を過ぎてしまうとそういう状態になるのです」

「そもそも、大人の被験者には、脳の変化に繋がる前駆体の遺伝子群がなかったという可能性は？」

「それはありません。大人の被験者全員が一連の遺伝子群をもっていました。ご存じのように、我々も以前からこの遺伝子群のことは知っていましたので、中国の採用窓口で全員を検査したんです。ですから本当なら生き残るはずなのですが」

「では、この療法が効くのは自閉症の症状をもつ脳だけだとは考えられないか？」

そんな可能性は考えてもみなかった。ドクタ・グレイは、純古生物学に詳しい進化生物学者だ。チャンの上司の上司であり、イマリの食物連鎖のはるか上位にいる。その彼との通話が専門的な議論中心になるとは、予想もしていなかった。てっきり雲上の大ボスからこっぴどく叱られるとばかり思っていたのだ。

チャンは気を引き締め、改めてグレイの仮説について考えてみた。「ええ、もちろんその可能性はあります。基本的に、自閉症は脳の神経回路の障碍だと言えますから。とくにコミュニケーションや社会性を司る領域に問題がありますが、ほかの領域にも異常は見られます。患者のなかには特殊な能力をもつ極めて知能の高い者がいますし、それとはまったく対照的な者もいます。後者は独りで生活することさえできません。自閉症とひと口に言っても、神経回路の状態は様々で、実に幅広い症状が含まれるのです。これは詳しく調べてみる必要がありますね。少し時間を頂くことになりますが。それから、もっと被験者が必要になるかもしれません」

「時間に余裕はないが、子どもは集められるかもしれない。もっともこちらが知る限りでは、アトランティス遺伝子が活性化した被験者はあの子たちだけなんだが。ちょっと確認しておこう。ほかに話していないことはないか？　きみなりの仮説はないのかね？　いまのところ、これこそが失敗の原因だと言えそうなものはないようだが」

たしかに、チャンにはもうひとつ疑っていることがあった。チームの誰にも打ち明けていないが。「これは個人的な考えですが、実は、今回大人に使った療法とあの子どもたちに使った療法はどこかが違うのではないかと思うのです」

「ドクタ・ワーナーの療法を正確に再現しなかったのか？」

「いえ。最初に申し上げたように、彼女の治験計画書にはしっかりと従いました。私がすべて監督していましたから。もしかしてドクタ・ワーナーは……あの子たちに、何かべつの療法を施したのではないでしょうか。公式の実験ノートにも、治験計画書にも記さなかった療法を」

グレイはチャンの意見について考えているようだった。「実に興味深い話だ」

「ドクタ・ワーナーと話すことはできますか？」

「何とも言えないな……改めて連絡させてくれ。チームのなかでも同じ意見が出ているのか？」

「いえ、私の知る限りでは」

「ひとまず、ドクタ・ワーナーへの疑いはきみのなかだけに留めてくれないか。何かあれば私に直接報告してくれ。この件は極秘にしてほしい。総轄責任者には、きみが私の指示で動いていると言っておこう。今後は何も訊かずにきみに協力するはずだ」

「わかりました」ドクタ・チャンはそう答えたが、本音は違うところにあった。この通話でますます疑問が増えてしまい、確信できることはひとつだけになっていた——自分たちは誤った療法を使ってしまった、ということだ。

18

インドネシア　ジャカルタ——ジャカルタ西警察署

クスナディ署長の前に男が立ちはだかったのは、ちょうど彼が取調室のドアに手を伸ばしかけたときだった。男はアメリカ人かヨーロッパ人のようで、明らかにどこかの兵士だと思われた。体格もそうだが……何より、その目つきだ。

「誰だ？」クスナディは男に訊いた。

「そんなことはどうでもいい。ドクタ・キャサリン・ワーナーを迎えにきた」

「は、面白い男だな。牢屋にぶち込まれるまえに、さっさと名乗るんだ」

男が一通のマニラ封筒を突き出した。「見てみろ。おまえには見慣れたものだろうがな」

署長は封筒を開けて写真を取り出し、初めの数枚を確かめた。自分の目が信じられなかった。まさか。なぜこんなものが――。

「いますぐ彼女を釈放しないと、その写真が世間の目に触れることになる」

「原本を渡してもらいたい」

「交渉できる立場だと思うか？　釈放しないなら、うちの組織が封筒の中身を公開するだけだ」

クスナディは視線を落とし、逃げ道を探す動物のように素早く左右に目を向けた。

「念のために言っておくが、おれをぶち込んでも無駄だ。三分以内におれから連絡がなければ、どのみち部下がこの資料を公開する。素直に従ったほうがいいぞ。署長でいたいならな」

クスナディは必死で頭を絞った。彼は署内を見渡した。いったい誰の仕業だ？

「時間切れだ」男が背を向けた。

「待ってくれ」署長は取調室のドアを開け、女に出てくるよう合図した。「この男が連れていってくれるそうだ」

女は戸口で立ち止まってクスナディを見つめ、次に兵士をまじまじと眺めた。

「いいんだ、この男にいますぐついていけ」

男が彼女の背中に腕をまわした。「いっしょに来てくれ、ドクタ・ワーナー。ここから出るんだ」

クスナディは、署から出ていく二人の姿を見送った。

ケイトは警察署を出たところで足を止め、自分を救い出してくれた男を振り返った。彼は黒い防弾服を身につけていた――ぞっとするほど子どもたちを拉致した男に似ている。向こうに彼の仲間が五人いるのが見えたが、その彼らもよく似た格好をし、黒い大型トラックの前に立っていた。トラックはUPSの配送車をさらに大きくした感じで、その傍らには窓に色がついた黒のSUVも駐まっていた。

「あなたは誰なの？　いったい――」

「ちょっと待っててくれ」男が言った。

彼が歩いていった先に、あの、子どもを買ったと言ってケイトを責めた背の低い取調官が立っていた。兵士がその小柄な男にファイルを渡して言った。「昇進候補になっているそうだな」

小柄な男が肩をすくめた。「私は言われたことをするだけです」彼は従順そうな様子で答えた。

「諜報員が、きみは優秀な協力者だと言っていた。その資料を正しく扱えるなら、きみのほうがいい署長になれるはずだ」

捜査官が頷いた。「仰せのとおりに、ボス」

兵士はケイトのもとに戻ってきて、例の黒い配送車を手で示した。「あのトラックに乗ってくれ」

「あなたの正体と事情を教えてくれるまでは、どこにも行くつもりはないわ」

「もちろん説明するが、いまは安全な場所にきみを連れていくのが先だ」

「いいえ、先に――」

「考えてもみろ。トラックに乗るよう頼むのは、善良な人間の証拠だ。悪人ならきみの頭に袋を被せてトラックに放り込んでいるぞ。おれは頼んでいるんだ。ここに残るか、ついてくるか、自分で決めてくれ」

彼はひとりでトラックに向かい、両開きの後部ドアを開けた。

「待って。私も行くわ」

19

インドネシア　ジャカルタ——クロックタワー　支局本部

ジャカルタ支局の工作部隊長ヴィンセント・タリアは、第一会議室に入ってくる支局員の列を見つめながら腕を揉みほぐしていた。あの病院の愚か者二人と、野生動物のような子どもたちを相手にしたせいで、いまだに腕や脚に痛みが残っている。あれ以後もあちこちで目算が狂った。だが、そろそろ調子を取り戻せるだろう。あとはわずかに残った局員を説得し、襲撃に協力させればいいだけだ。ほかの者はとうにイマリの配下にあるのだから。

タリアは両手を上げて会場を静めた。部屋には支局本部の全員が揃っていた——分析員も諜報員も、武装工作員も。いないのはデヴィッド・ヴェイルとその隊の工作員五名だけだ。首席分析員のジョシュ・コーエンも行方不明だが、その気になればすぐに見つけ出せるだろう。壁の大スクリーンには市内三カ所の隠れ家が映っており、そこに足留めされた工作員たちが狭い室内でひしめき合っていた。

「よし、みんな聞いてくれ。ビデオリンクのほうも音声は届いているか？」

あちこちで首が縦に振られ、続いて「はい」とか「聞こえています」といった答えが返ってきた。

「どんな言い方をしてもつらい話なので、単刀直入に言おう。クロックタワーに敵が潜入していた」

会場が水を打ったように静まり返った。

「しかも、我々は攻撃を受けている。今朝がた届いた報告によると、ケープタウン、マルデルプラタ、カラチなど、数カ所のセルが完全に破壊されたということだ。こうしているいまも、戦闘を続けている支局があるだろう」

低いささやきが広がり、いくつか質問の声も上がった。

「みんな静かに。さらに悪い報せがある。我々が戦っている敵は、どうやら身内の人間らしいのだ。現段階でわかっていることを言おう。数日まえになるが、デヴィッド・ヴェイルがほかの支局長数名と協力して、全首席分析員を集めた会議を開いたようだ。もちろんこれは組織の規約に反している。おそらく、新たな危機が発生したという口実で分析員を招集したのだろう。この会議に出席した分析員のうち、半数以上は戻ってきていない。これは明らかに会議と称した大がかりな集団処刑だと思われる。今回の大規模攻撃に先だってこちらの分析能力を奪おうとしたのだ。支局に戻ってきた分析員は、いまごろ全力でクロックタワーを潰そうとしているだろう」

タリアは、懐疑的な表情を浮かべた一同を見まわした。「むろん、こんな話は信じたくないだろう。私だって同じ気持ちだ。実際、今朝になるまで信じていなかった。デヴィッドが工作員を市内にばらまくまではな。わかるだろう——彼は、襲撃を邪魔されないように我々を分散させたのだ。着々とジャカルタ支局を倒す準備を進めているのだよ。あとは時間の問題だろう」

「動機がわからないな」誰かが言った。「そうだ、彼がそんな真似をする理由がない」もうひとりも相づちを打った。

「私も同じ疑問をもった。そして同じことを思った」タリアは言った。「私は彼に誘われてここに入った。彼に仕えてきたし、彼の人柄も知っている。だが、デヴィッド・ヴェイルには我々の知らない側面がたくさんあるのだ。クロックタワーに入る理由は様々だ。私も今日まで知らなかったが、デヴィッドは9・11の攻撃で重傷を負ったらしい。そしてそのときから、9・11について独自の陰謀論を信じるようになったのだ。あのテロは、ある民間の軍事会社が私腹を肥やすために企んだものだ、という何とも突飛な説だ。もしかすると、彼自身も騙されているのかもしれない。誰かに利用されている可能性がある。だが、いずれにしろ彼は心を病んでいるし、寝返ったのだ。しかも彼は、自分の企みに多くの人間を引き込んでいる。おそらくジョシュ・コーエンもそのひとりだろう。彼は分析員会議から戻ってきて支局長に協力しているはずだ」
新たな情報に戸惑っているのか、誰も口を開かなかった。隠れ家にいるひとりの兵士が
スクリーンの向こうで言った。「作戦は？　支局長の身柄を拘束しますか？」
「それは難しいだろう。彼は最後まで抵抗するだろうからな。それより、一般人への被害を最小限に抑えるほうが先決だ。実は応援が来てくれることになっている。イマリ警備が人を派遣してくれると言っているのだ。彼らもこの状況を察知していて、我々と同じぐらい事態の収束を願っている。どうやら、デヴィッドの復讐の標的はイマリらしいのだ。彼はイマリが出資するプロジェクトの研究者を連れ去った。彼女が共謀者なのか、単なる被害者なのかはまだわからない。今後我々は、この女性、ドクタ・キャサリン・ワーナーを奪還し、支局長を始末することになる」

20

インドネシア　ジャカルタ――クロックタワー　支局本部　対傍受通信室

ジョシュは落ち着かない気持ちで答えが出るのを待っていた――この読みが当たってい

れば、デヴィッドから託された暗号を解けるのだが。それはいちばん見込みのありそうな仮説であり、彼がもっている唯一の案でもあった。

ジョシュはガラス部屋の壁に掛かるメイン・スクリーンから目を逸らそうとした。この三十分というもの、画面にはひたすら同じ文字が表示されていた。

〝検索中……〟

傍らにある二枚のスクリーンに目をやった。一枚にはドアの外を捉えた監視カメラの映像が、もう一枚には、ジャカルタ市内の地図と、支局の工作員を示す二十四個の赤い点が映っている。どちらの画面が自分を緊張させるのか、ジョシュにはわからなかった。言ってみれば、その二枚は大きなカウントダウン・タイマーのようなものだった。刻一刻と彼の死が迫っていることを報せ、得体の知れない大惨事が起こるまでの時間を数えている。

例の画面は、相変わらずこう告げているだけだ。〝検索中……〟

こんなに時間がかかるものだろうか？　もし時間を無駄にしているだけだったら？

落ち着かない原因はほかにもあった。ジョシュはデヴィッドが残していった工具箱に目を向けた。立ち上がって箱の把手を摑んだが、持ち上げたとたんに蓋が開いてしまい、銃やカプセルがテーブルに落ちて転がった。派手な音が室内の静寂を打ち破り、残響はいつまで経っても消えなかった。やがて、ジョシュは拳銃と二錠のカプセルに手を伸ばした。その手はかすかに震えていた。

壁でブザーが鳴り、とたんにジョシュは我に返った。大きいスクリーンにこう表示されていた。

〝五件ヒットしました〟

五件ヒット！

椅子に戻り、ワイアレス・キーボードとマウスを操作した。三件は《ニューヨーク・タイムズ》紙、一件はロンドンの《デイリー・メイル》紙、もう一件は《ボストン・グローブ》紙で見つかっていた。

おそらく読みは当たっていたのだ。暗号に名前と日付を見て取ったとき、ジョシュの頭にまず浮かんだのは〝死亡広告〟だった。新聞の死亡広告や案内広告は、古典的なスパイ道具なのだ。第二次大戦以後の諜報員は日常的にそれらを使って世界中の諜報員にメッセージを送っていた。古い手法だが、メッセージが送られたのが一九四七年だとすれば充分に有効だっただろう。もしこれが本物なら、このテロ組織は六十五年以上まえから存在していたことになる。ジョシュはその点について掘り下げるのはあとまわしにすることにした。

改めてデヴィッドから託された暗号文に目をやった。

トバ計画は実在する

４＋１２＋４７＝３／５　ジョーンズ
７＋２２＋４７＝３／６　アンダーソン
１０＋４＋４７＝５／４　エイムズ

続いて検索結果に目を向けた。テロリストは常に同じ新聞を利用していた可能性が高い——世界中の都市で手に入る一紙を。そうなると《ニューヨーク・タイムズ》紙が有力だろう。この新聞なら、四七年当時でも、パリ、ロンドン、上海、バルセロナ、あるいはボストンの売店などで死亡広告が載った当日版を入手できたからだ。

死亡広告が暗号なら、何らかの目印があるにちがいなかった。ジョシュはすぐにそれを見つけ出した。《ニューヨーク・タイムズ》の死亡広告は、どれも〝時計《クロック》〟と〝塔《タワー》〟という単語を含んでいたのだ。彼は椅子にからだを沈めた。クロックタワーがそんなに古くから存在していた可能性はあるだろうか？　ＣＩＡは、公式には一九四七年の国家安全保障法で初めて創設されたことになっている。もっとも、前身の戦略事務局《OSS》は第二次大戦中の一九四二年六月に誕生しているが。

それにしても、なぜテロリストがクロックタワーの名前を出すのだろう？　その当時から——六十六年まえの一九四七年から——クロックタワーと戦っていたのだろうか？

ジョシュは死亡広告に意識を集中させた。何か解読法があるはずだ。理想的な暗号システムでは、解読の鍵は変換可能になっている。メッセージを読み解く鍵は同一ではないということだ。それぞれのメッセージに、個別の鍵が——何か単純な形で——仕込まれているはずなのだが。

ジョシュは最初の死亡広告を開いた。一九四七年四月十二日のものだ。

〝熟練の時計職人アダム・ジョーンズ氏、業界の金字塔となるべき作品を制作中、七十七歳で長逝〟

アダム・ジョーンズ長年ジブラルタルで活躍した時計職人が土曜日に死去した。イギリスが統治するホンジュラスに骨を埋葬する。独り身で、遺体は助手が発見。親族に温かい助言を、あるいは葬儀に追悼のカードを送られたし。

内容自体はいたって普通だ。鍵はどこにある？　ジョシュは残りの死亡広告も開いて目を通し、手がかりがないか探ってみた。どの広告にも地名が含まれており、どれも古いことばが使われていた。考えられる方法をいくつか試し、単語を並び替え、それから椅子に背を預けて熟考した。広告の文章は不自然で、妙なことばが交じっていた。あるいは、その単語を入れ込むために無理をしたと言うべきか。文章の並びも、長さもおかしい。と、そこで気がついた。名前が鍵になっているのだ——名前の長さが。これが暗号文の後半の意味だ。

4＋12＋47＝3／5　ジョーンズ

一九四七年四月十二日の広告は、アダム・ジョーンズのものだ。3／5は、名が三文字、姓が五文字であることと一致している。まずは広告の三番目の文節を抜き出し、次にそこから五番目の文節を抜くという作業を繰り返せば、ひとつの文章が出来上がるのかもしれない。

ジョシュは改めて広告を調べた。

〝熟練の時計職人アダム・ジョーンズ氏、業界の金字塔となるべき作品を制作中、七十七歳で長逝〟

アダム・ジョーンズ　長年〈ジブラルタルで〉活躍した　時計職人が　土曜日に　死去した。〈イギリスが〉統治する　ホンジュラスに〈骨を〉埋葬する。独り身で、遺体は　助手が〈発見〉。親族に　温かい〈助言を〉、あるいは葬儀に　追悼の　カードを〈送られたし〉。

抜き出して繋げると、こうなった。

〝ジブラルタルでイギリスが骨を発見　助言を送られたし〟

ジョジュはその文章をしばし眺めた。こんなメッセージは予想していなかった。それに、さっぱり意味がわからない。インターネットで検索すると、わずかながら情報が手に入った。たしかにイギリスは四〇年代にジブラルタルで骨を発見している。ゴルハム洞窟という天然の海食洞で見つけたらしい。ただし、現生人類の骨ではなくネアンデルタール人の骨だ。この発見はネアンデルタール人に関する定説を大きく塗り替えたという。先史時代の我々の親類は、実は洞窟に住むだけの原始人ではなかったのだ。彼らは住居を建て、大きな炉で火を焚き、野菜を調理し、ことばを話し、洞窟に壁画を描き、死者を埋葬して花も供え、洗練された石器や土器を作っていた。ジブラルタルで見つかった骨は、ネアンデルタール人の年表も書き換えたようだ。それまでネアンデルタール人は四万年ほどまえに絶滅したと考えられていた。だが、ジブラルタルで見つかった骨は、およそ二万三千年まえのものだったという――従来の説よりもかなりあとまで生きていたというわけだ。彼らは最後の生き残りだったのかもしれない。

しかし、大昔のネアンデルタール人の砦と世界規模のテロに、いったいどんな関わりがあるというのか。ほかのメッセージを読めばヒントが摑めるだろうか。ジョシュは二つめの広告を開いて解読した。

〝南極大陸で潜水艦《Uボート》発見できず　捜索を続けるか指示を〟

興味深い。ジョシュは手早く検索した。一九四七年の南極はかなり賑やかだったようだ。前年の十二月十二日に、米国海軍が十三隻の船と約五千人の乗員から成る一大艦隊を派遣したからだ。ハイジャンプ作戦と呼ばれたこのミッションは、南極にリトル・アメリカⅣという観測基地を建てることを目指していた。この作戦については長いあいだ陰謀説や憶測が飛び交っており、米国がナチスの秘密基地や軍事技術を探索していたのではないかとも言われている。このメッセージは、彼らがそれを発見できなかったという意味だろうか？

暗号が記された厚い光沢紙を裏返し、写真をじっくり眺めた。青い海に巨大な氷が浮かび、氷の中央から黒い潜水艦が突き出ている。潜水艦の文字は小さすぎて読めないが、おそらくナチスのものだろう。艦のサイズから判断すると、氷山の面積はだいたい百平方キロメートルぐらいか。それだけ大きければ南極から分離した氷だと考えられる。彼らは最近になって潜水艦を見つけたのだろうか？　それが一連の出来事の引き金になったのか？　手がかりを求め、最後のメッセージを開いて解読した。

〝ロズウェルの気象観測気球はジブラルタルの技術と一致　面会を求む〟

三つのメッセージをすべて並べるとこうなった。

〝ジブラルタルでイギリスが骨を発見　助言を送られたし〟

〝南極大陸で潜水艦発見できず　捜索を続けるか指示を〟

〝ロズウェルの気象観測気球はジブラルタルの技術と一致　面会を求む〟

どういう意味なんだ？　ジブラルタルの史跡、南極の潜水艦、おまけに最後は――ロズウェルの観測気球がジブラルタルの技術と一致する？

だが、もっと根本的な疑問がある。いったいなぜ、これらのメッセージを読ませようとしたのかということだ。六十六年もまえのメッセージを。これが現在起きていること――クロックタワーを巡る戦いや、差し迫ったテロの危機――とどう結びつくのだろう。

ジョシュは室内を歩きまわった。考えるんだ。もし自分がテロ組織に潜入したスパイで、助けを求めようと思ったら、いったい何をする？　助けを求める……そうか、情報提供者は通信手段を伝えようとしたのかもしれない。まだ暗号が隠れているのか？　いや、おそらく彼はメソッドを伝えようとしたのだ――どうすれば彼と連絡がとれるかを。つまり死亡広告だ。もっとも、これはあまり効率がよくない方法だ。死亡広告は、たとえオンライン版でも掲載まで最低一日はかかってしまう。オンライン……。現代で紙面の広告と似たような使い方ができるものと言えば？　いまの時代にメッセージを載せるとしたら？

ジョシュは一通りの案を検討した。新聞の死亡広告なら洗い出しは簡単だった。確認すべき新聞は限られているからだ。過去の死亡広告をすべて集めるのは大変だが、自分にはひとつ強みがある。探す場所がわかっているのだ。メッセージは、オンライン上のどこかにある。しかし、手がかりはほかにもあるはずだ。

三つのメッセージに共通しているものは何か？　場所だ。では、それぞれの場所はほかとどう違うのか？　南極には人がいない。新聞広告もないし……ん？　ロズウェルとジブラルタルはどうだろう？　どちらにも新聞はある。一方の場所にはあって、もう一方の場所にはないものがあるのだろうか？　広告を通信手段に使うとして……。きっと情報提供者は、ある特定の広告媒体を示したいのだ。そしてそれは、一九四七年当時の《ニューヨーク・タイムズ》紙のように、現代においてあちこちの地域で利用できる媒体だ。〝クレイグズリスト〟だろう。この、世界規模の地元情報コミュニティサイトにちがいない。ジョシュはさっそく確認した。ジブラルタルには地元版のクレイグズリストはなかった。だが、やはりそうだ――ロズウェルには、ニューメキシコ州ロズウェル・カールズバッド版がある。サイトを開き、掲載された投稿をざっと眺めた。おびただしい数があり、カテゴリーだけでも何十という種類があった。〝売ります〟〝住まい〟〝イベント〟〝求人〟〝求職用プロフィール〟日に何百件と新たな投稿が寄せられているようだ。

どうすればここから――もし、あるとすればだが――情報提供者のメッセージを探し出せるだろう？　ウェブ情報集約技術を使い、内容を収集・整理することは可能だ。グーグルなどがウェブの情報をインデックス化するのと同じ要領で、クロックタワーのサーバーがサイトの内容をクローリングし、そこから情報を抽出して検索可能な形にしてくれる。その後、暗号解読プログラムを使えば、翻訳される投稿があるかどうかわかるだろう。ほんの二、三時間で終わる作業だ。

だが、その二、三時間がなかった。

まずは当たりをつけなくては。普通に考えれば死亡広告だが、クレイグズリストでは扱われていない。いちばん近いカテゴリーは……個人広告だろうか？　ジョシュは見出しに目を走らせた。

〝プラトニック〟

〝女性同士〟

〝女性から男性へ〟
〝男性から女性へ〟
〝男性同士〟
〝その他の恋愛〟
〝気軽な関係〟
〝尋ね人〟
〝恨み言〟

どこから手をつければいいのか。これは雲をつかむような話かもしれない。無駄にできる時間などまったくないのだが。とりあえず、数分だけどれかを読んでみることにした。

〝尋ね人〟は気になるカテゴリーだった。これは、どこかで好みの相手を見つけたものの、連絡する方法を訊けずにデートに誘えなかった者が利用する掲示板だ。たとえば、かわいいウェイトレスがいたのにその場では声をかける勇気が出なかった男などに人気がある。

実は、ジョシュも何度か投稿したことがあった。もし相手が投稿を読んで返事をくれれば安心して会いにいけるし、もし反応がなければ……縁がなかったということだ。

ジョシュはそのカテゴリーを開き、いくつか投稿に目を通した。

件名　ＣＶＳ薬局の緑の服

メッセージ——一発でやられたよ！　完璧すぎて声も出なかった。ぜひ話してみたい。よければメールを。

件名　ハンプトン・ホテル

メッセージ——フロントで水をもらったときに会いました。エレヴェータもいっしょに乗った者です。もう少し、二人で違う汗をかきたいとは？　ぼくが降りた階はわかるでしょう。結婚指輪をしてましたね。秘密は守ります。

もう数件、読んでみた。もし同じ方式なら、メッセージはもっと長くなるはずだ——名前の文字数を鍵にして、メッセージのなかにメッセージを組み込んでいるとすれば。もっとも、クレイグズリストの投稿は匿名だった。名前の代わりにEメール・アドレスを使うのかもしれない。

次のページに進み、一件目の投稿に目をやった。

件名　あの古いタワーレコードで見かけました。クロック・オペラのニューシングルの話をしていましたね。

これは期待できそうだ。件名に〝クロック〟も〝タワー〟も含まれている。ジョシュは投稿をクリックしてメッセージに目を走らせた。長い文章だった。Eメール・アドレスはandy@gmail.comとなっている。投稿文の四番目の文節をすべて書き留め、五番目の文節もぜんぶ抜き出した。順番に並べると、メッセージが現われた。

〝状況は変わった　クロックタワーは陥落する　生きていれば返信を　誰も信じるな〟

ジョシュは凍りついた。〝生きていれば返信を〟とある。返信しなければ。デヴィッドに返信させなければ。

衛星電話を取り上げ、デヴィッドの番号を押した。だが、発信できなかった。先ほどは通じたのだから、この部屋や電話機の問題ではない。なにが――。

ジョシュの目がそれを捉えた。ドアの監視カメラの映像だ。変化は見られない。じっと目を凝らすと、サーバーのランプがまったく消えないことに気づいた。こんなことはあり得なかった。通常なら、ハード・ドライヴにアクセスがあったり、ネットワーク・カードがデータを送受信したりするたびに光が点滅するのだ。これは、カメラが捉えている映像ではない。静止画だ。すり替えたのが誰であれ、その人間は、いままさにこの部屋に入ってこようとしているのだ。

21

インドネシア　ジャカルタ――クロックタワー　支局本部　中央危機管理室

危機管理室は慌ただしい空気に包まれていた。技術班がキーボードを打ち、分析員がレポートを選別し、ヴィンセント・タリアが、壁に並ぶスクリーンを睨みながらいらいらと歩きまわっていた。「ヴェイルの位置情報が偽物だというのはたしかなのか?」

「はい」技術班のひとりが言った。

「隠れ家の連中に、すぐにそこから出るように伝えろ」

タリアは隠れ家のカメラ映像に目を向け、整列した工作員たちがドアを開けるのを見守った。

その爆音に、広い危機管理室にいる誰もが振り返った。全員の視線を集めたモニターには、もはや白黒の歪んだ静止画しか映っていなかった。

技術班のひとりがキーを打った。「屋外のカメラに切り替えます。いま、大きな爆発音がしま――」

「わかっている！　隠れ家、配置につけ」タリアは叫んだ。

スピーカーから応答はなかった。位置情報マップに目をやると、先ほどまで赤い点が動いていた隠れ家は黒一色になっていた。残っているのは、デヴィッドの隊と本部にいる数人だけだ。

例の技術者がくるりと椅子をまわした。「彼は隠れ家に爆薬を仕掛けていました」

タリアは指先で鼻梁をこすった。「わかりきった報告をどうも。隔離室にはもう突入したか？　ジョシュは見つかったのか」

「いえ、いま始めたところですね」

タリアは危機管理室を出て自分のオフィスへ行き、受話器を取り上げた。そしてイマリ警備のパートナーに電話した。「問題発生だ。部下たちがやつに殺られた」

タリアはしばし耳を傾けた。

「違う。いいか、おれはちゃんと手なずけたんだ。だが、やつが――そんなことはどうでもいい。もう全員殺されたんだぞ。何を言ってもあとの祭りだ」

また沈黙があった。

「だめだ。おれなら先制攻撃で確実にやつの息の根を止める。そっちに何人いようが関係ない。一度逃がしてしまったら、やつを仕留めるのは至難の業だ」

タリアは受話器を下ろしかけたが、苛立った様子でまたすぐにそれを耳に押しつけた。

「なに？　いや、捜索中だ。きっとこのなかにいる。また連絡する。なに？　ああ、合流してもいいが、連れていけるのは二人だけだ。しくじった場合に備えて、おれたちは後方で待機する」

22

インドネシア　ジャカルタ――クロックタワー　作戦司令車

ケイトは兵士のあとに続いて黒い大型トラックに乗り込んだ。外見と違い、内部は配送トラックとは似ても似つかぬ空間だった。そこは銃や謎の道具が詰まったロッカールームであり、コンピュータやスクリーンが揃ったオフィスであり、両脇に一段低い座席が並んだバスだった。

大きなスクリーンが三枚あった。一枚には、ジャカルタとおぼしき土地の地図と複数の点が表示されていた。もう一枚はこのトラックの前後左右のカメラ映像を映している。右上の枠には、トラックを先導してジャカルタの混雑した道を進む黒のＳＵＶが見えていた。最後の一枚は真っ暗で、〝接続中……〟の文字が表示されているだけだった。

「おれはデヴィッド・ヴェイルだ」

「どこに連れていくのか教えてちょうだい」ケイトは語気を強めて言った。

「隠れ家だ」デヴィッドはタブレット端末のようなものをいじっていた。どうやら壁のスクリーンの一枚を操作しているようだ。視線を上げて何か待つような顔をしていたが、何も映らないとわかるとまたボタンを押しはじめた。

「アメリカ政府の下で働いているの？」ケイトは自分に注意を向けさせようとした。

「そういうわけではない」彼は相変わらずうつむいてタブレットをいじっていた。

「でも、あなた自身はアメリカ人なの？」

「そんなところだ」

「ちゃんとこっちを見て話してくれない？」

「仲間と大事な連絡をとろうとしているんだ」男の顔に不安そうな表情が浮かびはじめていた。彼は思案するように周囲に目をやった。

「何か問題でも？」

「ああ、たぶん」彼がタブレットを脇に置いた。「誘拐の件で、きみに訊きたいことがある」

「子どもたちを捜してくれるの？」

「我々はまだ事態を把握しようとしている段階だ」

「我々って？」

「聞いてもわからないさ」

ケイトは髪を掻き上げた。「ねえ、今日は最悪の一日だったの。正直、あなたがどこの誰かなんてどうでもいいのよ。クリニックから子どもがさらわれたのに、いまだにあの子たちを捜そうとしてくれる人がいないんだもの。あなたを含めてね」

「協力しないとは言ってない」

「協力するとも言ってないわ」

「たしかに」デヴィッドが言った。「だが、いまはこちらの問題で手一杯なんだ。とても重要な問題だ。下手をすれば、何の罪もない人々が大勢殺されてしまうだろう。すでに多くの命が失われた。おれは、きみの研究がこの状況に何らかの形で関わっていると考えている。具体的なことはわからないが。いいか、もしきみがこちらの質問に答えてくれるなら、おれも可能な限り協力すると約束しよう」

「いいわ、それなら公平ね」ケイトは椅子から身を乗り出した。

「イマリ・ジャカルタについて、きみはどの程度知っているんだ？」

「ほとんど何も。私の研究に出資してくれてるけど。私の養父のマーティン・グレイは、イマリ・リサーチの所長なの。この会社は科学分野の研究や技術開発に幅広く投資しているわ」

「きみは彼らの下で生物兵器を開発しているのか？」

ケイトは頬をぶたれたような衝撃を受け、思わずのけぞった。「何ですって？　まさか！　気でも狂ったの？　私は自閉症を治そうとしてるのよ」

「なぜ二人の子どもは連れ去られたんだ？」

「見当もつかないわ」

「信じられないな。その二人はどういう子どもだ？　クリニックには百人以上の子どもがいた。もし犯人の目的が人身売買なら、全員を連れていっただろう。二人を選んだのには何か理由があるはずだ。しかも、連中は身元がばれる危険を冒してまで連れ去っている。さあ、もう一度訊く。なぜその二人だったんだ？」

ケイトは床を見つめて考えた。そして、最初に浮かんだ疑問を口にした。「イマリ・リサーチが子どもたちを連れ去ったの？」

その問いは彼を面食らわせたようだった。「ああ、いや、イマリ警備だ。別部門の組織だが、全体で見ればどちらも同じ悪人集団に属している」

「そんなはずないわ」

「自分の目で確かめろ」彼にファイルを渡され、ケイトはそこに挟んである衛星写真に目を向けた。クリニックの前にヴァンが駐まっており、黒ずくめの犯人二人が子どもたちを車中に引きずり込んでいる。ヴァンの登録書類を見ると、所有権はイマリ・インターナショナルの香港警備部に行き着いていた。

ケイトはその証拠について考えてみた。イマリに子どもをさらう理由があるだろうか？

ケイトに頼めば済むことなのに。ほかにも、先ほどから気になっていることがあった。

「なぜ私が生物兵器を開発していると思うの？」

「証拠から判断すると、そうとしか考えられないからだ」

「証拠？」

「トバ計画の話を聞いたことは？」

「ないわ」

彼がもう一冊ファイルを寄こした。「わかっているのはこれだけだ。あまり多くはないが、結論から言えば、イマリ・インターナショナルは人口を劇的に減らす計画を進めているんだ」

ケイトはファイルに目を通した。「トバ・カタストロフ理論を思い出すわね」

「何のことだ？　聞いたことがないな」

ケイトはファイルを閉じた。「無理ないわ。一般的に認められているわけじゃないもの。でも、進化生物学者のあいだではよく知られた学説よ」

「よく知られた、何についての学説だ？」

「〝大飛躍〟よ」ケイトはデヴィッドの戸惑いを見て取り、質問が来るまえに先を続けた。

「大飛躍は、進化遺伝学ではいちばん熱い議論を呼んでいるテーマだと言えるでしょうね。本当に謎に満ちているの。わかっているのは、五万年から六万年ほどまえに、人類の知能に〝ビッグ・バン〟と呼べるような一大変化が起きたということ。私たちは急激に賢くなったのよ。なぜそんなことになったのかはわからない。脳の神経回路に何らかの変化が生じたと考えられているんだけど。人類は、このとき初めて複雑な言語を使いだし、芸術を生み、より洗練された道具を作って、問題を解決し――」

デヴィッドは壁を見つめながら頭を整理しようとしていた。「話が見えないが――」

ケイトは髪をうしろに撫でつけた。「いいわ、一から説明しましょう。私たち現生人類が誕生したのは二十万年ほどまえだけど、私たちがいわゆる〝現代的行動〟をとる人類――地球上を支配できるぐらい、とても賢いタイプのことよ――になったのは、約五万年まえの話なの。この五万年まえという時代には、私たちのほかに、少なくとも三種のヒト科動物が存在していた。ネアンデルタール人、ホモ・フローレシエンシス――」

「ホモ・フロー……」

「あまり知られていない種ね。発見されたのは最近だから。とても小柄で、ホビットのような人たちだから、わかりやすくホビットと呼びましょう。そう、約五万年まえには私たちのほかに、ネアンデルタール人、ホビット、デニソワ人がいたの。実際はあと二種ほどいたと考えられるけど、ここで言いたいのは、そのころ五、六種の人類が存在していたということ。そしてその後、人類の系統樹のなかで私たちの枝だけが劇的に伸び、ほかの枝は枯れてしまった。私たちが五万年のあいだに数千人から七十億人まで数を増やす一方で、ほかのヒト科動物は絶滅してしまったのよ。彼らは洞窟で死に、私たちは地上を征服したというわけ。原因はずっと大きな謎とされてきたし、はるかむかしから科学者たちがその謎を解こうとしてきた。宗教もそうね。核心にあるのは、なぜ私たちは生き残れたのか、という問いよ。何が原因でそんなに大きな進化上の強みを手にできたのか。〝大飛躍〟は、このときの一大変化を指す呼び名。そして〝トバ・カタストロフ理論〟は、この大飛躍の原因——ネアンデルタール人やホビットなど、ほかのヒト科動物は原始的なままだったのに、なぜ私たちはそんなに賢くなったのか——を説明しようとする説なの。内容はこうよ。七万年ほどまえ、ここインドネシアにあるトバ火山が大噴火した。その火山灰のせいで地表の大部分に日光が届かなくなり、その後何年も〝火山の冬〟が続いた。急激な気候の変化は劇的な人口減少を引き起こし、現生人類はおそらく一万人かそれ以下にまで減った」

「待ってくれ、おれたちは一万人にまで減ったのか？」

「そう考えられているわ。あくまで概算だけど、大幅に人口が減ったことはたしかよ。とくに私たちの種が激減したの。当時生きていたネアンデルタール人やほかの種のほうがいくらかましだったようね。ホビットはトバ山の風上にいたし、ネアンデルタール人はヨーロッパに集中していたから。私たちは、噴火の影響をまともに受けたアフリカ、中東、南アジアに集まっていたのよ。それに、ネアンデルタール人は私たちより頑丈な骨格をしていて、脳も大きかった。まだ解明はされてないけど、そのおかげでさらに生き延びやすかったのかもしれないわ。はっきりしているのは、トバ火山の噴火で現生人類が壊滅的なダメージを受けたということ。私たちは絶滅の危機に瀕していたの。そして、それが集団遺伝学者の言う〝ボトルネック効果〟をもたらしたのよ。研究者のなかには、このボトルネック効果の結果、生き残った少数の人間のなかの突然変異体が進化していった、と考える人がいるわ。突然変異体のあいだで繁殖する可能性が高まり、指数関数的に知能が向上していったのではないかと。遺伝学的な裏付けもあるの。現在地球上にいる人間はすべて、約六万年まえにアフリカにいたひとりの男性——私たち遺伝学者は〝Y染色体アダム〟と呼んでいるわ——の子孫だと考えられている。実際、アフリカ以外の地域にいる人間は、約五万年まえにアフリカを出たわずか百人ほどの集団から広がっていったと言われているの。つまり、私たちはみなトバ事変以降にアフリカを離れ、その後地上を支配した少数部族の子孫だということね。この部族は歴史上のどんなヒト科動物よりも知能が高かった。それは間違いない事実だけど、なぜそうなったのかはわからない。結局のところ、私たちの種がどうやってトバ事変を生き延びたのかも、なぜ同時期に存在したほかのヒト科動物より賢くなったのかも、はっきりしないのよ。脳の回路に何らかの変化が生じたはずだけど、そんな大飛躍が起きた原因はいまだに謎のまま。食生活の変化が原因なのか、偶然の突然変異が原因なのか。あるいは、そもそも突発的な変化などではなく、徐々に進化していったのか。トバ・カタストロフ理論やそれに続くボトルネック効果は、一定の支持はされているけど、あくまでひとつの可能性にすぎないのよ」

デヴィッドは何か考え込むように下を向いていた。

「調査をしていたのに、この話を知らなかったなんて意外ね」デヴィッドが何も答えないので、ケイトはさらに言った。「それで……あなたは、〝トバ〟は何を表わしていると？　私のはただの勘違いかも――」

「いや、きみが正しい。よくわかった。もっとも、きみが言うトバ事変は過去の話だ――かつてそれが人類にどんな変化をもたらしたか、というな。連中の狙いは、もう一度人口を減らしてボトルネック効果を生じさせ、〝第二の大飛躍〟を引き起こすことなんだ。人類の進化を次のステージに進めようとしているのさ。これで謎が解けた。我々は、トバとは作戦開始地点のことだと考えてきた。東南アジア、とくにインドネシアなら納得がいく。だからおれは、トバ山から百キロと離れていないこのジャカルタを拠点に選んだんだ」

「よかったわ。そうね、歴史ってとても役に立つのよ。本もね。銃にだって負けないぐらい」

「誤解のないよう言っておくが、おれは読書家だ。歴史だって好きさ。きみの話は七万年もまえのことだろ。そんなのは歴史じゃない、有史以前の話だ。それに、銃にも役割はある。世の中は見かけほど文明化されていないからな」

ケイトは両手を上げて椅子にからだを沈めた。「私は協力してるだけよ。あなたがあの子たちを捜してくれると言うから」

「きみも質問に答えると言ったぞ」

「答えたじゃない」

「まだだ。きみは、その二人が選ばれた理由を知っているはずだ。少なくとも見当はついているだろう。さあ、話してくれ」

ケイトはためらった。彼を信用してもいいのだろうか？

「確証が欲しいわ」そう切り出したが、男からは何の答えも返ってこなかった。彼はじっと一枚の画面を睨んでいた。いくつも点があるスクリーンだ。「ねえ、聞いてる？」彼は張り詰めた表情で忙《せわ》しなく視線を動かしていた。「何かあったの？」

「点が動かない」

「動くものなの？」

「ああ。我々は間違いなく動いているからな」彼がシートベルトを指差した。「締めておけ」

ケイトはにわかに不安になった。まるで、我が子に迫る危険を察知した父親のような口調だったのだ。彼はおそろしいほど神経を研ぎ澄ましていた。まばたきもせずに素早く動き、車内の書類を集めて無線を摑んだ。

「一号車、こちら指揮官。目的地変更、クロックタワー本部に向かえ。聞こえるか？」

「了解、指揮官。一号車、目的地を変更します」

ケイトはトラックが方向転換するのを感じた。

男が無線をもつ手を下ろした。

スクリーンに閃光が走ったのは、轟音が響く直前だった――そして爆風。前を走っていたSUVが画面のなかで吹き飛び、溶けた金属と炎の塊になって落下した。

銃声がし、トラックが道から大きく逸れた――まるで運転手がいないかのように。

ふたたび飛んできたロケット弾は、トラックをかすめてすぐ脇の路面に着弾した。爆風で車体が傾き、車内の空気が一瞬で抜き取られるような感じがした。残響音がケイトの鼓膜を叩き、シートベルトに押しつけられた腹部が脈を打った。まるで感覚が遮断されたかのようだった。すべてがコマ送りのように進んでいく。タイヤが路面に戻って車体が揺れた。

ケイトは耳鳴りを堪えて顔を上げた。あの兵士は床に倒れ、ぴくりとも動かなくなっていた。

23

インドネシア　ジャカルタ――クロックタワー　支局本部　対傍受通信室

　ジョシュは冷静になろうとした。誰が入口のカメラ映像をすり替えたのかわからないが、その人物は間違いなく外にいて、ここへ侵入しようとしている。巨大なコンクリートの洞窟に収まったガラスの部屋が、いまはとても頼りなく感じられた。これではまるで、宙にぶら下がって割られるのを待っているガラスのピニャータではないか。そして、なかに詰まった景品の菓子はこの自分というわけだ。

　あそこに見えるのは何だろう？　ドアにオレンジ色の点があるようだが。ジョシュはガラス部屋の端まで行き、じっと目を凝らした。小さいがたしかに点があり、それが発熱体のように徐々に明るさを増していた。まるで金属が溶けているようにも――いや、本当に金属が溶けて流れ落ちている。その瞬間、ドア板の右上方部に火花が散った。火花はゆっくりと這うように下へ進み、黒く細い軌跡を描きはじめた。

　連中が突入しようとしているのだ――ガスバーナを使って。これは当然の選択だった。爆発物でドアを吹き飛ばしたりすれば、サーバー・ルームまでが粉々になってしまうからだ。これもまた、内部の者に時間的猶予を与えようという安全対策のひとつなのだろう。

ジョシュは急いでテーブルに戻った。何から手をつけるべきか。情報提供者、クレイグズリストのメッセージ。まずは返信だ。この、andy@gmail.com というアドレスは偽物にちがいない。こんなアドレスは、Gメールが開通して二秒と経たないうちに使われてしまったはずだ。情報提供者もジョシュがその点に気づくことは予想していただろう。このアドレスは、たんに暗号文の解読に必要な名前の文字数を示しているにすぎない。暗号文……。自分も、彼の方式に従って暗号文と名前を用意するべきなのだろう。

ジョシュはちらりとうしろを向いた。ガスバーナはドアの右辺を半分ほど焼き切っていた。まるで爆弾に近づいていく導火線の炎のように、火花が下へ下へと動いていく。こうなったらやけだ、時間がない。ジョシュは投稿ボタンを押してメッセージを書き込んだ。

件名 タワーレコードの人物へ

メッセージ――連絡をとり合いたかったのですが、時間がありませんでした。こうしているいまも時間に追われています。友人があなたのメッセージを転送してくれました。いまだによくわかりません。直接的な言い方ですみません。複雑な言葉遊びをしている暇がないのです。友人と電話が通じませんが、あなたからならこの掲示板を使って連絡できると思います。彼の役に立つ情報があれば、どんなことでも返信して下さい。よろしくお願いします。幸運を。

ジョシュは力を込めて送信ボタンを押した。それにしても、なぜデヴィッドに連絡できないのだろう？インターネットは繋がっているというのに。局員は知らない、まったくべつの通信方式を使っているのかもしれない。考えてみると、そうでなければ通話やテレビ会議の傍受を防ぐことはできないだろう。監視カメラのほうは容易に想像がつく。ケーブルを切ってほかの映像機器に接続したか、もっと単純に、レンズの前に写真を貼ったのだ。

視界の隅で、画面の赤い点が大きく移動した。隠れ家の点が一斉にドアへと向かっていく。いよいよ動きが出た。

と、その直後に点が消滅した。つまり死亡したということだ。

いま一度ドアに目をやった。ガスバーナは速度を上げていた。ジョシュは、返信が来ることを願いながらクレイグズリストをリロードした。

24

インドネシア　ジャカルタ――クロックタワー　作戦司令車

デヴィッドが頭をもたげると、こちらを見下ろしている女――ドクタ・ワーナーだ――が目に入った。

「怪我をしたの？」彼女が言った。

デヴィッドは彼女を押しのけて立ち上がった。スクリーンに外の様子が映っていた。三名の部下が乗っていたSUVは、焦げた鉄くずになって無人の路面に散らばっていた。トラックを運転していた二名の工作員の姿も見当たらない。二度めの爆発でやられたか、スナイパーに狙撃されたのかもしれない。

デヴィッドは朦朧《もうろう》とした頭を振り、ふらつく足で武器のロッカーに行った。そして発煙弾を二缶取り出すと、どちらのピンも抜いて車両後部のドアへ向かった。

両開きのドアの一枚をそっと押し開け、一缶は真下に、一缶はやや遠くへ転がした。回転する缶から煙が噴き出す音がした。慎重にドアを閉じたが、灰白色の煙がひと筋、車内まで流れ込んできた。

デヴィッドは、ドアを開ければ一発ぐらいは弾が飛んでくるものと思っていた。どうやら連中は彼女を生かしておきたいようだ。

ロッカーに戻って装備を調えた。重みのある自動小銃を肩に掛け、予備弾倉を身につけると、パンツのポケットに拳銃などの小型武器を押し込んだ。黒いヘルメットを被り、防弾服のストラップも締め直した。

「ねえ、どうしたの？　何が起きてるのよ？」

「ドアを閉めてじっとしていろ。安全になったら戻ってくる」デヴィッドはドアに向かいながら言った。

「え？　外に出るつもりなの？」

「そう――」

「何てばかなことを」

「いいか、ここに隠れていたって、遅かれ早かれやつらがやって来る。それより反撃して突破口を開き、逃げ道を確保する必要があるんだ。必ず戻ってくる」

「待って、それじゃあ……銃か何かをもらえる？」

デヴィッドは女を振り返った。怯えてはいるが、これだけは認めよう――彼女には根性がある。「だめだ、銃は渡せない」

「どうして？」

「きみがもったところで、きみ自身が怪我をするだけだからだ。わかったらここを閉めておけよ」デヴィッドはヘルメットのゴーグルを下ろして目を護った。そして、ひと息にドアを開けて煙幕のなかに飛び降りた。

全力で走りだした三秒後、銃弾の雨が降ってきた。ライフルが必要な情報を教えてくれていた——狙撃手たちは左手に並ぶビルの屋上にいる。

　通りを渡った先にある路地へ駆け込み、屋上に銃口を向けて反撃を始めた。手前の狙撃手を撃って落下させると、あとの二人に向かってさらに二度、自動小銃の引き金を引いた。二人が屋上にある煉瓦の小屋の陰に退却した。

　一発の弾がデヴィッドの頭をかすめた。次の弾は傍らの漆喰壁を砕き、煉瓦やコンクリートの破片がヘルメットと防弾服に飛び散った。デヴィッドは弾の出どころの方へ向き直った。男が四人、こちらへ駆け寄ってくる。イマリ警備の連中で、支局の部下ではない。続けざまに三発撃った。敵が散らばり、二人が倒れた。

　引き金を緩めた瞬間、何かが風を切るような音がした。

　とっさに路地の反対側へ頭から飛び込むと、一秒まえに立っていた地点のわずか三メートル先で対戦車ロケット弾が炸裂した。

　さっき狙撃手を殺しておくべきだった。それが無理でも、せめて射程範囲から出ておくべきだった。

　周囲に瓦礫が降り注ぎ、厚い煙が立ちこめた。

　がむしゃらに息を吸い込んだ。

　通りは静かだ。デヴィッドはからだを転がした。

足音がする。こちらへ向かってくるようだ。

立ち上がり、ライフルは残したまま路地に逃げ込んだ。とにかく防御できる位置に行かなければ。弾丸が次々と路地の壁に当たって跳ね返った。デヴィッドが拳銃を抜いて数発撃ち返すと、追手の二人が路地沿いの戸口の陰に身を隠した。路地が終わる前方に、土埃の舞う古い通りが見えていた。ジャカルタには三十七本の川が流れており、その一本に沿って走る通りだ。市場があり、八百屋や食器屋など様々な露天商が軒を連ねている。彼らは指を差して大声を上げ、売上金を掻き集めて一目散に銃から逃げようとしていた。

路地を抜けたところで、さらに激しい銃弾の嵐がデヴィッドを襲った。一発が胸の急所に命中し、その勢いで路面に叩きつけられた。息ができない。

何発もの弾丸が頭をかすめて地面にめり込んだ。路地の男たちが急速に近づいてくる。デヴィッドは弾を避けて壁際まで転がった。必死で肺を膨らまそうとした。

罠だったのだ。路地の男たちはわざとデヴィッドをここへ追い込んだのだ。

手榴弾を二つ取り出した。ピンを抜いてぎりぎりまで待ち、ひとつを背後の路地へ、もうひとつを通りの角に潜む伏兵めがけて投げつけた。

そして、伏兵の方へ弾を浴びせながら全速力で川を目指した。

後方の路地でくぐもった炸裂音がし、伏兵の方角からもはっきりと爆音が聞こえてきた。川岸に辿り着く寸前に、また背後で爆発音がした。今回のはかなり近く、わずか二・五メートルほどの距離だと思われた。その爆風に押され、デヴィッドのからだは川面に向かって飛んでいた。

装甲車のなかで、ケイトはまた坐り込んだ。そしてもう一度立ち上がった。外からは、まるで第三次世界大戦でも起きたような轟音が響いてくる。爆弾、自動小銃、トラックの側面にぶつかる瓦礫の音。

ケイトは銃や防弾ヴェストが収められたロッカーのもとへ行った。また銃声がした。自分も防弾服か何かを着たほうがいいだろうか？　黒い服を一着取り出してみた。重かった。想像よりもはるかに重い。自分が身につけている、オフィスで寝たせいでシワだらけになった服を見下ろした。何ておかしな一日だろう。

ドアをノックする音がし、続いて声が聞こえた。「ドクタ・ワーナー？」

ケイトは手にしたヴェストを落とした。

違う。警察署から自分を連れ出したあの男、デヴィッドの声ではない。

銃を取ってこなくては。

「ドクタ・ワーナー、入りますよ」

ドアが開いた。

男が三人立っていた。子どもを拉致した犯人と同じ、黒い防弾服姿で。彼らが乗り込んできた。

「ご無事で何よりです、ドクタ・ワーナー。我々はあなたを助けにきたんです」

「誰なの？　ここにいた彼はどうしたの？」ケイトは一歩あとずさった。

銃声は小さくなっていた。そして、遠くで爆発音が二回——いや、三回響いた。

男たちがじりじりと近づいてきた。ケイトはもう一歩退がった。ここからなら銃に手が届く。自分に撃てるだろうか？

「大丈夫です、ドクタ・ワーナー。そこから出てきて下さい。マーティンのところへ案内しますから。我々は彼に言われて来たんです」

「何ですって？　じゃあ、彼と話をさせて。彼と話すまではどこへも行かないわ」

「心配いりません——」

「だめよ、あなたたちはいますぐ降りてちょうだい」ケイトは突っぱねた。

うしろにいた男が、ほかの二人を押しのけて言った。「だから言ったろ、ラルズ。五十ドルはいただきだ」聞き覚えのある声だった。ガサガサに嗄れた、子どもたちを連れ去った男の声。この男なのだ。恐怖がからだを走り抜け、ケイトはその場に凍りついた。

男が手を伸ばしてケイトの腕をわしづかみにし、うしろを向かせて手首を握った。そしてもう一方の手首も引き寄せ、両方まとめて結束バンドで縛り上げた。

ケイトは手を引き抜こうとしたが、とたんに細いプラスティックの紐が肌に食い込み、鋭い痛みが腕を駆け上った。

男がケイトの長いブロンドを掴んでうしろに引きずり、いきなり頭に黒い袋を被せた。

その瞬間、ケイトの視界は完全な暗闇に覆われてしまった。

25

インドネシア　ジャカルタ――クロックタワー　支局本部　対傍受通信室

ジョシュは赤い点が次々に消えるのを見つめていた。隠れ家の工作員たちはドアに向かった直後に消滅した――つまり、死亡したということだ。その数分後、デヴィッドの隊が車道の上で動きを止め、彼らもまた消えてしまった――デヴィッドを除いて。彼の点はジョシュが見守る前で素早く動きまわっていた。点が猛スピードで移動を始めたと、その点もふいに見えなくなった。

ジョシュはため息を吐いて椅子に坐り込んだ。ガラス越しに外のドアを覗いた。ガスバーナはすでにドアの右辺を焼き終え、焼け跡がJの文字を描いていた。すぐにJはUになり、たちまち0になるだろう。そこから彼らが入ってくればタイムアップというわけだ。

残された時間は二、三分というところだろうか。

手紙。ジョシュは椅子をまわしてファイルの山を掻き分けた。あった。例の、〝おれが死んだら開けろ〟というデヴィッドの手紙。ほんの数時間まえは、これを開封することなどあり得ないと思っていた。今日一日で、ずいぶんと色んな幻想が打ち砕かれた。クロックタワーは侵蝕などされないし、陥落もしない。デヴィッドが殺される日も来ない。勝利するのはいつも善い人間だ。そう、信じていた。

ジョシュは封を切った。

ジョシュへ

嘆かなくていい。おれたちは最初から大きくおくれをとっていたんだ。もはやジャカルタ支局の陥落は避けられないだろう。

目的を忘れるな。イマリに最終目標を達成させてはならない。おまえが突き止めた事実はすべてクロックタワーの局長に転送しろ。局長の名はハワード・キーガンだ。彼のことは信用していい。

ClockServer1-ClockConnect.exe にプログラムがある。実行すれば中央司令部への独立回線が開き、データを安全に送信できる。

最後にもうひとつ。おれは何年もかけてちょっとしたカネを蓄えてきた。大半は、我々が廃業に追い込んだ悪人のカネだ。ClockServer1-distribute.bat にもプログラムがある。実行しておれの口座のカネを配ってくれ。連中が部屋の存在に気づかず、おまえが安全にこの手紙を読めるよう願っている。

おまえと働けたことを誇りに思う。

――デヴィッド

ジョシュは手紙を置いた。

すぐさまキーを叩いて中央にデータをアップし、続いて送金プログラムを実行した。〝ちょっとしたカネ〟は、かなり控えめな表現だった。ジョシュの目の前で六件の振り込みが実行されたが、一件につき五百万ドルが送られていたのだ。まずは赤十字、次にユニセフ、それから三つの災害救援組織。これらは納得できる。だが、最後の送金は謎だった。JPモルガン銀行の、ニューヨークにある支店の口座に五百万ドルを送っている。ジョシュは口座の名義をコピーして検索した。口座の持ち主は六十二歳の男性と、その妻である五十九歳の女性だった。デヴィッドの両親だろうか？　ニュース記事があった。ロングアイランドの新聞記事だ。それによると、その夫婦は9・11で一人娘を亡くしていた。彼女は当時、カンター・フィッツジェラルド証券で投資アナリストとして働いていたそうだ。イェール大学を卒業したばかりで、コロンビア大学の大学院生、アンドリュー・リードとの結婚を控えていたという。

ふとその音に気づいた——いや、音が消えたことに気づいたと言うべきか。ガスバーナが止まっていた。輪を描き終わったようだ。これからいよいよ焼き切った金属板を打ち抜く作業に入るのだろう。

書類を集めてクズ入れのもとへ走り、紙に火を点けた。そしてテーブルに戻り、コンピュータのデータを消去するプログラムを作動させた。作業が完了するまで五分以上はかかってしまうだろう。連中がすぐに気づくとは限らないし、自分もいくらか時間を稼げるかもしれないが。ジョシュは銃が入った箱に目を向けた。

と、何かが視界の端に映った。位置情報マップの画面に、たしかに見えた気がするのだ——ちらりと光る赤い点が。だがいまは何も映っていない。ジョシュは改めて目を凝らした。

ドンという音に飛び上がり、ジョシュは椅子から転げ落ちそうになった。彼らが陣太鼓のようにドアを打ち、分厚い金属板を枠から外そうとしていた。大きな音がジョシュの暴れ狂う鼓動に合わせるように響いてくる。

コンピュータのスクリーンに進行状況が表示されていた——十二パーセント完了。

ふたたび赤い点が、今回ははっきりと現われた。デヴィッド・ヴェイルだ。彼の点がゆっくりと川を流れていく。バイタル・サインは弱いものの、死んではいなかった。おそらく防弾服に内蔵されたセンサーが損傷を受けたのだろう。

自分が摑んだ事実や、情報提供者との連絡方法をデヴィッドに伝えなければならなかった。何かいい手はないか？　通常ならばオンライン上に情報の受け渡し場所を設けるのだが——一般のウェブサイトを利用し、暗号化したメッセージをやり取りするのだ。クロックタワーがよく使うのはeBayのオークションサイトだった。商品の写真に、局のアルゴリズムを使えば解読できるメッセージやファイルを埋め込むのだ。肉眼ではごく普通の写真にしか見えないが、全写真を通して微細な画素変化を追えば、複雑なファイルも読み取れるようになっている。

だが、デヴィッドとは受け渡しの方法を決めたことがなかった。電話は通じないし、もちろんEメールだって論外だ——クロックタワーは関係者のアドレスを監視しているので、デヴィッドがメールを開けばたちどころに彼のパソコンのIPアドレスがばれてしまう。IPアドレスがわかれば居どころはほぼ特定できるし、周辺の監視映像を調べれば、足りない情報も補える。彼が捕まるまでに数分とかからないだろう。IPアドレスか……。ひとつだけ案があるが、果たしてうまくいくだろうか？

消去中……三十七パーセント完了

急がなければ。コンピュータの機能が停止してしまう。

ジョシュはVPN《仮想プライベート・ネットワーク》を使い、中継地点やデータの一時保管場所として利用しているプライベート・サーバーに接続した。暗号化した報告書を中央へ送るまえに、インターネット上でデータを中継したり変形したりするために使っているサーバーだ。ジャカルタ支局から中央への通信過程で傍受されないようにと、念には念を入れて加えたセキュリティ対策だった。これはあくまでプライベートな経路で、誰にも教えたことがない。おまけに自作のセキュリティ・プロトコルをいくつか書き加えてある。これなら完璧だろう。

ただ、このサーバーには――必要がないので――URLがなく、50.31.14.76というIPアドレスがあるだけだった。実のところ、www.google.comとかwww.apple.comといったURLは、IPアドレスをわかりやすい文字列に置き換えただけのものなのだ。あるURLをブラウザに打ち込んだとしよう。そのとき目当てのページが表示されるのは、DNSサーバーというドメイン名を管理するサーバーが、そのURLと対応するIPアドレスをデータベースから探し出し、該当ページへ導いているからだ。その証拠に、もしブラウザのアドレスバーにIPを打ち込んでもまったく同じページに直行できるだろう。たとえば74.125.139.100と打てばGoogle.comのページが開くし、17.142.160.59と打てばApple.comが開くといった具合だ。

ジョシュはプライベート・サーバーへデータを転送した。コンピュータの動きが遅くなりはじめていて、エラーメッセージもたびたび現われた。

消去中……四十八パーセント完了

ドアを打つ音がやんでいた。またガスバーナを使いはじめたようだ。ドアの中央の金属が伸び、円形の膨らみができていた。

デヴィッドにIPアドレスを送らねばならない。だが、電話もメールも役に立たない。協力者や諜報員はすべてクロックタワーに監視されているだろう。そもそも、デヴィッドがどこへ行き着くのか見当もつかない状況なのだ。デヴィッドのほうから目にするものでなければ。IPアドレスの数字が送れて、ジョシュしか知らないもので……。

デヴィッドの銀行口座だ。これなら使える。

ジョシュも秘密の銀行口座をひとつもっていた——たぶん、この手の仕事をしている者なら誰でももっているだろう。

金属が曲がり、まるで瀕死のクジラが鳴くような音がコンクリートの空洞に響き渡った。

もうすぐやつらが来てしまう。

ジョシュはブラウザを開いて自分の銀行口座にログインした。急いでデヴィッドの支店と口座の番号を打ち込み、立て続けに振り込みをした。

9・11ドル
50・00ドル
31・00ドル
14・00ドル
76・00ドル
9・11ドル

処理には一日かかるはずだ。振り込みが完了しても、デヴィッドが口座を確認しなければ意味がない。IPアドレスだということに気づくだろうか？　工作員は、必ずしもITに強いわけではない。これは賭けだ。

ドアが破られ、男たちが踏み込んできた。完全武装した兵士たち。

消去中……六十五パーセント完了

まだ不充分だ。何か手がかりを発見されてしまうかもしれない。

工具箱、カプセル。わずか三、四秒。時間がない。

テーブルの工具箱に飛びついた。勢い余って箱を跳ね飛ばし、あとを追ってジョシュもガラスの床に倒れ込んだ。震える手でなかを探り、銃を摑んだ。どうするんだ？　スライドを引いて、撃って、ここを押すのか？　ちくしょう。男たちはガラス部屋の入口に迫っていた。三人いる。

ジョシュは銃を構えた。腕が震えていた。もう片方の手で腕を支え、引き金を引いた。弾丸はコンピュータを撃ち抜いた。だが、確実にハード・ドライヴを破壊しなくてはならない。もう一度引き金を引く。室内に耳をつんざくような音が響いた。

そして、気づけば同じ音がジョシュを取り囲んでいた。ガラスが砕け、あたり一面に破片が舞った。ジョシュは壁に向かって突進していた。降り注ぐガラスがジョシュを刺して切り裂いた。下を向くと、銃弾で胸にいくつも穴が空いていた。口から溢れた血が顎を伝い、その流れが胸に広がる深紅の血だまりとひとつになっていく。ジョシュは振り返り、コンピュータの最後のランプが暗くなるのを見届けた。

26

インドネシア　ジャカルタ――プサングラハン川

漁師は舟を漕いで川を下り、ジャワ海へと向かっていた。ここ数日は魚の掛かりがよかったため、予備の網も――家にあるだけぜんぶ――積んでいる。舟が網の重みでいつもより深く沈んでいた。うまくいけば、日が落ちるころには魚でいっぱいになった網を曳いて戻ってこられるだろう。小さな家族が食べるぶんを除いても、市場で売る魚は充分に残るはずだった。

ハルトは舳先《へさき》で櫂《かい》を漕いでいる息子のエコを眺めた。誇らしい気持ちが湧いてくる。じきにハルトが引退すれば、エコが漁を引き継ぐだろう。そしていつか、エコも息子を舟に乗せて漁を教えるだろう。ハルトの父親がハルトにそうしたように。

それが彼の願いだった。だが、このところハルトは不安を感じはじめてもいた。物事はそんなふうに運ばないのかもしれない。年を追うごとに舟が増え、魚は減っている。一日の漁の時間は長くなっているのに網に掛かる魚は減る一方なのだ。ハルトは無理に気を取り直した。いいときもあれば、悪いときもある。海と同じだ。それが当たり前なのだろう。どうにもできないことで、くよくよしてはいけない。

息子が櫂を漕ぐ手を止めた。舟がまわりだした。

ハルトは叫んだ。「エコ、手を休めるな。息を合わせて漕がないとまわってしまうんだ。集中しろ」

「何か浮かんでるんだ、父さん」

ハルトは川に目を向けた。たしかに……何か黒いものが浮いている。人だ。「急いで漕げ、エコ」

そばまで近づくと、ハルトは腕を伸ばしてその男を摑み、網が積まれた小さな舟へ引き上げようとした。ずっしりと重かった。鎧か何かを着けているようだ。しかし、その鎧が水に浮いているのだ。新しい特別な素材かもしれない。男を裏返した。ヘルメットとゴーグルが鼻を覆っており、そのおかげで溺れてはいないようだった。

「ダイバーかな、父さん？」

「いや……たぶん、警官だろう」また男を引き上げようとしたが、たちまち舟がひっくり返りそうになった。「エコ、こっちへ来て手伝ってくれ」

父と息子は力を合わせ、ずぶ濡れになった男を引っぱり上げた。と、男のからだが舟べりを越えたとたんに舟底にみるみる水が広がりはじめた。

「父さん、沈没してしまうよ！」エコが慌てた顔であたりを見まわした。

水がへりを越えて流れ込んでいた。何か捨てられるものはないか？　この男を落とすべきだろうか？　この川は海へ通じている。流されれば確実に死んでしまうだろう。二人は男を掴んだまま、どうすることもできずにいた。流れ込む水はいよいよ勢いを増している。ハルトは網に目をやった。ほかに重いものといえばこれしかない。しかし、この網はエコに譲ってやるものだ——家の唯一の財産であり、食べ物を得るために必要な、たった一本の命綱なのだ。

「網を捨てろ、エコ」

若者は、何も訊かずに父親のことばに従った。ひとつずつ網を放り、悠然と流れる川に自分の相続物を与えていった。

ほとんどの網が消えたころ、ようやく水の流れが止まった。ハルトは尻もちをつき、男に虚ろな目を向けた。

「どうしたの、父さん？」

父親が何も答えずにいると、エコは助けた男と父のもとへ急いでやって来た。「死んでしまったの？　もう——」

「家に連れて帰ろう。いっしょに漕いでくれ、エコ。この人には、きっと何か大変な事情があるんだ」

二人は舳先の向きを変えて川を上りはじめた。流れに逆らい、ハルトの妻と娘が待っている家を目指して。妻たちは二人が持ち帰る魚を処理しようと支度して待っているだろう。

今日はただの一匹も魚がないというのに。

27

〈AP通信社〉ケーブル配信　ニュース速報

インドネシアの首都ジャカルタで爆発と銃撃戦

インドネシア、ジャカルタ発――ジャカルタ市内の数ヵ所で爆発と銃撃戦があったという報告が、AP通信社に複数寄せられている。いまのところ犯行声明を出したテロ組織はないが、インドネシア政府関係者が非公式に語ったところによると、政府は組織的犯行と見ている模様。現時点では犯行の目的などはわかっていない。

現地時間の午後一時ごろ、市内三ヵ所にわたり、荒廃した住宅区域に建つ高層アパート三棟が爆破された。関係者によれば、そのうち少なくとも二棟は無人と考えられていた。

またこの爆発の数分後には、市場付近の路上でも爆発と銃撃戦があった。死傷者数は未発表で、警察はコメントを拒否している。

詳細がわかり次第、随時報告する。

《ジャカルタ・ポスト》紙

ジャカルタ西警察署署長を逮捕

インドネシア国家警察は今日、ジャカルタ西警察署署長エディ・クスナディを児童ポルノ禁止法違反で逮捕したと発表した。後任のパク・クルニア署長は次のように述べている。「ジャカルタ首都警察とジャカルタ西警察署にとって、今日は悲しくも恥ずべき日となってしまいました。しかし、警察内部に潜む悪と対決する我々の意志こそが、我々をより強くするのであり、それが市民からの信頼に応える道だと考えております」

28

インドネシア　ジャカルタ――イマリ・ジャカルタ本社

後ろ手に手首を縛られたケイトは、頭に黒い袋を被せられたまま椅子に坐っていた。ここへ来るまでずいぶん手荒な扱いを受けた。この三十分というもの、兵士たちはまるでぬいぐるみでも扱うようにケイトを引いたり小突いたりしていたのだ。ヴァンからヴァンへ乗り換えさせ、いくつもの廊下を歩かせたあと、最後はこの椅子へ押しつけて乱暴にドアを閉めた。闇のなかを動いたせいでケイトは吐き気を感じていた。結束バンドで手首が痛いし、厚手の黒い袋からではまったく視界がきかない。五感が遮断されたかのように、闇と静けさがケイトの感覚を狂わせていた。ここに坐ってからどれぐらい経つだろう？

やがて、何かが近づいてくる音がした。廊下か広い部屋を歩いているような足音だ。一秒ごとにその響きが大きくなっていった。

「頭の袋をとれ！」

マーティン・グレイの声だった。マーティン――義父の声を耳にしたとたん、ケイトのからだに安堵の波が広がった。暗闇が薄くなり、手首の痛みも和らいだように思えた。もう安心だ。マーティンが子どもたちの捜索を手伝ってくれるだろう。

袋が外されるのを感じた。ライトに目がくらみ、眉をしかめてまばたきしたが、堪えきれずに顔を背けた。

「手のバンドも外せ！　誰がこんな真似をしたんだ？」

「私です。彼女が抵抗したんですよ」

まだ目は使えなかったが、その声は知っていた――トラックから彼女を連れ去った男、病院から子どもたちを拉致した男。そして、ベン・アデルソンを殺した男だ。

「よほど彼女が怖かったとみえるな」マーティンの声は冷淡で威圧的だった。彼のそんな話し方を耳にするのは初めてだった。見覚えのない男二人が忍び笑いを漏らし、ケイトを連れ去った男がこう答えた。「好きなだけ言ってろ、グレイ。あんたの指図は受けない。それに、さっきはこちらの仕事に満足していたようだがな」

どういう意味だろう？

マーティンの口調がわずかに変わった。どこか面白がっているようだ。「おまえこそ歯向かうつもりのようじゃないか、ミスタ・タリア。いいだろう、どういうことになるか教えてやる」

ようやくケイトにもマーティンの顔が見えた。険しい表情をしている。彼は男を見すえ、やがてほかの二人の方へ向き直った――おそらくマーティンが従えてきた兵士だ。「監禁室へ連れていけ。袋を被せて、手も縛るんだ。きつく縛ってやれよ」

男二人が拉致の犯人を捕まえ、先ほどまでケイトが被っていた袋を被せて外へ引きずっていった。

マーティンがケイトの前にしゃがんだ。「大丈夫か？」

ケイトは手首をさすりながら身を乗り出した。「マーティン、二人の子どもが研究所から拉致されたの。あの男は犯人の一味よ。あの子たちを見つけ――」

マーティンが片手を上げた。「知っている。何もかも説明しよう。だが、まずはあの子たちに何をしたのか聞かせてくれ。とても大事なことなんだ、ケイト」

ケイトは答えようと口を開けたが、どこから始めていいのかわからなかった。様々な疑問が頭を駆け巡っていた。

話をする間もなく、男がまた二人、広い室内に入ってきてマーティンに言った。「スローン代表が話したいそうです」

マーティンは苛立った様子で顔を上げた。「あとで電話する。この件は——」

「代表がお見えになったのです」

「ジャカルタにか？」

「ここにです。あなたを代表のもとまで連れていくよう指示されました。申し訳ありません」

マーティンが不安そうな表情を浮かべ、ゆっくり立ち上がった。「彼女を下に案内しろ。発掘現場の展望デッキだ。それから……ドアの監視も頼む。すぐに戻る」

マーティンの部下がケイトを外へ連れ出した。安全な距離を保ちながらも、鋭い目つきでこちらを見張っている。ケイトは、マーティンに付いている部下も彼に同じ態度をとっていることに気づいた。

29

インドネシア　ジャカルタ――プサングラハン川

ハルトが見守るなか、謎めいたその男は両肘を突いて上体を起こし、ヘルメットとゴーグルを外して困惑したようにあたりを見まわした。被っていたものを舟の外へ放り、また横になったが、数分すると今度は服の脇にあるストラップと格闘しはじめた。そしてどうにかすべてを外し終えると、その大きなヴェストもやはり川へ放った。ハルトはヴェストの胸に空いた大きな穴に気づいていた。きっと使い物にならなくなったのだろう。男は胸をさすって荒い呼吸を繰り返していた。

アメリカ人かヨーロッパ人のようだ。これはハルトにとって驚きだった。肌の白さには気づいていたが――舟へ引き上げるときに顔の一部が見えたからだ――、日本人か中国人だと思っていた。なぜ武装したヨーロッパ人がこの川に浮かんでいたのだろう？　警官ではないのかもしれない。犯罪者かテロリストか、麻薬カルテルの兵隊か。助けたせいで自分たちにも危険が及ぶだろうか？　ハルトは櫂を漕ぐ手を速めた。舟がまわりだしたことに気づき、エコも速度を上げた。呑み込みが早い子だ。

呼吸がいくらか落ち着いたのか、白人の男が起き上がって英語を口にしはじめた。

エコが振り返った。ハルトは何を言えばいいのかわからなかった。ゆっくり話しかけてくる兵士に、唯一知っている英語を告げた。「妻は英語を話せます。妻に言って下さい」
男がまた仰向けになった。ハルトとエコが舟を漕ぐあいだ、男は空を見つめて胸をさすっていた。

防弾服のバイオ・モニターは胸を撃たれたときに壊れたはずだった。むろん、デヴィッド自身も傷を負っているだろう。ヘルメットの追跡装置はまだ生きているが、すでに川底に沈んだ。
デヴィッドはこのジャカルタの漁師に心から感謝した。命の恩人だ。だが、どこへ連れていくつもりだろう？　イマリはデヴィッドに懸賞金をかけている可能性がある——つまり、二人はたまたま宝くじを拾ったわけだ。彼らがデヴィッドを突き出すつもりなら逃げなければならないだろう。とはいえ、いまは息をするのもやっとの状態だ。いざとなれば動くしかないが、からだを休める必要もある。デヴィッドはしばらく川面を見つめ、やがて目を閉じた。

デヴィッドは心地よい柔らかなベッドにいるのを感じた。中年のインドネシア人女性が、デヴィッドの額に濡れた布を押し当てていた。「聞こえますか？」彼の目が開いたのを見ると、女性は背を向けてべつの言語で叫びはじめた。女性が怯えたような顔をした。「乱暴するつもりはありません。ここはどこですか?」デヴィッドは訊いた。気分がだいぶよくなっていることに気づいた。胸に痛みはあるものの、呼吸が楽になっている。起き上がって彼女の腕を放した。

女性が住所を口にしたが、知らない地名だった。次の質問をする間もなく、彼女はあとずさって部屋の外へと出ていった。わずかに首を傾げ、警戒するような目をこちらへ向けていた。

デヴィッドは胸のあざをさすった。考えるんだ。公然とデヴィッドの隊を攻撃する危険を冒したということは、連中はすでにジャカルタ支局本部を制圧したのだろう。

ジョシュ。またひとり兵士が死んでしまった。おれがトバ計画を阻止しなければ、もっと大勢の兵士が死ぬ。そして民間人も、あのときのように……。

集中しろ。

目下の脅威は何だ?

連中はワーナーを連れていった。彼女が必要なのだ。彼女が何らかの形で関わっている。

だが、とてもそうは思えなかった。ケイト・ワーナーは、純粋で誠実だった。自分の研究に信念をもっている。彼女自身はトバ計画に加担していないだろう。連中が必要としているのは、彼女の研究なのだ。それを利用しようと企んでいる。連中は力ずくで情報を聞き出そうとするにちがいない。このままでは、彼女もまた、罪なき犠牲者になってしまう。彼女の奪還に全力を注ぐべきだ。

　腰を上げ、家のなかを歩いてみた。彼女以上の手がかりはない。何室か部屋があり、部屋を仕切る薄い壁には手描きの絵がたくさん飾られていた。ほとんどが漁師を描いたものだ。壊れかけた網戸を開けてテラスに出た。この家は、似たような家がいくつも固まってできた〝ビル〟の三、四階あたりにあるようだった――白い漆喰の壁と汚れた網戸が並び、テラスが眼下の川岸から階段のように続いている。遠方へ目を向けた。視線が届く限り、段ボール箱を積み重ねたような建物がどこまでも連なっていた。外には洗濯物が干され、そこかしこで女性が敷物を叩いている。舞い上がる埃が、地球から逃げ出す悪魔さながらに夕陽のなかへ消えていった。

　デヴィッドは下の川へ目をやった。漁舟が行き交っていた。小型のモーターを積んだ舟もわずかにあるが、大半は手漕ぎ式だった。岸に並ぶビルに視線を走らせた。追手はもうここまで来ているだろうか？

　そのとき、彼らの姿が目に入った。イマリ警備の男が二人、下の二階のテラスへ出てきたのだ。デヴィッドは物陰に身を隠し、彼らが次の家へ移動するのを待った。残された時間はどれぐらいだろう？　五分か、十分か。

　室内へ戻ると、一家がリヴィングらしき部屋――小さなベッドも二つ置かれているが――で身を寄せ合っていた。デヴィッドの視線だけでも危険だと言わんばかりに、両親が少年と少女を背後に隠した。

百九十・五センチあるデヴィッドは、両親より頭二つぶんは背が高く、筋肉の発達したからだは狭い戸口を塞いで夕陽の光を遮るほどだった。彼らの目にはデヴィッドが怪物に見えるか、そうでなくても、まったく種の違う異星人と映るにちがいなかった。

デヴィッドは女性に的を絞った。「傷つけるつもりはありません。英語は話せますか？」

「はい。少しなら。市場で魚を売るので」

「よかった。助けてもらいたいんです。とても大切なことです。あなたやお子さんに危険が迫っています。ご主人に協力してくれるよう伝えてもらえませんか」

30

インドネシア　ジャカルタ――イマリ・ジャカルタ本社

マーティン・グレイは、亡霊でも見るような目でドリアン・スローンを見つめながらずっと部屋に入った。そこはイマリ・ジャカルタ本社の六十六階にあるマーティンの役員室で、イマリ警備の代表は部屋の奥に立っていた。ジャワ海の方を向き、行き交う舟を眺めている。入室したところを見られていないはずなので、マーティンは年下のその男にいきなり話しかけられてぎょっとした。「おれが来て驚いたか、マーティン？」

スローンは、ガラスに映るマーティンを見ていたのだった。ガラスはスローンの目も映していた。冷酷で用心深く、鋭い目……まるで、獲物を観察して機会をうかがう捕食者のそれだ。反射が不完全なせいで顔の残りの部分は見えない。手はうしろに組んでいる。長い黒のトレンチコートが、ここジャカルタではとても場違いに感じられた。気温も湿度も高いこの土地では銀行家でさえスーツを着ない。上着を着込むのは、ボディガードか、もしくは何かを隠そうとしている者だけだ。

マーティンはなるべく自然に振る舞おうとした。大股で歩き、広いオフィスの真ん中にある自分のオーク材のデスクに向かった。「ああ、正直に言うとな。いまはちょっとタイミングが悪かった――」

「やめろ。すべて知っているんだぞ、マーティン」ゆっくりと振り返り、一語一語を区切るようにそう言うと、スローンはデスクにいる年上の男をひたと見すえて近づいてきた。

「南極での穴掘りも、チベットへの干渉も、子どもたちのことも拉致したことも知ってるぞ」

マーティンはデスクの裏にまわってあいだに障害物を挟もうとした。が、つま先の向きを変えたとたんにスローンが進路を変えて側面から近寄ってきた。マーティンはその場に立っていることにした。たとえ自分のオフィスでこの残忍な男に喉を切られるとしても、一歩も退かない覚悟を決めた。

マーティンはまっすぐにスローンを見返した。スローンの顔はたくましく引き締まっていたが、荒《すさ》んでもいた。長年にわたる過酷な暮らしのせいだろう。これは、苦痛を知っている人間の顔だ。

スローンがマーティンの一メートルほど手前でぴたりと足を止めた。そして、マーティンの知らない秘密があるとでも言いたげに、薄笑いを浮かべた。すでに罠の仕掛けは動いていて、あとは待つばかりだとでも言うように。「その気になればもっと早くわかったんだ。だが、何しろクロックタワーのことで忙しかったからな。まあ、あんたもその件はとっくに知っているだろうが」

「もちろん報告書は読んだ。たしかにタイミングが悪くて残念だった。きみが言ったとおり、私の方も手がいっぱいだったものでな」マーティンは、かすかに震えはじめた手をポケットに押し込んだ。「最近の成果については、すべて伝えるつもりだったんだ。南極の件も、中国の件も――」

「気をつけろ、マーティン。あとひとつでも嘘をついたら終わりだ」

マーティンは唾を呑み込み、うつむいて考えを巡らせた。

「ひとつだけ訊かせてもらおうか、じいさん。何が狙いだ？　あんたがせっせとしてきた作業を繋ぎ合わせても、いまだに目的がわからない」

「誓いを破るような真似はしていない。私が目指すゴールは、我々が目指すゴールと同じだ――勝てないとわかっている戦いを回避することさ」

「それなら意見が一致するな。やる時が来た。トバ計画を実行に移すぞ」

「だめだ。ドリアン、まだ道はある。本当だ。成果を伝えなかったのは、ちゃんとした理由があってのことだ。時期尚早だと思ったんだよ。成功するかどうかわからなかったからな」

「成功しなかったんだろう。中国からの報告書を読んだが、大人は全滅だったそうじゃないか。時間切れだ」

「たしかに実験は失敗した。だが、それは誤った療法だったからだ。ケイトが使ったのは何かべつの療法だったんだ。あの段階ではそのことを知らなかったが、ケイトが教えてくれるだろう。明日のいまごろにはあの墓場に足を踏み入れられるかもしれない――ようやく真相を摑めるんだよ」

望みの薄い賭けだったが、意外なことに、スローンの鋭い視線が初めて揺れた。彼は目を逸らし、下を見つめた。しばらくそうしていたが、やがて背中を向けて窓辺に戻ると、マーティンが入ってきたときと同じ姿勢をとった。「真相はもうわかっている。それに、ケイトや新療法のことは……子どもを奪ったんだろ。きっと彼女は口を割らない」

「私になら教える」

「彼女のことなら、おれのほうがよく知っているさ」

マーティンは頭に血が上るのを感じた。

「潜水艦はもう開けたのか？」スローンが静かな口調で訊いた。

その質問にマーティンは息を呑んだ。スローンは自分を試しているのだろうか？　それとも……。

「いや」マーティンは答えた。「万全を期して、膨大な検疫作業をこなしている最中だ。安全そうだという話は聞いているが」

「開けるときはおれも立ち会いたい」

「七十年以上も密閉されていたんだ、何も――」

「立ち会いたい」

「もちろんかまわない。あちらに連絡を入れておこう」マーティンは電話に手を伸ばした。信じられない展開だった。三分も水中にいたあとで思い切り新鮮な空気を吸い込んだような、そんな希望を感じた。急いで番号を押した。

「おれたちがいつ着くか伝えておいてくれ」

「私はべつに――」

スローンが振り返った。その目に殺気が戻っていた。射貫《いぬ》くような目つきで睨みつけてくる。「あんたの意見など訊いていない。いっしょに潜水艦を開けるんだ。この件が片付くまで、あんたから二度と目を離さないからな」

マーティンは受話器を置いた。「かまわない。だが、まずはケイトと話をさせてくれ」そう答えると、深く息を吸って背筋を伸ばした。「これについては、私もきみの意見は訊いていない。きみには私が必要だ。それはお互いわかっているだろう」

スローンは窓に映ったマーティンを見つめていた。年下の男の口に、小さな笑いが浮かんだようだった。「いいだろう、十分だけ認めてやる。だが、もし失敗したらおれたちは南極へ出発する。そして彼女は、口を割らせるのが得意な人間に預けるからな」

31

インドネシア　ジャカルタ――川辺のスラム

デヴィッドは、イマリ警備の隊員が周囲を確かめてから家へ駆け込んでくるのを見つめていた。そこは通路の奥に位置した五部屋ある家で、間取りが好都合なため選んだのだった。

男たちは機械的な動きで次々と部屋を調べていった。正面で拳銃を構えて足を踏み入れ、素早く銃口を左右に向けている。

デヴィッドは身を潜めている場所から男たちの声を聞いていた。「異常なし。異常なし。異常なし。異常なし。異常なし」彼らが歩調を緩め、〝安全〟が確認された住居から去ろうとする足音が聞こえた。

二人目の男が目の前を通過したところで、デヴィッドはそっと背後に近づいた。湿った布で男の口を塞ぎ、クロロフォルムが口内と鼻孔に充満するのを待った。男は激しくもがき、みるみる重くなっていく手で必死にデヴィッドを摑もうとした。口を塞ぐ手に力を込めた。声が漏れ出すことはなかった。男が床に崩れ落ち、デヴィッドが次の男を狙おうと注意を向けたとき、隣の部屋で無線が入る音がした。

「イマリ追跡隊第五班、緊急連絡。そちらの地区の武器庫が使用されたという報告がクロックタワーから入った。標的は近隣にいると思われる。また、庫から持ち出した銃器や爆発物を所持している可能性がある。注意して追跡作業を続行しろ。直ちに応援部隊を派遣する」

デヴィッドは、たったいま動かなくなった男――明らかにこれがコールだろう――の傍らにうずくまった。

「コール？　聞いたか？」

「コール？」隣の部屋でもうひとりの男が呼んだ。兵士のブーツの下で土埃がすり潰される音がした。男の足の運びが、確実に遅くなっていた。地雷原を進んでいるかのように、一歩一歩が命懸けといった様子で近づいてくる。

デヴィッドが立ち上がった瞬間、戸口から男が飛び込んできた。銃口がデヴィッドの胸を狙っていた。デヴィッドは男に突進し、倒れ込んで銃を奪い合った。男の両手を埃まみれの床に叩きつけると、銃が壁際へと滑っていった。

男がデヴィッドを押しのけ、腹ばいになって銃のもとへ行こうとした。デヴィッドはすぐさままた男に馬乗りになり、肘で首を挟んできつく絞め上げた。もう一方の手で首の付け根を押し、効果を増大させた。獲物の気道が塞がるのを感じた。こうなれば長くはない。

男が羽ばたくように跳ねて首にまわされた腕を掻きむしった。脚の方に手を伸ばして何かを摑もうとしている。何だ……？　ポケットか？　男の手に握られていたのは、ブーツから抜き取ったナイフだった。男がデヴィッドの背を刺して脇腹まで刃を走らせた。服の裂ける音がし、血の付いた刃先が見えた。その刃がふたたび振り下ろされた。デヴィッドは横に身を滑らせ、かろうじて二度目の攻撃をかわした。首の付け根にあった手を上方に移動させ、首にまわした腕と交差するように頭を摑んで思い切り引いた。骨が折れる大きな音が響き、男のからだから力が抜けた。

デヴィッドは息絶えた傭兵から転がって下り、天井を見つめた。視線の先では二匹のハエがもつれ合って飛んでいた。

32

インドネシア　ジャカルタ——イマリ・ジャカルタ本社

ケイトはマーティンの部下たちに連れられて地下深くに降り、長い廊下の先にある水族館のような場所に行き着いていた。ガラス窓は、少なく見積もっても高さ四メートル、幅は二十メートルほどありそうだった。

自分が何を見ているのか、ケイトにはよくわからなかった。ガラスの向こうに広がっているのは明らかにジャカルタ湾の海底だが、そこで動いている生き物が妙だったのだ。初めは、クラゲか何か、光を発する海洋生物が海底と水面のあいだをふわふわ行き来しているのだと思った。だが、それにしては光がおかしかった。ケイトはガラスに近づいて確かめた。やはりそうだ――これはロボットなのだ。カニによく似たロボットで、目のようにぐるぐるまわるライトと、金属の爪が三つある腕を四本もっている。それが海底に穴を掘って潜り、機械の爪で何かを握って戻ってくるのだった。ケイトは目を凝らした。何を握っているのだろう？

「長い年月のあいだに発掘手法も進歩したんだ」

振り返るとマーティンがいた。その顔にケイトははっとし、そして不安になった。疲れ果て、落胆し、諦めたような表情をしていたからだ。「マーティン、ちゃんとわけを話して。研究所から連れ去られた子どもたちはどこにいるの？」

「安全なところにいる。いまのところはな。時間がないんだ、ケイト。質問に答えてくれ。あの子たちにどんな治療をしたのか教えてくれないと、大変なことになってしまう。ARC247でなかったことはわかっているんだ」

なぜ彼がそのことを知っているのだろう。それに、どうしてあの子たちに使った療法を気にするのだろう。ケイトは考えようとした。どこか変だ。もし彼に教えたら何が起きるのか。あの兵士、デヴィッドが言ったことは正しかったのだろうか。

この四年のあいだ、ケイトが心から信頼できる男性――いや、男女あわせても――は、マーティンだけだった。彼はいつも仕事で忙しかったし、ずっと離れて暮らしていたので、養父というよりは法的保護者と呼ぶほうがふさわしかった。だが、ケイトが必要としているときは必ずそこにいてくれた。彼が拉致に関わっているはずがない。それでも……何かがおかしかった。

「療法は教えるわ。でも、先に子どもたちを返してほしいの」ケイトは言った。

マーティンが近寄ってきて、いっしょにガラス窓の前に立った。「残念ながらそれは無理そうだ。だが、約束する。子どもたちは私が護る。私を信じてくれ、ケイト。大勢の命がかかっているんだ」

子どもたちを何から護るというのか。「いったい何が起きているのか教えてちょうだい、マーティン」

マーティンが背を向けて離れていった。何か考え込んでいるようだ。「もし、この世界のどこかに想像を絶するほどの強力な兵器があると言ったら、おまえはどう思う？　人類を全滅させられるほどの超兵器だ。そして、その兵器に対抗し、人類を救う唯一の手段がおまえの療法だと言ったら？」

「ばかげた話だと思うでしょうね」

「そうだろうか？　おまえだって進化についてはよく知っているだろう。ばかげた話ではない。人類は、けっして自分たちが思うほど安全ではないんだ」マーティンが、ガラス窓の向こうに降りてくるロボットを手で示した。「あそこで何が行われていると思う？」

「宝を掘っているのかしら？　沈没した貿易船があるとか」

「これが宝探しに見えるのか？」ケイトが何も答えずにいると、マーティンが続けた。「あそこにあるのは、消えた沿岸都市だ。そう言ったら驚くかね？　しかも、こうした都市は世界中にたくさんあるんだ。いまから一万三千年ほどまえ、ヨーロッパの大部分は厚さ三キロメートルの氷に覆われていた。ニューヨークの上にも二キロ近い氷があった。それらの氷河は、その後数百年のあいだに溶けていき、海面が百二十メートル近くも上昇した。地球上にあるすべての沿岸集落が海の底に沈んだのさ。いまだって、全人口の四割近くが海岸から百キロ以内に住んでいる。当時はどれほど多くの人間が沿岸部に集まっていたことか。魚がいちばん安定した食料で、交易も海路に頼っていた時代だからな。永遠に消えてしまった集落や古代都市のことを考えてごらん。そこにどんな歴史があったのかは、もはや知る術がない。この出来事を記録した唯一の史料は〝大洪水〟の物語だ。氷河の融解による洪水を生き延びた人々が、どうにか後世に警告しようとして残したのだろう。大洪水は歴史的な事実――これは地質学調査で裏付けられている――で、聖書を含め、時代は違っても様々な史料に洪水物語が登場する。シュメールやアッカドの粘土板、ネイティヴ・アメリカンの諸文書――どれも洪水があったことを伝えている。だが、その前に何が起きたのかは誰にもわからない」

「これはそういう話なの？　消えた沿岸都市を――アトランティスを発見したいということ？」

「アトランティスはおまえが考えているようなものではない。私が言いたいのは、海底にはたくさんのものが埋もれているということだ。私たちの知らない、私たちの過去がな。大洪水の時代に消えたものはほかにもある。遺伝学的な歴史はおまえもよく知っているな。大洪水が起きたころには、まだ少なくとも二種の——あるいは三種の——ヒトが存在していた。もしかすると、もっといたかもしれない。最近になってジブラルタルで発見されたネアンデルタール人の骨は、二万三千年まえのものだった。今後さらに新しい時代の骨が見つかる可能性は充分にある。そしてつい最近、わずか一万二千年まえの——大洪水があったころだ——骨も発見された。私たちがいまいる場所のすぐ近く、ジャワ島の東にあるフローレス島でのことだ。このホビットのように小さいヒトは、およそ三十万年のあいだ地球上にいたと考えられている。それが一万二千年まえになって突然、死に絶えてしまった。ネアンデルタール人などは、その祖先が誕生してから六十万年ものあいだ——つまり我々の三倍近くも——地上を歩きまわっていたのに、やはり絶滅してしまった。おまえもこうした歴史は知っているだろう」

「もちろん知っているわよ。だけど、その話が子どもたちの件とどう結びつくのか、さっぱりわからないわ」

「おまえは、ネアンデルタール人やホビットが絶滅したのはなぜだと思う？　彼らは私たち現生人類が登場するずっとまえから生きていたのに」

「私たちが殺したからよ」

「そのとおりだ。いつだって人間は、いちばん殺す生き物なんだ。どうだろう、私たちはもともと生き残るようにプログラムされている気がしないか？　大昔の祖先でさえ、生き残りたいという衝動に突き動かされ、ネアンデルタール人やホビットを危険な敵だと認識した。彼らは違う種の人類を大量に殺したにちがいない。その恥ずべき遺産はいまだに生きている。私たちは自分と違うもの、理解できないもの、自分の世界や環境を変えそうなもの、そして、生き残る可能性を少しでも奪いそうなものをすべて攻撃してしまう。人種差別、階級闘争、性差別、東西対立、南北対立、資本主義対共産主義、民主制対独裁制、イスラム教対キリスト教、イスラエル対パレスチナ。これらはすべて、もとを正せば同じ戦いだ。違う種を消し、同種の人類だけを残すための戦いだよ。私たちがはるかむかしに始めて、いまだに続けている戦い。この戦いが、まるでバックグラウンドで常に動いているコンピュータ・プログラムのように人間の意識下にあって、私たちを導いているんだ」

ケイトは何を言うべきかわからなかった。それに、自分の治験や子どもたちとどんな関係があるのかも。「もしかして、あの子たちは太古から続く人類の戦いに巻き込まれたってこと？　そんな話を信じろというの？」

「そうだ。人間とネアンデルタール人の戦いを考えてみろ。人間とホビットの戦いを。なぜ私たちが勝ったと思う？　ネアンデルタール人は私たちより大きな脳をもっていたし、からだも大きくて強かった。だが、私たちの脳は回路が違ったんだ。私たちの頭は、高度な道具を作り、問題を解決し、先を見通すような回路をもっていた。脳内のソフトウェアのおかげで優位に立てたというわけさ。しかし、どうやってそんな強みを手に入れたのかはいまだにわかっていない。五万年まえまでは私たちも彼らと同じただの動物だった。ところが、いわゆる〝大飛躍〟が、いまだに解明できない強みを私たちに与えた。はっきりしているのは、脳の回路が変化したということだけだ。おそらく言語やコミュニケーションの能力に変化が生じたのだろう。人間は急激に変化したんだ。もちろんおまえも、こうした話はすべて知っているだろう。だが……もし、変化がふたたび起きているとしたらどうだ？　あの子どもたちの脳は、ほかとは違う回路をもっている。進化がどう進んでいくかは知っているだろう。進化は直線的な道を辿るわけではない。試行錯誤を繰り返していくものだ。あの子どもたちの脳は、簡単に言うと、人間の頭を動かすオペレーティング・システムの次世代版かもしれないんだ。ウィンドウズやマックの新ＯＳのようなもので、より新しく、より速く……旧バージョン――つまり私たちだ――よりも様々な強みをもっている。もし、あの子たちや、同じような状態の者が、人類の系統樹に生えた新しい枝だとしたら？　新しい種の誕生だ。そしてもし、この地球上にすでに新バージョンのソフトウェアを積んだ人々がいるとしたら？　彼らは、私たち旧式の人間をどう扱うと思う？　おそらく、私たちが自分たちより愚かな人類――ネアンデルタール人やホビット――にしたのと同じことをするだろう」

「ばかばかしい。あの子たちは危険な存在なんかじゃないわ」ケイトはマーティンを眺めまわした。いつもと様子が違う……本気かどうかよくわからない目つきだ。それに、遺伝学的な歴史やら、進化やら、ケイトが知っていることを延々と話したりして……いったいどうしたのだろう？

「そうは見えないかもしれないが、本当のところなどわからないだろう？」マーティンは続けた。「歴史を見る限り、進化した人類はいつも脅威と映るほかの種族を皆殺しにしてきたじゃないか。我々は前回は捕食者だったが、次は獲物になるんだよ」

「じゃあ、そのときが来てからどうにかすればいいわ」

「すでにそのときは来ている。我々が気づいていないだけさ。まさに〝フレーム問題〟というやつだな。複雑な環境においては、自分の行動の結果は正確に予測できないものなんだ。いくらその時点ではよい行動に思えるとしてもな。フォードは、自分では大量輸送のための道具を作っていると思っていた。だが、同時に彼は環境破壊の手段を世に送り出していたんだよ」

ケイトは頭を振った。「自分が何を言ってるかわかってるの、マーティン？　おかしいわ、妄想に取り憑かれているみたい」

マーティンが笑みを浮かべた。「私も同じことを言ったよ。おまえの父親から同じ話を聞かされたときにな」

そんなことがあり得るだろうか？　いや、あり得ない。嘘だ。少なくとも錯乱しているのだ。あるいは、信用させるための方便か、自分が養父であることを思い出させるための手か。マーティンをじっと見すえた。「つまり、進化を阻止するために子どもたちを連れ去ったということ？」

「それは少し違うが……すべてを打ち明けるわけにはいかないんだよ、ケイト。私も本当は話したいんだが。言えるのはこれだけだ。あの子たちは、人類に滅亡をもたらす戦いを食い止めるための、鍵を握っている。六万年から七万年まえ、私たちの祖先がアフリカを旅立ったときからこの戦いのカウントダウンは始まっていた。私を信じるんだ、ケイト。子どもたちに何をしたのか教えてくれ」

「トバ計画というのは何？」

マーティンが不意打ちを食らったような顔をした。いや、怯えている顔かもしれない。

「どこで……それを聞いたんだ？」

「警察署から私を連れ出してくれた兵士に聞いたの。あなたも関わっているの？――トバ計画に」

「トバは……緊急用のプランだ」

「あなたも関わっているの？」ケイトは冷静な口調で訊いたが、本当は答えを聞くのが怖かった。

「ああ、だが……トバ計画を実行することはないだろう。もしおまえが話してくれればな、ケイト」

武装した男が四人、裏口から入ってきた。ケイトは初めて見る顔だった。

マーティンが彼らの方を振り返った。「まだ話している最中だ！」

ケイトは警備員二人に腕を掴まれて部屋から連れ出され、先ほどマーティンに会うために歩いてきた長い廊下をふたたび歩かされた。

遠くで、残りの男二人とマーティンが言い争っているのが聞こえた。

「スローン代表から、時間切れだと伝えるように言われました。彼女は話さないし、どのみち知りすぎていると。代表がヘリポートでお待ちです」

33

インドネシア　ジャカルタ――川辺のスラム

デヴィッドがもう一度頬を叩くと、コールが目を覚ました。どう見ても二十五歳は超えていないだろう。若い男は眠そうにデヴィッドを見上げ、みるみるその目を大きくしていった。

彼はすぐに逃げようとしたが、デヴィッドにしっかり捕まえられていた。「名前は？」男は助けか出口を探すように、男が周囲に視線を走らせた。「ウィリアム・アンダーズ」男の目が武器を求めて自分のからだを見下ろしたが、そこには何もなかった。

「こっちを向け。おれが着ている防弾服が見えるか？　これに見覚えは？」デヴィッドは立ち上がり、イマリの戦闘服をまとった自分の姿を見せつけた。「こっちへ来い」

男がもつれる足で隣の部屋に入った。床には、首が不自然な方向に曲がったパートナーの死体が転がっている。

「こいつも嘘をついたんだ。もう一度だけ訊く。おまえの名は？」

男は唾を呑み、戸口で姿勢を正した。「コール。コール・ブライアントだ」

「いいぞ。どこから来たんだ、コール・ブライアント？」

「ジャカルタ支部だ。イマリ警備の選抜部隊に所属している」

「そうじゃない、出身地を訊いているんだ」

「え？」若い傭兵が戸惑ったような顔をした。

「どこで育ったのかを訊いている」

「コロラドの、フォートコリンズだ」

男の頭の霧が晴れてきているようだった。もうすぐ危険になるだろう。このコール・ブライアントが使えるかどうか、早く確かめなければならない。

「向こうに家族がいるのか？」

コールが数歩あとずさった。「いや」

嘘をついている。これなら期待できそうだ。あとは、どう信じ込ませるかだが。

「フォートコリンズでも、ハロウィーンには菓子を配るか？」

「何だって？」コールがじりじりとドアの方へ近づいた。

「動くな」語気を鋭くして言った。「背中に感じるだろう。何か縛ってある感じがしないか？」

男は背中に腕をまわし、防弾服の隙間に手を差し入れようとした。困惑して顔を曇らせている。

デヴィッドは隅にあるバックパックのもとへ行って蓋をめくり、正方形や長方形の、ラップで包んだ工作用粘土にも見える茶色いブロックを見せた。

「これが何だかわかるか？」

コールが頷いた。

「この爆薬をおまえの背骨に少しばかり並べておいた。このワイアレスのスウィッチで操作できる」デヴィッドは左手を突き出し、単三電池二本を縦に繋げたような形状の筒を見せた。頭にある赤いボタンを親指で押し込んでいた。「何だかわかるな？」

コールは固まっていた。「デッドマン・スウィッチ」

「いいぞ、コール。まさしくデッドマン・スウィッチだ」デヴィッドは立ち上がってバックパックを肩に掛けた。「おれの親指がこのスウィッチからずれれば、その爆薬が弾けておまえの体内をゼリーのようにグチャグチャにする。言っておくが、おれまで吹き飛ぶような量じゃない。防弾服さえ破れないだろう。だから、おまえの隣に立っていても平気だし、もしおれが撃たれたりすればおまえの中身だけが溶けてしまう。硬い殻だけが残って、キャドバリーのクリームエッグ・チョコみたいになるってわけだ。あの中身がドロドロした卵形のチョコは好きか、コール？」デヴィッドから見ても、彼が心底怯えはじめていることは明らかだった。

コールがわずかに首を振った。

「ほんとか？　おれなんかガキのころは大好きだったがな。復活祭のときに探しまわるのが楽しみだった。母親が、ハロウィーンの時期までいくつかとっておくんだ。おれがトリック・オア・トリートから帰ったらくれるんだよ。早く家に戻ってあれを割りたかったもんさ。厚いチョコの殻から、黄色いドロドロのクリームが溶け出して」デヴィッドはその味を思い出すように遠くを見つめた。そして、ちらりとコールを振り返った。「だが、自分がクリームエッグになるのはごめんだろう、コール？」

34

インドネシア　ジャカルタ――イマリ・ジャカルタ本社

マーティンはエレヴェータを降りてヘリポートに立った。もう日が暮れかけている。空が茜色に染まり、八十階の屋上に吹きつける海風が潮の匂いを運んでいた。前方で、ドリアン・スローンが部下を三人従えて待っていた。彼はマーティンに気づくと、パイロットの方を振り返って離陸準備をするよう合図した。エンジンに火が点き、羽根がまわりだした。

「だから口を割らないと言っただろう」スローンが言った。

「彼女には時間が必要なんだ」

「いくら粘っても無駄だ」

マーティンは背筋を伸ばした。「彼女のことは、私のほうがよく知っている――」

「どうかな」

「それ以上言ったらただでは済まないぞ」マーティンはスローンの方へ足を踏み出した。

ヘリコプターの音に負けないよう、気づけば大声で叫んでいた。「時間が要るんだ、ドリアン。きっと話してくれる。こんな真似はやめてくれ」

「こうなったのはあんたのせいだ、マーティン。おれは尻ぬぐいをしているだけさ」

「まだ時間はある」

「ないことはお互いわかっているだろう――あんたも自分で言ってたじゃないか。それに、ずいぶんいろいろと面白い話をしていたな。どうやらあんたは、おれのことを嫌っているらしい。おれのやり方や計画が気に入らないんだろう」

「私が気に入らないのは、きみが彼女にした――」

「彼女がおれの家族にしたことを思えば、たいした話じゃない」

「あれは彼女とは何の関係も――」

「水掛け論はやめだ、マーティン。それより目の前の仕事に集中するんだ」

スローンはマーティンの腕を掴み、ヘリから離れた場所へ引いていった。静かで話しやすいし、マーティンが思うに、部下に会話を聞かれることもない位置だった。

「よく聞け、マーティン、あんたと取引してやろう。この件の結果が出るまで、トバ計画は延期してやる。そのかわり、あの女のことはこっちに任せろ。一時間か、せいぜい二時間で落とせるはずだ。いますぐ南極に出発すれば、到着するころには情報が手に入ってる。八時間以内には本当にアトランティス遺伝子のレトロウイルスかどうかわかるだろう。

そうそう、それに、あんたが入口を探していることも確認済みだ」マーティンは口を開こうとしたが、ドリアンが遮るように手を振った。「いちいち言い訳するな、マーティン。チームに情報屋がいるんだ。うまくいけば、二十四時間以内に二人で墓場の入口を抜けられる。トバ計画も実行されない。どうだ、あんたにはこの道しか残っていないだろう。お互いわかっているはずだ」

「彼女を傷つけないと約束してほしい……この先もずっとだ」

「マーティン。おれは怪物じゃないぞ。彼女から情報をもらいたいだけだ。これまでも、これからも、彼女を傷つけたりはしないさ」

「水掛け論はやめよう」マーティンはうつむいた。「すぐに発ったほうがいい。あの南極の現場は行きにくいんだ」

ヘリコプターに向かいながら、スローンは部下のひとりを脇へ引き寄せた。「タリアを監禁室から出せ。ガキどもに何をしたか、ワーナーに吐かせるよう伝えておけ」

35

インドネシア　ジャカルタ――イマリ・ジャカルタ本社前

無言のドライヴを十分ほど続けたあと、デヴィッドは口を開いた。「教えてくれ、コール。フォートコリンズ出身の若者が、どんないきさつでイマリ警備なんかに入っちまったんだ?」

コールはじっと前を向いて運転を続けていた。「まるで悪いことをしたような言い方だな」

「あそこがどんなところか、おまえは知らないのさ」

「あんたが言うことか。おれのパートナーを殺したうえに、おれに爆薬を担がせている男が」

もっともな言い分だった。だが、事情を説明するわけにはいかない──脅しが効かなくなるからだ。善人を救うためには、悪人にならねばならないときもある。

その後は二人とも口を開かず、やがて車はイマリ・ジャカルタの敷地の前に出た。敷地内には建物が六棟あり、有刺鉄線の付いた高いフェンスがまわりを囲っていた。どのゲートも傍らに警備員の詰所がある。デヴィッドはヘルメットとゴーグルを装着し、殺した男の身分証をコールに渡した。

ゲートに着くと、警備員が詰所を出てゆっくり車に近づいてきた。「身分証を」

コールがイマリの社員証二枚を差し出した。「ブライアントとスティーヴンズだ」

警備員が社員証を手に取った。「ご丁寧にありがとよ。こっちは文字を覚えてたったの四十年なもんでな」

コールは片手を上げた。「よかれと思って言っただけだ」

警備員が窓を覗き込んだ。「ヘルメットを外せ」デヴィッドに向かって言った。

デヴィッドはヘルメットを脱いでまっすぐ彼に顔を向け、続いて横顔を見せた。それで通過できると踏んでいた。こういうときにしつこく調べるのは、ちょっとした新人いびりか、あるいは気の弱い警備員が自分を強く見せようとしているだけなのだ。

警備員は社員証を確かめ、次にデヴィッドをじっくり眺めた。そして、その作業を何度か繰り返した。「ちょっと待ってろ」彼が足早に詰所へ戻っていった。

「いつものことか？」デヴィッドはコールに訊いた。

「初めてだ」

警備員が受話器を耳にあてていた。番号を押しながらもこちらから目を離そうとしない。

デヴィッドは迷わず銃を抜いて車中から腕を伸ばした。警備員が受話器を落として自分の銃に手をやった。デヴィッドは一発で、防弾ヴェストから出ている男の左肩を撃ち抜いた。男のからだが崩れ落ちた。死にはしないが、これであの性根が直るということもないだろう。

コールはデヴィッドを振り返り、すぐに本社の中央棟目指して車を発進させた。

「裏口に駐めろ、船着き場のそばだ」デヴィッドは後部座席に手を伸ばし、火薬が詰まった小さな袋を掴んだ。そして、残りはバックパックに入れたまま床に引きずり落とした。

　敷地内にサイレンの音が響き渡った。

　二人は警備員のいない船着き場のドアから建物に侵入した。デヴィッドはドア横の壁に爆薬を仕掛けた。起爆装置に番号を打ち込むと、警告音が鳴りはじめた。片手でこなすには大変な作業だったが、コールのためにもスウィッチから親指を離すわけにはいかなかった。

　二人で廊下を進みながら、デヴィッドは五、六メートルおきに爆薬を仕掛けていった。ここへ来るまで、コールには何も言わないようにしていた。捕虜が何らかの方法でイマリ本部に情報を流さないとも限らないし、向こうが傍受してしまう可能性もある。いいことはひとつもないからだ。だが、いよいよ打ち明けるときがきた。「聞いてくれ、コール。ある女性がこのビルのどこかに囚われている。ドクタ・ケイト・ワーナーだ。彼女を見つけなければならない」

　一瞬ためらったあと、コールが言った。「監禁室と尋問室は、ビルの中層階にある。四十七階だ。だが、もし彼女がそこにいて、無事に部屋から出せたとしても、この建物から脱出するのは不可能だ。すでに厳戒態勢に入っていて、このビルひとつに数十人の警備員が集まっている。それに、戻ってきた戦闘員もいるはずだ」コールはデヴィッドの左手に握られたデッドマン・スウィッチに顎をしゃくった。「もしあんたに何かあったら……おれはどうなるんだ？」

デヴィッドは素早く頭を働かせた。「このビル内に戦闘員の装備は置いてあるか？」

「ああ、三階にメインの武器庫がある。だが、銃も防弾服もほとんど残っていない。今日は全戦闘員があんたを仕留めに出ているんだ」

「かまわない。おれが欲しい物は残っているはずだ。女性を取り返せたら、このスウィッチをおまえに渡そう。約束だ、コール。そのあとは自力で脱出する」

コールは短く頷き、こう言った。「カメラがない従業員用の階段がある」

「そのまえにひとつだけ」デヴィッドは備品棚を開けて火を点けた。瞬く間に炎が木製の棚を這い上がり、天井の煙探知機に迫った。

けたたましい警報音とともにLEDライトが閃光を放ち、そして大混乱が巻き起こった。一斉にドアが開いて右からも左からも人が溢れ出し、息を吹き返したスプリンクラーが逃げ惑う人々をずぶ濡れにした。

「これでいい、出発しよう」

36

インドネシア　ジャカルタ――イマリ・ジャカルタ本社

エレヴェータのなかで、ケイトは腕を握り締める警備員の手からどうにか逃れようとした。彼らはケイトを壁に押さえつけ、ドアが開いたところで外へ引きずり出した。そこは、歯科医院で使うようなリクライニング・チェアが一脚だけ置かれた部屋だった。その椅子にケイトを坐らせてベルトで固定すると、警備員が鼻先で笑った。「すぐに医者が来るからな」部屋を出ていくときも、彼らは声を上げて笑っていた。

ケイトには待つことしかできなかった。マーティンを目にしてほっとしたのが、はるかむかしのことに感じられた。恐怖心が湧き上がってくる。手首にはまだ結束バンドの痕が残っているというのに、今度は太いベルトがそこに食い込んでいた。周囲の壁は真っ白で、この椅子のほかに室内にあるものといえば、何かの包みが載った背の高いスティールのテーブルだけだった。もっとも、リクライニング・チェアからではそれもよく見えず、結局はちらちらと揺れる蛍光灯の光をひたすら見上げているしかなかった。

ドアが開き、そちらを覗こうとケイトは首を伸ばした。あの男だった――子どもたちを連れ去り、トラックからケイトを引きずり出した男。その顔に大きな笑みが広がった。〝もう逃げられないぞ〟とでも言いたげな、ぞっとする笑顔だ。

彼はケイトから一メートルほどの位置で足を止めた。「今日は散々な目に遭わせてくれたな、お嬢さん。だが、セカンド・チャンスがあってこその人生だ」彼がテーブルのもとへ行って包みを広げた。ケイトの目の端で、金属製の器具が光った。長くて尖ったもののようだ。彼が振り返ってケイトを睨みつけた。「冗談だと思うか？ おれの経験上、借りを返すのは人生の定めなんだ」そう言うと、小さい焼き串のような拷問器具を抜き取った。「そのうち喋ることになる。だが、なるべく長くがんばってもらいたいね。からだがもてばの話だが」

またひとり、男が入ってきた。白衣を羽織り、はっきりとは見えないが注射器のようなものをもっている。「何をしている？」男が拷問者に訊いた。

「いま始めようとしたところだ。おまえこそ何をしている？」

「計画と違うな。まずは薬を使う、そう指示されているぞ」

「おれには関係ない」

銀色の串を手にした拷問者と、注射器を握った白衣の男が睨み合っているあいだ、ケイトは為す術もなくただそこに横たわっていた。

やがて、注射器の男が言った。「好きにしろ。これさえ打たせてくれれば、あとはおまえに任せる」

「何を打つんだ？」

「パキスタンで使っている新薬だ。簡単に言えば脳味噌を溶かす薬だな。何でも喋るようになる」

「回復はしないのか？」拷問者が訊いた。

「そういうケースもある。いろいろな副作用が出るからな。まだ研究中なんだ」彼は巨大な注射器をケイトの腕に押しつけ、ゆっくりと針を刺した。ケイトは冷たい液が静脈に流れ込むのを感じた。もがいてみたが、きつく締まったベルトが緩む気配はなかった。

「どれぐらいかかる？」

「十分か十五分というところだ」

「記憶は残るのか？」

「たぶん、何も残らないだろう」

拷問者は銀色の器具を下に置き、ケイトのもとへ近寄ってきた。そして、ケイトの胸から脚へと手を滑らせた。「きれいだし、威勢もいい。連中は話さえ聞ければいいんだ。あとはおれの好きにさせてくれるだろう」

37

どれぐらい経ったただろう。自分が眠っていたのかも、いま目覚めているのかも、ケイトにはわからなかった。からだに痛みはない。ベルトの感覚もないし、何も感じない。喉がとても渇いていた。光が眩しい。横を向き、唇を舐めた。喉が渇いている。

目の前に醜い男がいた。男がケイトの顎を掴み、乱暴に光の方を向かせた。ケイトは目を細めた。とてもいやな顔をした男だ。それに、怒りに満ちている。「そろそろデートの支度ができたようだな、お姫さま」

男がポケットから何かを取り出した。紙切れだろうか？

「だがそのまえに、面倒だがちょっとした書類仕事がある。なに、二つばかり質問に答えてくれればいいだけだ。質問その一、あの子どもたちに何を与えたか？」男が書類を指差した。「ああ、ここに補足がある。『ARC247以外の療法であることは明らか』だとさ。何だか知らないが、それじゃないことはばれている。ごまかそうとしても無駄だ。で、何を与えた？　素直に答えてくれよ」

ケイトは口を開きたくなる衝動と必死に闘った。頭を振ってみたが、脳裏には研究室でそれを準備する自分の姿がまざまざと浮かんでいた。あのとき感じた不安も。果たして効き目があるだろうか、子どもたちの脳に後遺症が出ないだろうか、子どもの脳を……溶かして……自分が打たれた薬は……いけない……。

「何を与えたんだ？　言ってみろ」

「あの子たちに……を……」

男が身を乗り出してきた。「よく聞こえないな、お姫さま。はっきり言うんだ。おまえの発言を記録するために、みんな待機しているんだぞ」

「あの子たちに……だめ……を与えて……」

「そうだ、何を与えた？」

「あの子たちに……」

男がからだを起こした。「だめだ、おまえらも聞いてたか？　完全にラリってる」彼はドアを閉めにいった。「いよいよプランBの出番だな」男が部屋の隅で何かを始めた。

ケイトはどうしても意識を集中させることができなかった。

そのとき、警報が鳴った――そしてすぐに天井から水が降ってきた。点滅するライトが一段と眩しい光を放っている。ケイトはきつく目を閉じた。どれぐらい経っただろう？　もっと大きな音がした。銃声だ。ドアが吹き飛んだ。

醜い男が血まみれになって床に転がるのが見えた。ベルトが外されたが、立ち上がることができない。ウォーター・スライドを滑る子どものように椅子から滑り降りた。

ケイトの目に、その姿が映った――あのトラックの兵士だ。デヴィッド。バックパックを背負っている。彼はもうひとりの男に小さな装置を渡していた。男が怯えた様子で装置に親指を乗せた。二人の声はくぐもっていて、まるで水中で聞いているかのようだった。

兵士の両手がケイトの頬を包み、柔らかなブラウンの目がケイトを見つめた。「けいと、きこえるか？　けいと？」彼の手は温かかった。水が冷たい。ケイトは唇を舐めた。少しぐらい飲んでおけばよかった。喉の渇きはいっこうに治まる気配がない。

彼が弾かれたように立ち上がり、また銃声が響いた。彼がどこかへ去り、戻ってきた。「おれにうでをまわせるか？」彼に腕を摑まれたが、動かすことができず、両腕はぴくりともせずに床に落ちてしまった。コンクリートでできているかのようだ。

彼がドアへ駆け寄って何かを投げた。

そして力強い両腕でケイトを抱え上げると、そのまま走りだした。前方でガラスと鉄の壁が吹き飛んだ。破片がケイトを打ったが、痛みは感じなかった。

気づくと空を飛んでいた。いや、落ちていた。彼はしっかりケイトを抱えていたが、いまはその腕が一本になっていた。もう一本の腕を背中にまわし、何か取ろうとしている。

次の瞬間、何かに引っかかったように後方へ引かれた。ケイトのからだが勢いよく彼の腕から滑り落ち、間一髪で彼の手がケイトの片腕を摑んだ。彼はケイトをぶら下げたまま、白い雲から伸びる紐に吊るされて上昇した。彼の手が滑っていた——ケイトも、ケイトの服も濡れているからだ。ケイトはずるずると落ちはじめた。

彼が足先でケイトの背や脇腹を探り、ケイトを挟み込んだ。そしてケイトの腕を引っぱり上げ、どうにかケイトに両脚を巻きつけた。下を向く格好になったケイトの目に、その光景が飛び込んできた。

地上にいる男たちと、火を噴く銃口だ――それがビルや埠頭を埋め尽くしている。周囲の建物からも男たちが駆け出してきて、一斉に引き金を引いた。頭上で警告音が鳴った。と、ビルの足元で爆発が起き、爆薬と兵士たちの破片が駐車場に飛び散った。

次に上から聞こえたのは、何かが裂ける音だった。落ちるスピードが速くなったようだ。彼がからだをよじると、二人の進路が変わり、湾のはるか向こうの空が近づいてきた。

地上の音が増えた――いくつものエンジンがかかり、銃声がさらに激しくなっている。旋回すると、港に人や車が押し寄せているのが見えた。頭上では警告音が続けざまに鳴っている。ふいに、駐車場で一台の車が消滅した。それは一瞬にして周囲数十メートルに炎と煙の壁を押し広げ、ありとあらゆる人や物を道連れにした。銃声がやんだ。

穏やかな静寂が残された。ジャワ海に最後の日の光が沈み、暗闇が降りてくる。二人はしばらくその場に漂っていたが、どのぐらいそうしていたのか、ケイトにはわからなかった。

頭上でふたたび何かが裂け、黒い海に向かって落下が始まった。彼がもがいて何かに手を伸ばすのを感じた。ケイトに巻きついた脚が滑っていた。そしてついに限界を迎えたとき、ケイトはひとり、猛スピードで落ちていた。一秒がゆっくりと過ぎていく。落ちながら反転すると、上空に浮かぶ男の姿が遠ざかっていくのが見えた。

水面にぶつかる音は聞こえたが、波に押されても引きずり込まれても、からだがそれを感じることはなかった。冷たい海水が口や鼻に流れ込んでくる。息を吸おうとしても、入ってくるのは水ばかりだった。焼けるような刺激があった。闇はどこまでも深く、海面に浮かぶおぼろな月明かりだけが見えていた。

ケイトは水中を漂った。両腕を脇につけ、目を開けたまま、じっと待った。待つしかなかった。もう海水を吸い込みたくはない。頭が真っ白で何も考えられなかった。感じるのは自分を取り囲む水の冷たさと、焼けつく肺の痛みだけだった。

遠くの海中に、何かの火が沈んでいった。それに、小さな虫のようなものが遠い海面を泳いでいる。もう少し近くにまた火が沈んだが、やはり離れた場所だった。生き物が頭から水中に潜り、ひとしきり泳いだあと、また海面へ戻っていった。三つめの火が落ちてきた。何かの影がこちらに向かって泳いでくる。それがケイトを摑んで引っぱり、猛然と水を蹴って海面を目指しはじめた。だが、あそこへ辿り着くことはないだろう。ケイトはまた水を飲んだ。空気を求めて吸い込んでしまうのだ。まるで口から冷たいコンクリートを流し込まれたように、海水が体内に広がった。ケイトを引きずり込み、けっして浮き上がらせまいとしている。水面に浮かぶ月さえもいつしか見えなくなっていた。

次に感じたのは、空気だった。風と雨粒も。まわりで水が跳ねる音がした。水の音はいつまでもやまず、気づくと誰かの腕に抱えられていた。その腕がケイトの頭を支えて沈まないようにしているのだ。

大きな音に振り向くと、ライトを灯した大型のボートが見えた。このままでは下敷きになってしまうだろう。まっすぐこちらへ向かってくる。ケイトの救助者がそちらへ手を振り、船の進路の外へとケイトを引いていった。

べつの誰かの手がケイトを引き上げ、仰向けに寝かせた。救助者がケイトに覆い被さって胸を押した。そして鼻をつまみ……キスをした。熱い息がケイトの口を満たし、ケイトの肺に押し入ってきた。初めは抵抗したものの、そのうちケイトもキスを返していた。こんなことはずいぶん久しぶりだった。腕を上げようとしたがうまくいかず、もう一度挑戦すると、どうにか手が上がった。ケイトは彼を抱きしめようとした。が、彼がその腕を払って床に押さえつけた。諦めて動くのをやめた直後、胸が一気に膨らんだ。口と鼻から水が噴き出し、彼が素早くケイトを横向きにした。水は咳や嘔吐に混じって出つづけた。胃が痙攣し、必死で息を吸い込んだ。

呼吸が落ち着くまで、彼の手がケイトを支えていた。息をするたびに焼けるような痛みがある。肺が思うように膨らまず、呼吸が浅くなった。

彼がもうひとりの男に声をかけた。「らいと！　らいと！」そして、首を切るように手を引く仕草をした。何も起きなかった。

彼が立ち上がって去っていった。それからすぐにライトが消え、船がスピードを上げて走りだした。激しい雨が顔を叩いたが、ケイトは何もできずにただそこに横たわっていた。彼の腕が、あの高いビルから連れ出してくれたときのように、ふたたびケイトを抱え上げた。ケイトを船室へ運んでいき、狭い部屋の小さなベッドに寝かせた。

声が聞こえた。彼が男に向かって指を差している。「はると、とめろ、とめろ!」そう言ってまた指を差した。

こちらにやって来た彼が、力強いその腕でケイトを抱え、船を降りて地上に立った。海岸沿いを歩き、第二次大戦で爆撃を受けたような荒れ果てた町へ向かった。二人はコテージのような建物にいた。明かりが灯っている。ケイトは、これ以上一秒も起きていられないほど疲れきっていた。彼が花のベッド――いや、花柄の上掛けだ――にケイトを下ろした。目をつぶったとたんに眠りに落ちかけたが、足元にいる彼がケイトの濡れたズボンを引き下ろすのを感じた。ケイトは微笑んだ。彼がシャツに手を伸ばしてきた。血の気がひいた。見られてしまう――あの傷を。ケイトはシャツを摑んだ手に抵抗し、ぜったいに脱がせまいとした。

「けいと、かわいたふくにきがえるんだ」

「いやよ」ケイトは首を振って寝返りを打った。

「きがえないと……」

声がよく聞こえない。

彼がシャツを引っぱった。

「やめて」ケイトはつぶやくように言った。「おねがい……」

彼の手が離れた。ベッドにかかる重みが消え、彼がどこかへ去っていった。

小さなモーターのスウィッチが入り、温かい風がケイトの上半身を包み込んだ。ケイトが身をよじると、その風がケイトのお腹や髪を温めた。からだじゅうが温もりに包まれていた。

38

インドネシア　ジャカルタ——イマリ・ジャカルタ本社

コールはうつ伏せになって待っていた。かれこれ一時間近くも、そうして爆弾処理員に自分の防弾ヴェストをいじらせていた。けっしてもじもじせず、膀胱の欲求に屈したり、叫びだしたりしないよう気を張っていた。頭に浮かぶのは同じことばかりだった——もう二度と家族に会えないかもしれない。いくらカネがよくても、こんな仕事に就くべきではなかった。自動車整備場を開く資金なら、二十五万ドルのうちすでに十五万ドルも貯まっていたのだから。海兵隊の二度の派兵で稼いだそのカネがあれば充分やっていけるはずだった。だが、〝ちょっと余分に〟蓄えたいと思ってしまったのだ——商売が軌道に乗るまでの保険として。イマリの採用担当者はこう言っていた。「立っているのが仕事みたいなものですよ。顧客があなたの姿を見て安心すればいいんです。ご希望どおり、危険の低い地域に派遣しましょう。中東はもちろん、南米にさえ行かせません。ヨーロッパへ行くには勤続年数が必要なので、東南アジアはどうでしょう。たいへん平和な地域です。きっとジャカルタの気候が気に入りますよ」だがいまは、べつのイマリの社員が妻のもとを訪れてこう言っているかもしれない。「奥さま、ご主人は不幸にもキャドバリー・クリームエッグ事件で命を落とされました。心からお悔やみを申し上げます。は？ いえいえ、こんな事件は前代未聞です。さあ、こちらがクリームエッグになられたご主人の欠片《かけら》です」こんな状況にも拘わらず、コールの口からざらついた笑いが漏れた。緊張の糸が切れかけていた。

「しっかりしろ、コール。もうすぐだ」爆弾処理員が、湾曲した分厚い防御シールドの向こうで言った。大きなヘルメットを被り、シールドの上部に開いた細いガラス窓からこちらを覗いている。突き出た二本の腕は蛇腹状の金属の筒で覆われていて、まるで六〇年代のテレビ番組、『宇宙家族ロビンソン』に出てくるロボットのようだ。

処理員が慎重にヴェストのストラップを切っていった。そして、わずかにヴェストを持ち上げ、防御シールドの窓に目を近づけた。

すでにびしょ濡れのコールの顔に汗が噴き出した。

「ブービー・トラップは仕掛けられていないようだ」そう言うと、処理員はじわじわとヴェストを剝がしはじめた。「いったい何を背負わせたんだ」

と、いきなりヴェストが勢いよく引き剝がされ、カールは跳び上がりそうになった。タイマーでも見つかったのか？　予備の仕掛けだろうか？　背骨の上で処理員の手がてきぱきと動いていた。グローブをしたその手の動きが次第に遅くなりはじめた。処理員が金属のこすれ合う音を立てて防御シールドをどけた。作業をする彼の手は、いつのまにか素手になっていた。

背骨の爆薬が取り除かれた。

「起きていいぞ、コール」

コールは息を詰めてそっと寝返りを打った。

処理員が冷たい視線を向けてきた。「ほら、おまえの爆弾だ、コール。気をつけろよ、これでポリエステル・アレルギーになったかもしれない」そう言うと、丸めたTシャツを突き出した。

信じられなかった。何ともばつが悪かったが、それ以上にほっとした。

コールはTシャツを開いてみた。太い黒のマジックでこう書かれていた――〝ドカン！〟。その下には、〝すまなかった〟という小さな文字も。

39

インドネシア　ジャカルタ――バタヴィア・マリーナ

ハルトは妻の肩を抱き、息子と娘も傍らに抱き寄せた。一家はマリーナの木の桟橋に立っていた。あのとき兵士に頼まれ、ハルトが船を取りにきた港だ。四人は無言でその船を眺めていた。きらきらと輝いている。ハルトにとっては、いまだにすべてが夢のように感じられた。最後の子どもが生まれたあと、これほど美しいものを目にしたことはなかった。

「私たちの船だ」ハルトは言った。

「どういうこと、ハルト？」

「あの兵士が私にくれたんだよ」

妻が船の横腹をそっと撫でた。本当に存在することを確かめるかのように。「魚を積むのがもったいないぐらいね」

それはクルーザーと呼ばれる船だった。全長が六十フィートあり、ジャワ島沖の小さな島々を巡ることも充分に可能だった。甲板には最大三十人まで乗れるし、階下の主寝室、左舷客室、船尾客室を合わせれば八人が宿泊できる。上甲板やフライングブリッジからの眺めは最高だろう。

「これで魚を獲るつもりはないんだ」ハルトは言った。「釣り客を運ぶつもりだよ。ここに住む外国人や観光客を相手にするんだ。遠い沖で釣れるとなれば、きっと高いお金を出すだろう。釣りだけじゃない。ダイビングや島の観光にだって使えるはずだ」

妻はハルトからクルーザーに視線を移し、またハルトに目を向けた。うまくいくかどうか、あるいは、自分がどれぐらい手伝うことになるか考えているのだろう。「英語を覚える気になったの、ハルト？」

「やむを得ないさ。この海には、ジャカルタじゅうの漁師を食べさせるだけの魚がいないんだ。これからの時代は娯楽だよ」

Ⅱ　チベットのタペストリー

40

ジャワ海沿岸の某所

目覚めたケイトを待っていたのは、人生最悪の頭痛だった。動いただけでも痛い。ケイトはしばらく起き上がることもできず、唾ばかり呑み込んでいた。目を開けても痛い。日差しを感じても痛い。寝返りを打って窓に背を向けた。窓。ベッド。ここはどこだろう？

手を突いて上体を起こしてみた。数センチ動くたびに痛みが駆け抜ける。からだにも痛みがあったが、運動をしたあとのそれとは種類が違った——木のスプーンで全身を打たれたような感じなのだ。気分が悪いし、全身が痛む。いったい何があったのだろう？

部屋に目がいった。海辺のコテージか休暇用の別荘という印象だった。ダブルベッドがひとつと素朴な木製家具がいくつかあるだけの、こぢんまりとした部屋だ。窓の外に広いポーチがあり、その先にひと気のない静かな浜辺が見えていた。と言っても、リゾートによくある手入れの行き届いた天然ビーチとは別もので、本物の無人島に行けば見られそうな浜だった――自然のままに荒れたという雰囲気で、ココナッツや樹木の皮や南国の植物が散乱し、昨夜の雨と高潮で打ち上げられたのか、そこかしこに魚の死骸が転がっている。

ケイトは上掛けを剝がし、ゆっくりベッドから下りた。新たな感覚に襲われた。吐き気がするのだ。じっとして治まるのを待ったが、ひどくなる一方だった。喉の奥から唾がせり上がってきた。

ケイトはすんでのところでバスルームに駆け込んだ。膝を突き、便器に唾液ばかりを吐き出した。一度、二度、そして三度。筋肉が収縮するたび、すでにぼろぼろのからだに電撃のように痛みが走った。ようやく吐き気が治まったところで、膝を崩して便器の傍らに坐り込み、便座に肘を突いて額に手をあてた。

「このあと家に帰るわけじゃない。少なくとも夜遊びしたと勘違いされることはないさ」

ケイトは顔を上げた。トラックの兵士、デヴィッドだった。

「ここで何を、ここはどこ――」

「そう焦らずに。まずはこれを飲んで」

「いらないわ。ぜんぶ吐いたところなのよ」

しゃがみ込んだ彼が、オレンジ色の飲み物をケイトの方へ傾けた。「試してみろ」

彼に頭を抱えられ、断わる間もなく気づけばそれを飲んでいた。甘い液体がひりひりと痛む喉に広がった。すっかり飲み干したところで、彼に支えられて立ち上がった。

するべきことが何かあったはずだ。何だろう？　何かを手に入れなければならない気がする。頭がまだがんがんしていた。

ベッドへ連れていかれたが、横になるのを拒んだ。「待って、何かしなくちゃいけないことがあるはずなの」

「あとにしよう。とにかく休むんだ」

それだけ言うと、彼は巧みにケイトをベッドへ押し込んだ。ケイトは、まるで睡眠薬でも呑んだような眠気を覚えた。あの、甘いオレンジ色の秘薬だろうか。

41

南大西洋上空――イマリのビジネスジェット

マーティン・グレイは飛行機の窓に顔を寄せ、眼下の巨大な氷山を眺めた。ディズニー・ワールドとほぼ同じ、およそ百二十平方キロメートルもの面積がある漂流する島。その中央付近の氷の丘からナチスの潜水艦が顔を突き出している。潜水艦の周囲では作業員や重機が掘削作業を進め、全力で艦の入口を探していた。側面を切り開くという手もあるが、それはすぐにハッチが出てこない場合の最終手段だった。

潜水艦の下の構造物はさらに謎が多く、チームはいまだに仮説だけで動いていた。マーティンにも自分なりの読みはあったが、場合によっては死ぬまで自分の胸に納めておくつもりだった。

「発見したのはいつなんだ?」

ドリアン・スローンの声にはっとして振り返ると、年下の男がマーティンの背後に立って窓を覗き込んでいた。

答えようと口を開いたが、スローンに遮られた。「嘘はつくなよ、マーティン」

マーティンはぐったりと椅子にからだを沈め、また窓に目を向けた。「十二日まえだ」

「彼の艦か?」

「マークは一致する。炭素年代測定で時代も確認できた」

「おれが最初に入りたい」

マーティンは振り向いた。「それは勧められない。下にある構造物は不安定そうだ。それに、なかに何があるかわからない。もしかしたら――」

「あんたもいっしょに入るんだ」

「ぜったいに断わる」

「マーティン、おれが小さいころ知っていた、あの勇敢な探検家はどこへいっちまったんだ？」

「そんなことはロボットに任せるべきだ。我々が行けないところに入ってくれる。寒さにも耐えられる。なかは極寒だぞ。きみが思っている以上に寒いんだ。おまけにロボットなら取り替えがきく」

「たしかに、かなりの危険を伴うだろう。だが、おれがひとりで入ればもっと危険になる。そう、あんたを外に残しておいたらな」

「私はきみほど道徳観念が乏しくない」

「子どもをさらったり隠し事をしたりしたのは、おれじゃないだろう」スローンは、マーティンと一戦交えようという様子で向かいの椅子にふんぞり返った。

客室係がコンパートメントに入ってきて、スローンに言った。「お電話が入っています。緊急の用件だそうです」

ドリアンが壁の受話器を取った。「スローンだ」

彼はしばらく耳を傾けたあと、驚いた顔でマーティンに目を向けた。「どういうことだ？」一瞬の間があいた。「まさか――」彼が何度か頷いた。「いや、いいか、船で逃げたにきまってる。周辺の島を捜せ、遠くには行ってないはずだ。全員で追跡にあたれ。必要なら、国内のイマリ警備の部隊を招集しろ。信用できるクロックタワーのセルから連れてきてもいい」彼はまた耳を傾けた。「いいだろう。とにかく、マスコミも利用してやつらを捕獲しろ。男は殺して女を拘束するんだ。女を捕まえたら連絡してくれ」

受話器を置くと、スローンはじろじろとマーティンを眺めまわした。「彼女が逃げた。クロックタワーの局員が協力したらしい」

マーティンは眼下の景色を見つめつづけた。

スローンがテーブルに肘を突いて身を乗り出し、マーティンに手が届く距離まで近づいた。「うちの人間が五十人も死に、イマリ・ジャカルタの社屋の三階ぶんが吹き飛んで、埠頭は跡形もなくなった。それなのにあんたは驚かないようだな、マーティン」

「私の目の前には、八十年近くまえのナチスの潜水艦と、エイリアンの宇宙船かもしれない物体がある。それが南極沖に浮かぶ氷山から突き出ているんだ。最近じゃ何を聞いても驚かなくなってしまったよ、ドリアン」

スローンが椅子の背にもたれた。「エイリアンの船じゃないことはわかっているだろう」

「そうか？」

「どっちにしろ、すぐにわかるさ」

42

ジャワ海沿岸の某所

デヴィッドは寝室の戸口に寄りかかって眠っているケイトを見つめ、また目を覚ますかどうかしばらく様子をうかがっていた。イマリの悪人どもによほど痛めつけられたとみえる。もっとも、デヴィッドの救出法だってとても優しかったとは言えないのだが。

そよ風が吹き抜ける部屋で、絶え間ない波音に包まれて眠る彼女を見ていると、なぜか気持ちが安らかになった。おかしな話だった。テロの脅威――しかも、人生をかけて潰そうとしてきた敵が企てているテロだ――を前にして、ジャカルタ支局が陥落してしまうなど、悪夢のようなシナリオではないか。いや、まさにこの事態をずっと恐れてきたと言っていい。にも拘わらず、ケイトを救い出したことでデヴィッドのなかの何かが変わっていた。世界が以前ほど恐ろしくなくなり、もっと受け入れやすくなった気がした。覚えている限り、これほど……希望を感じたのは、初めてのことだった。幸せとさえ思えた。まえより安全だと感じられるのだ。いや、そうではない。おそらく……自分のまわりの人間がまえより安全になったのだ。つまり、自信がついたということかもしれない。自信をもって、自分が護るべき……。

自己分析はあとにしよう。まだやることがある。

ケイトはしばらく起きそうにないことがわかったので、デヴィッドは作業を再開すべくコテージの地下にある隠し部屋へ引き揚げた。

業者には核シェルターを作ってほしいと頼んだのだった。彼らは何も言わなかったが、仲間内で交わす視線がすべてを物語っていた。〝こいつはちょっとおかしいようだが、費用については文句を言わない。だから引き受けよう〟そして彼らは、ポスト・黙示録風、世紀末様式の頑丈な部屋を完成させた――コンクリートの壁、実用第一の作りつけのスティールのデスク、小さなベッドと備蓄品をぎりぎり置けるだけの空間。いまのデヴィッドに必要なものはすべて揃っている。

次の一手は慎重に決めなければならなかった。デヴィッドは午前中いっぱい、どうするべきか考えていた。まず思いついたのは、クロックタワーの中央と連絡をとることだった。局長のハワード・キーガンは指導者であり、友人でもある。デヴィッドは彼を信頼していた。いまごろハワードはクロックタワーを護ろうと全力を尽くしていて、間違いなくデヴィッドの助けを必要としているはずだった。

問題は連絡手段なのだ。クロックタワーにはバックドアの通信経路がなく、公式のVPNとプロトコルしか使用されていない。そこが監視されているのは明らかで、接続すればこちらの居場所がたちどころにばれてしまうはずだった。

デヴィッドは指先で金属のデスクを叩き、椅子の背にもたれて天井から垂れる電球を見つめた。

ウェブ・ブラウザを立ち上げ、国内外のあらゆるニュースに目を走らせた。問題を先送りにしているだけだった。こんなものを見ても答えが見つかるわけはないのだ。そのとき、ひとつの配信記事が目に留まった。ある男女がテロ計画と児童人身売買に関与した疑いで手配されている、という内容だった。ますます動きにくくなりそうだ。記事に男女の詳しい情報は載っていないが、更新されるまでそう長くはかからないだろう。そして、東南アジアじゅうの国境警備機関が二人をマークするだろう。

この隠れ家に身分証はいくつか用意してあるが、現金はあまりなかった。

自分の銀行口座にログインした。残高はゼロに近かった。ジョシュ——彼が振り込みを実行してくれたのだ。生きているのだろうか？　ジャカルタ支局本部は、自分がまだ通りを走っているところに攻撃されたと思っていたのだが。あるものが目に入った。いくつか入金記録がある。どれも千ドル以下の少額で、一様にドル単位で振り込まれている。これは暗号だ。だが、何を示している？　GPSか？

9・11ドル
50・00ドル
31・00ドル
14・00ドル
76・00ドル
9・11ドル

9・11――これは暗号の初めと終わりのしるしだろう。残りを繋げると、50.31.14.76になる。IPアドレスだ。ジョシュがメッセージを送ったのだ。デヴィッドはブラウザを開いてそのIPアドレスを打ち込んだ。ジョシュからの手紙が現われた。

デヴィッド

やつらがドアの外にいます。長くはもたないでしょう。

暗号を解読しました。ここをクリックして読んで下さい。私には意味がわかりませんでした。申し訳ありません。

オンライン上の話ですが、情報提供者を見つけました。ロズウェルのクレイグズリストの掲示板を使ってメッセージを送っています。ここをクリックすればページに行けます。新たなメッセージが届いていて、あなたがテロを止められるよう願っています。

もっと力になりたかったのですが、本当に残念です。

――ジョシュ
追伸――あなたの手紙を読み、(もうおわかりでしょうが)振り込みを実行しました。あなたの服のセンサーからバイタル・サインが送られてこないので、死亡したと思ったのです。迷惑をかけていないといいのですが。

デヴィッドはため息をつき、長いあいだスクリーンから目を背けていた。それから、解読されたメッセージのファイルを開いた。《ニューヨーク・タイムズ》紙の死亡広告だった。一九四七年とある。ジョシュはきっと素晴らしい仕事をしたのだろう。そして、自分は失敗したと思いながら死んだのだ。

デヴィッドはロズウェルのクレイグズリストを開いた。すぐにそれが目に入った。情報提供者から新しいメッセージが届いている。

件名　きみは嘘の広告塔。二人の時計の針はもう止まった。

メッセージ――私を慕う匿名のきみへ。

いろいろと厄介な状況になってしまった。会うことも、二度と連絡をとることもできない。残念だ。私のせいじゃない、これはきみの責任だ。きみは危険すぎる。

きみに会えない理由なら三〇は思いつくし、言い訳だって八八はある。八一の嘘と八六のでたらめを聞かされてきたのだから。

それでも、私はきみに会おうとしたのだ。

日付だって決めた。二〇一三年、三月十二日だ。

時間は十時四十五分〇〇秒。

だが正直に言えば、私の優先順位リストのなかで、きみは四十四番になってしまった。わざわざ時間を割くような順位ではない。これが三三か、二三、もしくは一五だったとしても結果は同じだ。

こんなことに使う電力はカットして、子どもたちを助けねばならない。

それこそが責任をもって全うすべきことだ。

デヴィッドは頭を掻いた。どういう意味だ？　何かの暗号であることは間違いないだろう。いまこそジョシュの助けがあればよかったのだが。

デヴィッドはメモ帳を手にして画面を睨んだ。彼の頭はこうしたことには不向きだった。どこから手をつければいいんだ？　最初のくだりはわかりやすい。情報提供者は身動きがとれない状況にあるのだろう。接触することもメッセージを送ることもできない、というわけだ。ショックな報せではある。残りの部分は数字の羅列で、でたらめなことばがその隙間を埋めていると思われた。この〝尋ね人〟の掲示板では意味をもつ文章だが、暗号としては何の情報も含んでいなそうだ。肝心なのは数字だろう。そこに何か意味があるはずだ。

メッセージから数字を抜き出し、メモ帳に書き留めていった。順番に並べるとこうなった。

三〇・八八、八一・八六
二〇一三年三月十二日
十時四十五分〇〇秒

四十四番
三三・二三・一五

最初の数字、三〇・八八、八一・八六はGPSの座標にちがいない。デヴィッドは位置を確かめた。中国西部の、ネパールとインドの国境付近だった。衛星写真では何も見えないが……これは何だ？　廃墟のようなものがある。古い鉄道の駅だ。

次の二〇一三年三月十二日と、十時四十五分〇〇秒は、そのまま日付と時刻を表わしているのだろう。情報提供者は会えないと言っている。だとすれば、この日時に鉄道駅に行くと何があるのか。罠か？　新たな手がかりか？　ジョシュがデヴィッドのあの手紙を読み、指示に従ったのであれば、彼が摑んだ情報はすべてクロックタワーの中央に送られているだろう。もし中央にも敵が潜り込んでいたら、イマリは死亡広告の件もクレイグズリストの件も把握していることになる。このメッセージがイマリから送られた可能性もあるわけだ。特殊部隊が中国の駅に潜み、デヴィッドがのこのこと照準器に入ってくるのを待ち構えているのかもしれない。

デヴィッドはいったんその考えを追い払い、残りの数字に意識を集中させた。四十四番と、三三・二三・一五。駅のロッカーの番号かもしれない。それとも列車か車両の番号か？　鼻梁を搔き、投稿文を読み返してみた。

数字のあとの文章……ほかとは異質な文だ。何かを指示しているのか？

〝こんなことに使う電力はカットして、子どもたちを助けねばならない〟

〝それこそが責任をもって全うすべきことだ〟

「電力はカットして、子どもたちを助ける」デヴィッドは頭のなかでそのことばを繰り返した。

覚悟を決めた。指定された日時にこの座標へ行き、そこに何があるのか自分の目で確かめよう。ケイトは安全なこの場所に残していくつもりだった。彼女は何か知っているようだが、どこまでこの件と関係があるのかわからない。ここにいれば彼女の安全は守られる。デヴィッドにとっては、それがいちばん大切なことだった。

頭上で音がした。誰かがコテージを歩きまわっている。

43

〈アルジャジーラ〉配信

インドネシア当局、テロ攻撃と児童人身売買に関与した米国人二名の身元を特定

インドネシア、ジャカルタ発——インドネシアの首都ジャカルタで起きた昨日の連続テロ事件を受け、陸・海・空で大規模な犯人追跡が行われている。インドネシア国家警察は、海上警備部隊一万二千人の半数をジャワ海に配備したほか、ジャカルタや周辺島嶼部での捜査活動にあたらせるため、国内各地から警官隊を招集した。また、周辺各国政府も国境や空港の警備機関に警戒を促している。いまのところテロの動機に関する発表はないが、当局は、容疑者とされる二名の略歴を公表している。

それによると、容疑者のひとり、ドクタ・キャサリン・ワーナーは遺伝学の研究者で、ジャカルタ郊外の村落で集めた貧しい児童らに無許可の実験を行っていたという。「我々はまだ情報を収集・分析している段階です」と国家警察長官ナクラ・パンは述べている。「ドクタ・ワーナーの研究所が百人以上のインドネシア人児童の法的保護者になっており、この児童らが両親の承諾なく連れ去られたことはわかっています。また、ドクタ・ワーナーがケイマン諸島の銀行口座を経由して大金を動かしていたことも摑んでいます。ケイマン諸島は、麻薬密売や人身売買、その他重大な国際犯罪に関わる組織がよく利用する地域です。いまのところ我々は、この研究所が児童人身売買の窓口になっていたと見ています。その収益が昨日のテロ攻撃の資金源になっていた可能性もあるでしょう」

昨日のテロ攻撃には、三ヵ所の住宅区域で起きた爆破事件、商業地区での銃撃戦、それに、イマリ・ジャカルタの従業員五十名の命が奪われた埠頭爆破事件が含まれる。イマリ

・ジャカルタのスポークスマン、アダム・リンチは次のような声明を発表している。
「我々は昨日失われた多くの命を悼むとともに、なぜこんなことになったのか自問しつづけています。インドネシア警察はデヴィッド・ヴェイルをテロの実行犯と見ていますが、これは我々の予想を裏づけるものです。デヴィッド・ヴェイルは元CIA工作員で、過去には〈イマリ・インターナショナル〉の警備部門である〈イマリ警備〉と問題を起こしたことがあります。我々は、今回の攻撃は個人的な復讐の一環だと考えています。ミスタ・ヴェイルは今後もイマリの従業員や関係者を攻撃しつづけるでしょう。彼はたいへん危険な人物です。PTSDなど、精神的な病を患っているかもしれません。これは関係者全員にとって非常に悲しい事態です。我々はインドネシア当局や周辺各国政府に協力を申し出ました。イマリ警備も捜査を支援します。早くこの悪夢を終わらせたいからです。一刻も早く、我が社の従業員にもう安全だと言えるときが来ることを願っています」

44

ジャワ海沿岸の某所

次に目を覚ましてみると、ケイトの体調はずいぶんよくなっていた。頭痛が和らぎ、からだの痛みもあるかないかという程度で、それに何より――頭が働くようになっていた。

ケイトは部屋を見まわした。もう薄暗くなっている。どれぐらい眠っていたのだろう？　窓の外では太陽が海に沈みかけていた。美しい景色だ。つかの間、ケイトはその眺めに見入っていた。そよ風は暖かく、潮の匂いを含んでいる。ポーチにある薄汚れた網のハンモックが風を受けて揺れ、一吹きごとに錆びた鎖がキーキーと音を立てた。本当にひと気のない、寂れた印象の場所だった。

ケイトは起き上がり、寝室を出て広いリヴィングに行った。キッチンへの入口とポーチのドアがあった。誰もいないのだろうか？　いや、男がいるはずだが――。

「眠れる美女が目を覚ましたな」男がどこからともなく現われた。名前は何といっただろう？　そう、デヴィッドだ。

何を言うべきかわからず、ケイトは一瞬まごついた。「クスリを混ぜたのね」

「ああ。だが言い訳をさせてもらうと、おれの場合はきみを質問攻めにするためじゃないし、子どもらをひどい目に遭わせるためでもない」

たちまち記憶が溢れ出した。マーティン、薬、尋問。だが、そのあと何が起きたのだ？　どうやってここへ？　それはどうでもいい。「あの子たちを捜さなくちゃ」

「何もしなくていい。きみは休んでいろ。動くのはおれだ」

「だって――」

「そのまえに、まずは食事をとるんだ」そう言うと、彼がレトルトの減量食のようなものを持ち上げてみせた。もっとも、減量食にしてはどこか無骨な感じがする――まるで軍の携行食のようだ。

ケイトは顔を近づけてみた。クラッカー付きの野菜入りビーフシチューだった。野菜入りビーフシチューに似た何かかもしれないが。断わりたかったが、温かい食事の眺めと匂いでお腹が鳴りだした――空腹だったのだ。昨日は丸一日何も口にしていない。食事を受け取って腰を下ろし、薄っぺらな容器からプラスティックの蓋を剝がした。湯気が立ちのぼった。ひと口ビーフをかじったが、とたんに吐き出しそうになった。「ひどい味ね」

「ああ、悪いな。ちょっと賞味期限が過ぎてるし、もともとうまいわけじゃないから。ほかに何もないんだよ。すまない」

ケイトはもうひと口ビーフをかじり、最低限の咀嚼だけで喉に落とし込んだ。「ここはどこなの？」

デヴィッドが向かい側の椅子に坐った。「開発が頓挫したジャカルタ沖の島だ。破産した開発業者からこの家を買ったのさ。ここならどこにも登録されていないし、急にジャカルタを脱出することになった場合にいい隠れ家になると思ったんだ」

「逃げたときのことはよく覚えてないの」ケイトは野菜を試してみた。それほど吐き出したい衝動には駆られなかった——ビーフよりましな味をしているか、この食事の不味さに舌が慣れてきたかのどちらかだろう。「警察に行かなくちゃ」

「そうできればいいんだが」彼がプリントアウトした一枚の紙を寄こした。二人の捜査について書かれた〈アルジャジーラ〉の記事だった。

ケイトは野菜を呑み込み、ほとんど叫ぶように言った。「ばかげてるわ。こんな──」

彼がケイトの手から記事を取った。「この問題はあとまわしだ。連中が何を企んでいるか知らないが、そっちはいまも進行中だからな。連中はおれたちを捜しまわっているし、政府とも繫がりがある。こっちにできることはかなり限られているだろう。手がかりを見つけた。おれはそれを調べにいく。きみはここにいれば安全だ。まずはきみが知っていることを──」

「ここに残るつもりはないわ」ケイトは首を振った。「ぜったいにね」

「きみは覚えてないだろうが、イマリの監禁室からきみを連れ出すのは簡単じゃなかったんだ。連中は極悪人だ。これは映画じゃない。ストーリーを盛り上げるためにヒーローと女が大冒険に出発する、なんて話じゃないんだよ。いいか、どうするか説明する。きみは知っていることをすべておれに話す。おれは全力で二人の子どもを助けると約束しよう。きみはここに残って、新しいメッセージが届かないかネットを見ていてくれ」

「断わるわ」

「おれは提案してるわけじゃない。きみに――」

「従わないわよ。あなただって私が必要なんでしょう。ここに残るつもりはないの」ケイトは食事をすべて平らげ、空の容器にプラスティックのスプーンを放り込んだ。「それに、いちばん安全なのはあなたといっしょにいることだと思うわ」

「うまいな。うまい手だよ。おれのプライドをくすぐる作戦か。だが残念ながら、おれはほんのちょっとだけ、そんな手に乗らないぐらいの知恵をもっているんだ」

「ここに残れと言うのは、私が足手まといになると思っているからよね」

「きみの安全を考えてるんじゃないか」

「私には、自分の安全より気になることがあるの」

男は何か言い返そうとしたが、ふいに口を閉じ、はっとしたように横を向いた。

「どうし――」

彼が素早く手を上げた。「静かに」

ケイトは椅子の上で姿勢を変えた。それが目に入った――スポットライトが海岸を探っている。ほんのかすかにだがヘリコプターの音も聞こえた。どうしてあの音に気づけるのだろう。

彼は立ち上がってケイトの腕を摑み、半ば引きずるようにして玄関脇のクロゼットに連れていった。彼がなかの壁を強く押すと、それが扉のように開いてコンクリートの階段が現われた。

ケイトは彼の方を振り返った。「これはなに──」

「下りろ。おれもすぐに戻る」

「どこへ行くの？」そう訊いたが、彼はすでに去っていた。

ケイトは部屋に駆け戻った。デヴィッドがシチューの空き容器や自分の上着を掻き集めていた。ケイトも寝室へ飛び込み、ベッドカバーを整えて手早くバスルームの水滴を拭き取った。ヘリの音はまだ遠いが、だんだん近づいてきている。あたりはすっかり暗くなり、ほとんど視界がきかなかった。淡い光がぼんやりと浜辺を照らしている。

デヴィッドが部屋にやって来てケイトに目を向けた。「やるじゃないか。さあ、行こう」

二人は急いでクロゼットに戻り、例の扉を抜けて核シェルターのような小部屋へ下りた。パソコンが載ったデスクと天井から垂れ下がる電球、それに、明らかにひとり用と思われる小さなベッドがあった。

デヴィッドがそのシングルベッドにケイトを坐らせ、人差し指を唇にあてた。彼が電球の紐を引くと、完全な暗闇が訪れた。

それからしばらくして、ケイトは階上の床に響く足音を聞いた。

45

南極大陸の沖合百五十四キロメートル——イマリ調査基地〝スノー・アイランド〟

マーティン・グレイはロボットが潜水艦のハッチのホイールをまわすのを見守っていた。防護服——ほんの一週間まえに中国の宇宙機関から急いで購入した本物の宇宙服だ——を着ていると、ほとんど身動きがとれなかった。南極の気候に耐え、被曝を防ぎ、もし給気用ホースが切れても充分な酸素を供給できるものといえば宇宙用の防護服しかない。だが、たとえその服に護られていても、ナチスの潜水艦に入るのは心底恐ろしかった。防護服を着て隣に立っている男——ドリアン・スローン——も、マーティンの不安を高める存在でしかなかった。スローンは気が短く、この先に待ち受けているものを見れば癇癪《かんしゃく》を起こすにきまっているからだ。潜水艦のなかでは、ちょっとした騒ぎでも命の危険を招いてしまう。

金属と金属がこすれ、ハッチが甲高い悲鳴のような音を立てた。しかし、頑として開こうとしない。ロボット・アームが離れ、スライドし、また取りついてホイールをまわした——と、その瞬間ドンという音が響き、びっくり箱のようにハッチの蓋が跳ね上がった。

あっという間に押し潰されたロボットが、空気の漏れる音を出して雪上に金属やプラスティックの破片をまき散らした。

防護服の無線を通し、声だけのドリアン・スローンが話しかけてきた。無線が機械的なくぐもった音に変えるせいで、いつも以上に不気味な声になっている。「お先にどうぞ、マーティン」

マーティンは彼の冷たい目に視線をやり、またハッチの方を向いた。「指令室、映像は届いているか?」

「はい、ドクタ・グレイ。どちらの防護服からも届いています」

「そうか。では、いまから入る」

マーティンはからだを揺らし、氷の小山の頂上にある円周一メートルほどの入口に近づいた。到着するとうしろを向いてしゃがみ込み、梯子《はしご》の一段目に足をかけた。脇のポケットからLEDのスティックを取り出し、シャフトに落とす。底までは四から六メートルほどありそうだった。硬質プラスティックと金属のぶつかる音が氷の墓穴に反響し、眼下に広がった光が右方向に続く通路を浮かび上がらせた。

もう一段下りた。金属の踏み桟《ざん》は氷で覆われていた。もう一段、両手で梯子を握りながら下りたとたん、片足が滑るのを感じた。手に力を込めようとしたが、その暇もなく両足が梯子から外れた。マーティンはハッチに背中を打ちつけて落下した――光が溢れたと思うと、すぐに暗くなった。気づくとクッションの上に着地していた。防護服の断熱材に救われたようだ。だが、もし破れていたら冷気が流れ込んでたちまち凍死してしまう。慌ててヘルメットを撫でまわし、異常がないかどうか確かめた。光がシャフトを抜けて落ちてきた。明るいライトがマーティンの腹部に着地し、あたりに光を放った。防護服に目をやった。問題なさそうだ。

上方にスローンの姿が現われ、日の光を遮った。「デスクにいる時間が長すぎたようだな、じいさん」

「だから私は入らないほうがいいと言ったんだ」

「いいからそこをどけ」

マーティンが寝返りを打って穴の下からどいた直後、スローンが梯子を滑り降りてきた。踏み桟には一度も触れず、手と足で梯子を抱えるようにして滑ってきたのだ。

「見取り図を覚えてきたぞ、マーティン。ブリッジはまっすぐ行ったところにある」

二人はヘルメットのライトを点け、ゆっくり通路を進んでいった。

その潜水艦、正確に言うとUボートは、きれいに原形をとどめていた。ずっと密閉されて氷漬けになっていたからだろう。おそらく、八十年近くまえにドイツ北部の港を発ったときとまったく同じ姿なのではないかと思われた。博物館が欲しがってもおかしくない状態だ。

通路は狭く、かさばる防護服を着ていればなおさら窮屈で、その遺物の奥へ進むには二人ともときどき給気ホースを引っぱらなければならなかった。通路から開けた場所へ出た。スローンとマーティンは足を止めてヘッドランプを左右に向け、闇をくり抜く灯台のように室内を照らしていった。そこはたしかにブリッジか指令室のような空間だった。頭を動かすたび、マーティンの目に怖ろしい光景の断片が飛び込んできた。椅子に倒れ込んだ、ずたずたにされた死体。顔の皮膚が溶けているのが見える。隔壁にもたれた男の服には血痕が飛び散っていた。それに、凍った血の塊に顔を突っ込んで倒れている数人の男たち。彼らはまるで、巨大な電子レンジにかけられたあと急速冷凍でもされたかのようだった。

マーティンの耳元で無線の入る音がした。「〝ベル〟の放射線にやられたと思うか？」

「何とも言えないが、見た目はかなり近い」マーティンは答えた。

それから数分のあいだ、二人は無言でブリッジを見てまわり、死体をひとつずつ調べていった。

「分かれて探索したほうがいい」マーティンは言った。

「彼の船室の場所はわかっている」スローンは背を向け、ブリッジの後方から延びる通路にまっすぐ入っていった。

マーティンは重い足取りでそのあとを追った。本当はどうにかスローンの注意を逸らし、彼より先に船員居住区に辿り着きたいと考えていた。

だが、防護服を着ている限りとてもそんな真似はできそうになかった。おまけにスローンはマーティンよりもずっと器用に動きまわっていた。

年上の男がようやくスローンに追いついたのは、彼がその部屋のドア・ホイールをまわして開けているときだった。スローンがライトを数本放り込み、室内を光で満たした。

マーティンは部屋を見渡して息を呑んだ。空っぽだったのだ。ため息が漏れた。自分は死体があることを望んでいたのだろうか？　たぶんそうだ。

スローンがデスクのところへ行って書類を調べ、バネ仕掛けの引き出しをいくつか開けた。彼のヘッドランプが、ドイツ軍の制服を着たひとりの男のモノクロ写真を照らした。ナチスの制服ではなく、もっと古い、第一次世界大戦まえまで遡りそうなスタイルだった。男は右手を妻の肩にまわし、左手で息子二人を抱き寄せていた。父親とそっくりな息子たちだ。スローンは長いことその写真を見つめていたが、やがてそれを防護服のポケットに滑り込ませた。

その瞬間、マーティンは彼が不憫《ふびん》になった。「ドリアン、彼が生き延びたはずは――」

「ここで何が見つかると思ったんだ、マーティン？」

「私こそ、きみに同じ質問をしたいな」

「おれが先に訊いたんだ」スローンはまだデスクを調べていた。

「地図だ。それに、もし運がよければタペストリーも」

「タペストリー？」スローンが防護服に包まれた大きな頭をまわし、ヘッドランプをマーティンに向けた。

マーティンは光を遮ろうと手を上げた。「ああ、大きな織物で、物語などが――」

「タペストリーがどんなものかは知っている、マーティン」彼はデスクに注意を戻し、また何冊かぱらぱらとノートをめくった。「おれは、あんたのことをずっと勘違いしていたようだ。あんたは脅威なんかじゃない、たんに正気を失っているだけだ。ずっと洗脳されてきたせいだろうな。彼がどうなったか見てみろ――タペストリーやら、迷信じみた伝説やらを追いかけた結果がこれだ」スローンは書類やノートの束を凍ったデスクに放った。

「ここには何もない、日誌が数冊あるだけだ」

日誌！　あの日記かもしれない。マーティンはできるだけさりげない口調で言った。

「私が預かっておこう。何かの役に立つかもしれない」

スローンが顔を上げ、マーティンの目をじっと見つめた。そして、その視線を薄いノートの束に戻した。「だめだ、おれが先に目を通す。何か……科学的な話があれば、あんたにも見せてやる」

ドリアンは防護服にうんざりしていた。あんなものを六時間も着させられていたのだ。潜水艦で三時間、除染のために三時間。マーティンも部下の研究員どもも神経質すぎる。

慎重派か何か知らないが、やり過ぎが大好きで、時間を無駄にする連中だ。

そしていま、ドリアンはクリーンルームでマーティンの向かいに坐り、血液検査の結果が出るのを待っていた。どうせ〝すべて陰性〟にきまっているのに、何をそんなに手間取っているのか。

マーティンがときどき横目で日誌を見ていた。このなかに何かがあるのは明らかだった。マーティンが見たい何かで、ドリアンには見られたくない何かが。ドリアンは日誌の束を自分の方へ引き寄せた。

潜水艦では、かつてないほど深い失望を味わわされた。もう四十二歳になるが、七歳のころから今日に至るまで、一日だって潜水艦が発見されることを夢見ない日はなかったのだ。しかし、実際にそのときを迎えてみれば――そこには何もなかった。いや、あるにはあった。ぼろぼろの死体が六体と、新品同様のUボートが。

「で、次はどうするんだ、マーティン？」ドリアンは訊いた。

「これまでといっしょだ。掘りつづけるのさ」

「具体的に説明しろ。あんたが潜水艦の下を掘ってることは知ってる。あの廃墟のまわりをな」

「我々は船だと考えている」マーティンがすぐに付け加えた。

「水掛け論はやめよう。それで、何か出てきたのか？」

「骨が見つかっている」

「何人ぶんだ？」ドリアンは壁にもたれた。腹に穴が空き、それが次第に広がっていくような感覚を覚えた。ローラーコースターに乗っていて、いよいよ落ちるというときに抱くあの感覚だ。答えを聞くのが怖ろしかった。

「いまだけでも一ダースぶんはありそうだ。もっと出てくるだろう」マーティンがぐったりした様子で答えた。防護服のせいでよほど消耗したとみえる。

「下にベルがあるということか？」

「私はあると踏んでいる。二名の研究者が潜水艦に近づいた際に、周辺の氷が崩れる事故があった。そのうちひとりは、熱された状態で死んでいた――潜水艦の死体とよく似ている。もうひとりは氷が崩れたときに死んだらしいが。下に行けば、残りの乗組員も見つかるかもしれない」

言い返す気力がなかったが、ドリアンはそのことばに震え上がっていた。最終宣告にも似た最後のひと言に。「あの廃墟についてわかっていることは？」

「現時点ではあまり多くない。古いものだ。少なくとも、ジブラルタルの遺物と同じぐらいの年代だろう。十万年まえか、もしかするともっと古いかもしれない」

ここに来たときから、ドリアンには引っかかっていることがあった。発掘作業が進んでいないということだ。発見したのがわずか十二日まえだとしても、マーティンのチームが使える人手を考えれば、いまごろ氷山は感謝祭の七面鳥のようにばらばらになっていなければおかしかった。だが、ここには最小限のスタッフしかいないように見える。まるで、本当の作業は違う場所で行われているという感じだ。

「ここは、メインの現場ではないんだろう？」

「人なら……ほかで使っていて……」

〝ほかで使っている〟ドリアンは考えを巡らせた。ここより重要な現場などあるのか？ あの廃墟は、彼らが長い年月をかけて探し求めていたものではないか。あらゆる犠牲を払って。それなのに、もっと重要なものがあるとでも？

もっと重要。もっと大きな構造物か。それとも……あの廃墟の本体か。

ドリアンは身を乗り出した。「あれは、ほんの一部なんだな？ あんたはもっと大きな本体を探しているんだ。あそこにあるのは、何かの構造物から分離したただの切れ端なんだろう」自分でも半信半疑で口にしたが、もしそれが事実なら……。

マーティンが、視線を逸らしたままゆっくり頷いた。

「何てことだ、マーティン」ドリアンは立ち上がって室内を歩きまわった。「もういつ起きてもおかしくないじゃないか。やつらが数日以内、いや数時間以内に現われる可能性だってある。あんたはおれたち全員を危険にさらしていたんだ。しかも——十二日もまえから知っていたのに！ 気でも狂ったのか？」

「当初は、あれが本体だと思って――」

「推測も願望も忘れろ。もう行動するしかない！　このプラスティックの部屋から出たらすぐに、中国での作業を中止させにいく。そしてトバ計画を開始する。無駄な抵抗はするなよ。あんただって、やるべき時が来たことはわかってるだろう。構造物の本体が見つかったら連絡しろ。それからマーティン、おれの部下を何人かこっちへ呼び寄せている。もしあんたが衛星電話の使い方を間違えたら、彼らが正しい使い方を教えてくれるからな」

マーティンは膝に両肘を突いて床を見つめていた。

クリーンルームのドアが軽やかな音を立てて開き、新鮮な空気とともにクリップボードを手にした二十代ぐらいの女が入ってきた。肌にぴっちりと貼りつくような服を着ている――三サイズほど小さいスーツを選んだとしか思えない。

「お待たせしました、お二人とも出て頂いてけっこうです」女がドリアンの方を向いた。「何かお手伝いできることはありますか？」そう言うと、クリップボードを下ろしてうしろで手を組み、心もち背筋を反らしてみせた。

「名前は？」ドリアンは訊いた。

「ナオミです。でも、どうぞお好きな名前で呼んで下さい」

46

ジャワ海沿岸の某所

ケイトは自分が起きているのか寝ているのかわからなかった。少しのあいだ、完全な暗闇と静寂にじっと身を委ねていた。感じるのは背中に触れる柔らかな布の感触だけだ。寝返りを打つと、安物のマットレスがきしむ音がした。どうやら核シェルターの小さなベッドで眠っていたようだ。頭上で足音を響かせ、数時間にも思えるほど長いあいだコテージを捜しまわっていた追跡者たち。その彼らが去るのをデヴィッドと待っているうちに、いつしか時間の経過がわからなくなったのだった。

もう起きても大丈夫だろうか？

いまでは新たな感覚が加わっていた。空腹感だ。どれぐらい眠っていたのだろう？

狭いベッドから足を突き出し、それを床に置こうとしたとき――。

「うわ、何だ！」小部屋いっぱいにデヴィッドの声が響いたかと思うと、彼がケイトの脚のあいだにがばりとからだを起こし、すぐに小さく丸まって床の上を転がりはじめた。

ケイトはベッドに重心を戻し、つま先で固い足場を探した――デヴィッドの上ではない場所を。左足がやっと床についたところで腰を上げ、ぶら下がった電球の紐を求めて宙に手を振った。指に触れた紐を思い切り引くと、黄色い光が小さな空間に解き放たれた。ケイトは眉をしかめて片脚立ちのまましばらく待った。そして目を開け、デヴィッドを避けて部屋の隅に移動した。彼は床の真ん中で胎児のようにじっと丸くなっていた。

どうやらそこを踏んでしまったらしい。しまった。なぜ床なんかに寝ているのだろう。

「もう中学生じゃないのよ。いっしょにベッドで寝ればよかったのに」

デヴィッドが呻き声を漏らして四つん這いになった。「騎士道精神なんて、ちっとも割に合わないな」

「私はべつに――」

「忘れよう。とにかくここを出なくては」デヴィッドはそう言って床に腰を下ろした。

「彼らはもう――？」

「いや、一時間半ぐらいまえに出ていったが、外で待ち伏せしているかもしれない」

「ここも安全じゃないようね。やっぱりいっしょに――」

「ああ、わかってる」デヴィッドは両手を上げ、呼吸が落ち着くのを待った。「ただし、ひとつだけ条件がある。交渉の余地はない」

ケイトは彼を見つめた。

「おれがこうしろと言ったら、素直に従うこと。質問も議論もなしだ」

ケイトは背筋を伸ばした。「指示に従うわ」

「ああ、この目で見てから信じよう。外に出たら、たった一秒が状況を変えてしまう。おれがひとりで逃げろと言ったら、そうしなくちゃいけない。怯えて混乱するかもしれないが、指示に従うことだけに集中しろ」

「もちろんそうするわ」本当は自信がなかった。

「いいだろう。それができれば、どちらかひとりは助かる」デヴィッドがコンクリートにはめ込まれた両開きのスティール製のドアを開けた。「それからもうひとつ」

「どうぞ」ケイトはいくぶん身構えて言った。

デヴィッドがケイトの全身を眺めまわした。「その格好はまずい。まるで路上生活者だ」そう言うと服をいくつか投げて寄こした。「ちょっと大きいだろうがな」

新しい衣装を広げてみた。はき古したブルージーンズと黒いVネックのTシャツだった。デヴィッドが灰色のセーターを投げてきた。「それも必要になる。これから向かう先は寒いからな」

「どこへ行くの？」

「道中で説明する」

ケイトはシャツを脱ぎかけ、はたと手を止めた。「いいかしら？」

デヴィッドがにやりとした。「もう中学生じゃないんだろ？」

顔を逸らし、何と言うべきか考えた。

デヴィッドが何かを思い出したようだった。「ああ、傷跡か」そう言うと素早くうしろを向き、膝を突いてクロゼットのいちばん下にある箱をごそごそやりだした。

「どうしてそれを――」

デヴィッドが拳銃一挺と銃弾数箱を取り出した。「クスリが効いていたからな」

ケイトは顔を赤くした。何を口走ったのだろう？ 何かしたのだろうか？ なぜかケイトは激しく動揺していた。必死で記憶を呼び起こそうとした。「私が何か……それとも、私たちは――」

「落ち着けよ。余計な暴力シーンを抜きにすれば、あの晩は子どもが見ても平気な場面しかなかったさ。もうお子様が見ても大丈夫か？」

ケイトはシャツを着た。「ええ、幼稚な兵士が見ても大丈夫よ」

デヴィッドは嫌味を無視することにしたようだった。彼が立ち上がって箱を差し出した――例の箱入りの食事だ。文字に目をやった。携行食《MRE》と書いてある。「腹は空いてないか？」

「あまり空いてないわ」

「好きにしろ」彼はプラスティックの蓋を剥がして金属のデスクに向かい、付属の先割れスプーンで冷えた料理を掻き込みはじめた。昨日はケイトのためにわざわざ温めてくれたようだ。

デヴィッドの背後のベッドに坐り、彼が用意してくれたテニスシューズに足を入れた。「ねえ、もう口にしたのかもしれないけど……あなたに、ありがとうと言っておきたいと……」

デヴィッドが書類をめくる手を止め、嚙んでいたものを呑み込んだ。彼は振り返りもせずに言った。「必要ない。自分の仕事をしたまでだ」

ケイトは靴紐を結んだ。自分の仕事をしたまで。どうしてその答えに……不満を感じるのだろう。

デヴィッドが書類を一枚残らずファイルに入れ、ケイトに手渡した。「子どもを拉致した連中について摑んだことは、すべてここに入っている。移動中に読み終えられるだろう」

ファイルを開いて書類に目を走らせた。五十枚はありそうだった。「どこへ移動するの？」

デヴィッドはまた何口か食事を頰張った。「一枚目を見てみろ。イマリの内部にいる情報提供者が送ってきた最新の暗号文だ。彼から連絡が来るようになってもう二週間近くになる」

三〇・八八、八一・八六
二〇一三年三月十二日、十時四十五分〇〇秒
四十四番、三三・二三・一五
電力をカットして、子どもたちを助ける

ケイトはその書類をファイルに戻した。「意味がわからないわ」

「一行目はGPSの座標。中国西部にある廃駅を指しているようだ。二行目は明らかに日時で、おそらく列車の発車時刻を示していると思う。三行目はよくわからないが、おれの予想では駅のロッカーの番号とダイヤル錠の数字だ。きっと情報提供者が何か渡そうとしているんだろう——次のメッセージか何か、こっちに必要なものを。駅に子どもたちがいるのか、手がかりがあるだけなのか、それはわからない。おれが読み間違えている可能性もある。解読法を変えれば違うメッセージが現われるのかもしれない。何しろ、これまではぜんぶパートナーに解読を任せていたからな」

「その人に相談できないの？」

最後のひと口を食べ終えると、デヴィッドはスプーンをトレイに放ってクロゼットから出したものをまとめはじめた。「無理なんだ、残念ながら」

ケイトはファイルを閉じた。「中国西部？　どうやってそこまで行くつもり？」

「いまから説明する。順を追ってな。まずは上に兵隊が残っていないか確かめるぞ。用意はいいか？」

ケイトはひとつ頷くとデヴィッドのあとについて階段を上り、指示されたとおり、彼がコテージを調べているあいだそこで待っていた。「大丈夫だ。もう立ち去ったのかもしれない。おれから離れるなよ」

二人は駆け足でコテージをあとにし、しばらく使われた形跡がない未舗装路に沿ってまばらな低木のあいだを進んだ。道路の突き当たりに円形の広場があり、そのまわりに、やはり長年放置されていたと思われる大きな青い倉庫が四つ並んでいた。デヴィッドが二つめの倉庫にケイトを連れていった。彼は塀のトタン板をめくり上げ、ケイトがやっと通り抜けられるぐらいの三角形の穴を作った。

「ここをくぐるんだ」

いやだと言いかけたが、彼から出された条件を思い出した。黙って従うこと。自分でもなぜかはわからないが、どうにか泥の地面に膝をつけずにくぐり抜けたかった。だが、うまくいかない。ケイトのジレンマを感じ取ったのか、デヴィッドがトタン板の縁をさらに引き上げて楽に通れるようにしてくれた。

ケイトのあとから入ってきたデヴィッドが、倉庫の錠を外して扉を横へ押していった。

奥に隠されていた〝お宝〟が姿を現わした。

飛行機だ――ぎりぎりそう呼んでもいいだろう。しかも、それは一風変わった飛行機だった。水上機なのだ。ケイトのイメージでは、こういうタイプはアラスカなどでちょっと離れた場所へ行くときに使われるものだった……一九五〇年代に。まさかその時代のものではないだろうが、古いことに違いはなかった。座席が四つで、両翼に大きなプロペラが二つ付いている。きっとケイトも、伝説の女性飛行士アメリア・イアハートのように手でプロペラをまわす羽目になるのだろう。もっとも、これが動けばの話だし――そもそもデヴィッドが操縦できるとすればだが。尾部から防水シートを剝がして車輪止めのブロックを蹴っているデヴィッドを眺めた。

コテージで〝質問するな〟と言われたが、訊かずにはいられなかった。「ちゃんと操縦できるのよね？」

デヴィッドがぴたりと動きを止め、何かごまかそうとしていたのがばれたとでもいうように、ゆっくり肩をすくめて振り向いた。「ああ、うん、だいたいな」

「だいたい？」

47

南大西洋上空――イマリのビジネスジェット

ドリアンが見つめる前でナオミはマティーニを飲み干し、向かいのソファにからだを横たえた。パイル織りの白いローブが落ちて激しく波打つ胸があらわになり、その波のうねりが彼女の呼吸に合わせて次第に穏やかになっていった。遊びを堪能したあとのネコといった感じだ。彼女が指先に残ったマティーニを舐め、片肘を突いて上体を起こした。「次の用意はいい？」

貪欲な女だ。ドリアンが口にする場合、それは褒めことばだった。彼は受話器を取り上げた。「もう少し待て」

ナオミは軽く頬を膨らませてソファに寝転んだ。

受話器の向こうで機内の通信士が応答した。「はい」

「中国の研究所に繋いでくれ」

「イマリ・シャンハイですか？」

「いや、新しいほうだ――チベットの。ドクタ・チェイスと話したい」

マウスをクリックする音がした。

「ドクタ・チャンですか？」

「違う、チェイスだ。原子力部門にいる」

「お待ち下さい」

ドリアンはソファに目をやり、傍らのローブを指先で引っ掻いているナオミを眺めた。いつまで我慢できるだろう。

回線の繋がる音がし、いかにも気ぜわしそうな声が応えた。「はい、チェイス」

「スローンだ。核のほうはどうなっている？」

男が咳払いをして口調を改めた。「ミスタ・スローン。はい、現在使用可能なものは五十、いや、四十九発かと」

「ぜんぶでいくつあるんだ？」

「それでぜんぶです。もっと増やしたいのですが、インドもパキスタンも――もう売ろうとしないもので」

「カネに糸目はつけない。幾らかかろうと――」

「我々も交渉しましたが、理由がなければどんな値段でも売らないと言うんです。こちらとしても、我が社の原子炉の予備燃料用というぐらいしか言い訳が見つからなくて」

「旧ソヴィエト圏の核を利用することは？」

「可能ですが、もっと時間がかかってしまいます。古いものでしょうから点検して改造する必要があるんです。それに、威力も落ちてしまうでしょう」

「わかった。こっちで手をまわしてみよう。次の積荷に備えておけ。それから改造の話だが、持ち運べるタイプの核爆弾を二発作ってもらいたい。小柄な者や……疲れている者でも、楽に運べるようにしてくれ」

「お時間を頂きますよ」

「どれぐらいだ？」ドリアンはため息をついた。こういう連中とは話が簡単に進んだためしがない。

「場合によります。重量制限は？」

「重量？　さあな、十五から二十キロぐらいだろう。いや、待て、それじゃ重すぎる。そうだな、七キロぐらいにしておこう。作れるか？」

「威力が落ちますね」

「作れるのか？」ドリアンは苛立って語気を強めた。

「はい」

「いつできる？」

科学者がため息を漏らした。「一日か、二日以内には」

「十二時間以内に完成させろ。言い訳は無用だ、ドクタ・チェイス」

長い沈黙のあと、返事があった。「わかりました」

ドリアンは通話を切った。

ナオミは待ちきれなくなったようだった。自分でもう一杯マティーニを注ぎ、期待を込めた目でドリアンの方にもボトルを傾けた。

「いまはいい」ドリアンは、仕事中はけっしてアルコールを口にしなかった。

少し考え、また受話器を取った。「もう一度チベットの研究所に繫いでくれ。ドクタ・チャンにな」

「チェイスですか？」

「チャン、アンの音で終わる方だ」

先ほどよりも早く回線が繫がった。

「チャンです、ミスタ・スローン」

「ドクタ、いまそっちへ向かっているんだが、先に準備しておいてもらいたいことがある。そこの被験者は何人いるんだ？」

「そうですね――」チャンが調べはじめた。紙をめくる音がし、キーボードがカチャカチャ鳴ったあと、彼の声が戻ってきた。「霊長類が三百八十二匹、人間が百十九人です」

「人間は百十九人しかいないのか？　もっと大勢登録されていると思ったが。数千人規模のプロジェクトのはずだろう」ドリアンは飛行機の窓に目をやった。百十九人ぶんの死体では足りないかもしれない。

「そうなんですが、その、結果が出ないもので、人間の募集を中止したんです。齧歯類や霊長類に的を絞っていました。もとに戻していったほうがいいですか？　新しい療法があるんでしょうか？」

「いや。新しい計画があるんだ。いまあるもので何とかする。人間の被験者全員に、最新の療法を施しておいてもらいたい。ドクタ・ワーナーの療法だ」

「あの療法は効果がなくて――」

「あの時点では、だろう、ドクタ。おまえの知らない情報があるんだ。おれを信用しろ」

「わかりました。準備しておきます。三日ほど頂ければ――」

「今日中にやれ、ドクタ・チャン。我々に唯一足りないものは時間だ」

「スタッフも足りませんし、設備だって――」

「何とかしろ」ドリアンは耳を澄ました。「おい、聞いてるのか？」

「聞いています、ミスタ・スローン。何とかしてみましょう」

「もうひとつ。今回は死体を焼却するな」

「ですが、それでは危険が――」

「何か安全に保管できる方法があるだろう？　そこにも隔離室があるんじゃないのか？」

ドリアンは答えを待ったが、科学者はひと言も声を発しなかった。「よし。ああ、忘れるところだった。あの二人の子どもは、どれぐらいの重さまで耐えられると思う？　ひとりあたりだ」

チャンはその質問に戸惑っているようだった。もしくは、死体を保存しろという最後の指示に動揺して悩んでいるだけかもしれないが。「はあ、重さというと、何かを――」

「担いで運ぶとしたらだ」

「はっきりとは言えませんが――」

科学者め。こいつらがおれの命取りになるかもしれない。リスクを嫌う臆病者で、時間を無駄遣いする連中。「大雑把でいいんだ、ドクタ。正確な数字は必要ない」

「そうですね、五キロから七キロというところでしょう。時間や距離にもよりますし――」

「わかった、わかった。もうすぐ着くからな。しっかり準備しておいたほうがいいぞ」ドリアンは通話を切った。

ナオミはもう彼に受話器を取るチャンスを与えなかった。マティーニの残りを飲み干してゆっくり近づいてくると、テーブルにグラスを置いてドリアンに跨《また》がった。ローブを脱いで床に落とし、ファスナーに手を伸ばしてくる。ドリアンはその手を掴んで引き下ろし、そのままナオミをソファに押し倒した。そして、背後のコールボタンを押した。

五秒後にドアを開けた客室乗務員が、その光景を目にして引き下がろうとした。

「行くな」ドリアンは命じた。「おまえも来い」

若い女はすべてを察したような顔をした。夜の寝室を抜け出すティーンエイジャーのように、彼女がそっとドアを閉めた。

ナオミがソファからからだを起こして立ち上がり、女の顔を両手で包んでキスをした。スカーフを引きほどき、白のブラウスを覆うブルーのジャケットのボタンをまさぐった。キスが終わるころには、女の上半身には何も残っていなかった。ナオミは最後の仕上げに女のスカートを押し下げた。

48

南極大陸東部――第四掘削現場〝スノーキャンプ・アルファ〟

ロバート・ハントは移動式住居のドアを閉め、無線機を手に取った。

「バウンティ、こちらスノー・キング。深度二三〇〇メートルに到達した。繰り返す、深度二三〇〇メートルに到達した。状況は同じ、氷しか出てこない」

「スノー・キング、バウンティだ。感度良好。深度二三〇〇メートル。そのまま待て」

ロバートは折り畳み式テーブルに無線を置き、薄っぺらな材質の椅子に背中をもたせかけた。この極寒地獄から抜け出せる日が待ち遠しかった。これまでにも彼は、世界中の過酷な現場で石油を掘ってきた。カナダ北部、シベリア、アラスカ、それに北極圏に臨む北海でも。だが、南極ほどきつい場所はどこにもなかった。

彼は住居を見まわした――一週間まえからのねぐらを。住居のなかも、掘削現場も、これまでの三ヵ所と何ひとつ変わらない。三メートル×五メートルの部屋、三台の簡易ベッド、大きな音を立てる巨大ヒーター、備品や食糧の入った四つのトランク、それに、無線機が載ったテーブル。冷蔵庫はなかった。ここは何かを冷やすことには苦労しない土地だからだ。

無線が息を吹き返した。「スノー・キング、こちらバウンティ。指示を伝える。ドリルを引き上げて穴を埋め、次の地点に向かえ。GPSの座標を書き留める準備ができたら、指示を復唱しろ」

ロバートは指示を繰り返して座標を書き留め、通信を終了した。一分ほどそこに坐ったまま、今回の仕事について考えた。これまでの三ヵ所の現場でも、掘削深度はすべて二三〇〇メートルで、結果も同じ、〝氷しか出ない〟だった。機材がすべて白いことも、現場がパラシュートのような白い天幕で覆われていることも共通していた。何が目的か知らないが、雇い主は空から見られることを嫌がっているようだ。

初めは、石油か貴金属でも掘るつもりなのだと思っていた。採掘現場を隠すというのはそれほど珍しい話ではない。現地へ行ってドリルを入れ、当たりだったら隠しておき、地上で追加の採掘権を手に入れるのだ。だが、そもそも南極大陸での採掘は禁止されているうえ、もっと簡単に――もっと安く――石油や天然資源を探せる土地がいくらでもある。採算という面から考えるとまったく筋が通らない。もっとも、彼らにとってはカネなどもとから問題ではないように見えるが。どこの掘削現場にもおよそ三千万ドル相当の機材が用意されていて、しかも、それを厳重に管理する様子もないのだ。ロバートにはたった二カ月間――しかも最長でだ――の掘削作業で二百万ドルが支払われることになっていた。ロバートは秘密保持契約書にサインした。つまりこういうことだ。

二百万ドルもらい、言われた場所を掘って、口は閉ざしておく。そのとおりにするつもりだった。二百万ドルあればいま抱えているトラブルから抜け出せるし、手元にも石油掘りと永遠におさらばできるぐらいの額が充分に残る。うまくいけば、最初にそんな状況を招く原因になった自分の欠点だってどうにかできるだろう。もっともそれは、南極で石油を掘り当てようとするぐらい甘い考えなのかもしれないが。

49

中国西部の山脈上空

小さな湖への着水を試みたのは、これで三回目だった。ケイトはもう我慢できなかった。

「操縦できると言わなかった？」

デヴィッドは操縦席で奮闘しつづけていた。「着陸は飛ばすのよりずっと難しいんだ」

ケイトにとっては着陸も飛ばすことのうちだったが、言い返すのはやめにして、百回目になるシートベルトの確認をした。

デヴィッドが年代物の計器の曇りを拭い、次の挑戦に向けて機体を水平に保とうとした。と、飛行機がプスプスと煙を吐くような音を立ててケイトのいる側に傾いた。「何かしたの？」

デヴィッドが計器盤を叩いた。初めは軽く、やがて力いっぱい。「燃料切れだ」

「でも、あなたの話では――」

「計器が壊れているようだ」彼が顎をしゃくった。「うしろの席へ行け」

今回はケイトも素直に言うことをきき、デヴィッドを乗り越えて後部座席へ滑り込んだ。シートベルトを締めた。着水を試せるのはこれが最後だろう。

もうひとつのエンジンが最後の煙を吐き出して息絶え、バランスを取り戻した機体が不気味な静けさのなかで滑空を始めた。

ケイトは下に目をやり、青い湖を囲んでいる深い緑の森を見渡した。カナダの大自然を見ているような美しい風景だ。だが、下界が寒いこともわかっていた。ここはインド北部か中国西部のはずなのだ。

出発してからかなり長いあいだ、レーダーにかからない低い高度を保ちながら海上を飛んできた。そして、進路のほとんどが北を向いていた——バングラデシュと思われる海抜の低いモンスーン地帯の海岸を越えるまで、ずっと太陽がケイトの右上方に昇っていたからだ。ケイトは一度も質問しなかった。したとしても、どのみちいまは亡き二基のエンジンが声を掻き消していただろうが。ここがどこだろうと、人のいない辺境の地であることは間違いなかった。もし着水時に——ほんのわずかでも——怪我を負うことがあれば、死をも覚悟しなければならないだろう。

湖が急速に近づいてきていた。デヴィッドは機体を水平にした。いや、しようと試みていた。エンジンの推力がないと明らかにコントロールが難しくなるようだ。

最期の場面が次々とケイトの脳裏に浮かんだ。もし機首から湖に落ちたらどうなるのか？　まわりは山に囲まれている。この湖はかなり深く、そして冷たいはずだ。二人は飛行機ごと水中に引きずり込まれ、冷たい淵の底から二度と生きては出られないだろう。もし水平に着水できたら？　どうやって停止させるのか。全速力で森に突っ込むにちがいない。ケイトは、針山になったブードゥー人形さながらに全身を枝で貫かれた二人の姿を想像した。燃料だって無視できない。タンクに残った気体は火花ひとつで爆発し、一瞬で二人の命を奪うだろう。

二つのフロートが不揃いに湖面を跳ね、機体が大きく左右に揺れた。どちらかのフロートが落ちるかもしれない。そうなれば、飛行機も二人もばらばらになってしまう。

ケイトは腰のベルトをきつく締めた。外すべきだろうか？　からだを真っ二つにされる可能性もある。

フロートがふたたび水面に触れ、殴られてよろめくようにまた宙に浮いた。

ケイトは身を乗り出し、なぜかとっさにデヴィッドの首に腕を巻きつけた。力いっぱいシートに彼を引き寄せ、自分のからだもシートの裏に押しつけた。そしてデヴィッドの背に顔を埋めた。何も見えなかったが、飛行機が一段と激しく揺れて湖面を削りはじめたことがわかった。床から絶えず振動が伝わってくる。震えが薄い金属の壁に広がり、何かの割れる音がしたとたん、ケイトは自分のシートに叩きつけられていた。息が止まりそうだった。目を開き、空気を吸い込んだ。飛行機が止まっている。枝が！　枝がコックピットに刺さっている。デヴィッドの頭がだらりと垂れていた。

彼に飛びつこうとしたが、腰にベルトが食い込んだ。それを無視して手を伸ばし、胸をまさぐった。枝が刺さったのだろうか？　とくに異常はないようだが。

デヴィッドがだるそうに頭を上げた。「お嬢さん、そういうことをするときは先に酒ぐらいおごるもんだ」

ケイトはシートに腰を落とし、彼の肩を小突いた。生きて着陸できてよかった。彼が無事だったこともうれしかったが、ケイトはこう言った。「こんなひどい着陸は初めてよ」

デヴィッドがちらりと振り返った。「水上に降りたことがあるのか？」

「そうね、考えてみると水上は初めてだわ」

「そうだろう、おれも水上は初めてなんだ」デヴィッドはシートベルトを外し、助手席側のドアから外へ降りた。そしてステップに足をかけ、助手席のシートをずらしてケイトも降りられるようにした。

「冗談でしょ？　いままで水上に降りたことがなかったの？　いったい何を考えてるのよ」

「冗談にきまってるだろ。しょっちゅう降りてるよ」

「それで、いつも燃料が切れるわけ？」

デヴィッドが飛行機から荷物を降ろしはじめた。「燃料？」そう言って、何かを思い出すように目を上に向けた。「ああ、あれは燃料切れじゃない。盛り上げるためにわざとエンジンを切ったんだ。ほら、きみが手を伸ばしてうしろから抱きつく、なんてドラマがあるかもしれないだろ」

「笑えるわ」ケイトは荷物をまとめていった。まるで長年二人で同じ作業を続けてきたかのようだった。ケイトはデヴィッドを眺めた。「何だか、ジャカルタにいるときより……いきいきしてるわね」何も言うまいと決めていたが、不思議に思ってつい口を開いてしまった。「つまり、これは文句じゃなくて――」

「ああ、まあ、命の危機を脱したときはいつも機嫌がよくなるんだ。それだけのことさ」彼は大きな緑の防水布を出して端をケイトに差し出した。「機体に被せるから手伝ってくれ」

ケイトは飛行機の足元にしゃがみ、デヴィッドが布を投げて広げているあいだ裾を摑んでいた。わずかな荷物の前で彼と合流し、布で覆われた機体の方を振り返った。「またこれに……ここを出るときも……」

デヴィッドが微笑んだ。「いや、あれが最後のフライトになるだろう。だいいち燃料がないからな」彼はMREを三箱手に取り、カード遊びでもするように扇形に広げてみせた。「さて、まだハンガーストライキを続けるか、それともいっしょにこのご馳走を楽しむか、選んでくれ」

ケイトは口をすぼめ、じっくり点検するように茶色の箱に顔を近づけた。「そうね……、今朝のメニューは何かしら？」

デヴィッドが箱を裏返した。「お待ち下さい、お出しできるのは――ミートローフ、ビーフストロガノフ、それに、チキン・ヌードル・スープです」

ケイトが最後に食事をとったのは昨日のことだった。午後遅く、コテージの地下の核シェルターに逃げ込む直前に食べたものだ。「そうね、それほどお腹は空いてないけど、チキン・ヌードル・スープは魅力的だわ」

デヴィッドがくるりと容器をまわして蓋を剝いだ。「かしこまりました。メインディッシュが温まるまで、少々お待ち下さい」

ケイトは足を踏み出した。「温めなくていいわ」

「ばかな、たいした手間じゃない」

飛行機を覆う防水布が頭に浮かんだ。「火を使ったりしたら、居場所がばれてしまわない？　危険じゃないかしら」

デヴィッドが首を振った。「ドクタ、たしかにいまは何かと不便な生活をしている。だが石器時代にいるわけじゃない。ネアンデルタール人みたいに石のかまどで料理したりはしないさ」そう言うと、自分のバックパックからペンライトのようなものを出してケイトの前に掲げた。彼が先端をひねると、松明《たいまつ》のような火がぽっと点いた。その火をケイトの食事の下にもっていき、前後に動かしはじめた。

ケイトは向かいにしゃがみ込み、〝チキン・スープ〟がぐつぐついいだすのを眺めていた。きっとチキンは大豆か何かの代用品で作られているのだろう。「少なくとも、動物は殺してないわね」

デヴィッドは、繊細な電子機器でも修理しているかのように火と容器から目を離さなかった。「いや、この肉はたぶん本物だ。ここ数年でずいぶん進歩したからな。アフガニスタンで食べたときは、とても人間が口にするものじゃないと思ったが。きみに言わせれば、ヒト科動物が口にするものじゃない、ってとこか」

「驚いたわ――そう、私たちはヒト科動物よ。もっと詳しく言うと、唯一生き残ったヒト族ね」

「進化の歴史を復習したんだ」デヴィッドは熱いチキン・スープをケイトに渡し、もうひとつ容器を開けて――ミートローフだ――冷たいまま食べはじめた。

ケイトも先割れスプーンでスープをかき混ぜ、試しに何口か食べてみた。不味くはない。それともこのおぞましい味に慣れてしまったのだろうか？ だとしてもかまわない。ケイトは黙ってスープを口に運びつづけた。湖は穏やかで、風に吹かれて揺れる周囲の森からは、ときおり姿の見えない獣が枝を鳴らして木々を跳びまわる音が聞こえてきた。一昨日の悲劇的な出来事さえ思い出さなければ、二人は手つかずの大自然のなかでキャンプを楽しんでいるかのようだった。実際、ケイトはそんな錯覚を起こしかけていた。デヴィッドに少し遅れてスープを飲み干すと、彼が容器を受け取って言った。「もたもたしていられない。情報提供者に指定された時間まで、あと三十分しかないんだ」自然に抱かれる安らぎと清々しさは、そうしてあっという間に消え去った。デヴィッドが重そうなバックパックを持ち上げ、空き容器を防水布の下に隠した。

山に入るとデヴィッドは軽快な足取りで先を行き、そのあとを追うケイトは、遅れないようにすることと上がった息を隠すことに必死になっていた。彼のほうがはるかに健康状態がいいようだ。ときどき足を止めて振り返るが、ケイトが横を向いて口いっぱい空気を吸い込んでいるあいだも、彼は平然と鼻で息をしていた。

三度目の小休止のときに、彼が木にもたれて言った。「まだ研究の話をする気はないんだろうが、これだけは聞かせてくれ。なぜイマリは子どもたちを連れ去ったと思う？」

「私も、ジャカルタにいるときからずっとそれを考えているわ」ケイトは腰を屈めて両手を膝に突いた。「尋問されたときにマーティンからいろいろ聞かされたけど、おかしなことばかり言っていたの」

「たとえば？」

「兵器の話をしていたわ。何でも、人間を絶滅させられる超兵器があるとか――」

デヴィッドが木を押してまっすぐ立った。「彼はほかに――」

「いいえ、詳しいことは何も言ってなかった。とほうもない妄想ばっかり。延々と、消えた都市やら遺伝学やら……それに何だったかしら？」ケイトは頭を振った。「自閉症の子どもが脅威になる、なんて話もしていたわ。彼らは次の段階に進化した人類だって」

「あり得るのか？　その進化の話だが」

「わからないわ。あるかもしれないけど。劇的と言えるような最後の進化は、脳の神経回路で起きたことがわかっているの。十万年まえの人間と五万年まえの人間のゲノムを比べても、遺伝子の変化はごくわずかだけど、その変化した遺伝子がとても大きな影響を及ぼしたのよ――主に思考の領域にね。人間は本能だけに従って動くのをやめ、言語を使い批判的思考をして、問題を解決するようになった。要するに、脳が単なる電気信号の処理センターとしてではなく、もっとコンピュータらしく働くようになったのよ。議論が分かれるところだけど、神経回路の変化はいまも起きている証拠があるわ。自閉症は基本的に神経回路の変化が引き起こすものだけど、この自閉症スペクトラム障碍、つまりASDと診断される人の割合が爆発的に増えているのよ。アメリカでは、この二十年間で五倍に増加しているわ。八十八人中ひとりが自閉症スペクトラムの症状をもつと診断されているの。診断技術が向上したことも理由のひとつでしょうけど、それでもASDが増えていることは間違いない――世界中のあらゆる国でね。とくに先進国でこの傾向が顕著だわ」

「よくわからないな。ASDと遺伝子にどんな関係があるんだ？」

「自閉症スペクトラムに含まれる症状の大半は、遺伝的要素が関係しているの。どれも脳の神経回路が通常と違うために生じる症状で、神経回路は少数の遺伝子グループによって決定されるのよ。私の研究は、この遺伝子群が脳の回路にどう影響しているか解明すること――とくに、遺伝子治療で遺伝子のスウィッチを入れたり切ったりして、患者の社会的能力や生活の質を向上させられないか調べているの。もちろん、自閉症スペクトラムの症状をもっていても、自立して人生を楽しんでいる人は山ほどいるわ。たとえばアスペルガー症候群と診断される人は、社会生活に適応するのがとても大変で、たいていは自分の興味ある分野だけに――コンピュータとかコミックとか、金融とか――強いこだわりを示すの。でも、それが足かせになるとは限らない。実際、いまの時代では専門化こそが成功の秘訣よ。《フォーブス》誌の長者番付を見るといいわ。コンピュータやバイオ技術、金融の世界で財をなした人たちを診断したら、その大半はまず間違いなく自閉症スペクトラムに含まれるでしょうね。ただ、彼らは幸運だとも言える――遺伝子の宝くじに当たったようなものなのよ。彼らの脳は複雑な問題を解けるし、そのうえ世の中で活躍するための社会性も備えているんだもの。私がしたかったのは、まさにそういうことなの。あの子たちにも、公平に人生のチャンスをあげたかったのよ」もう呼吸は落ち着いていたが、ケイトは顔を上げなかった。

「そんな言い方をするな。もう終わったみたいに。出発するぞ、あと十五分だ」

二人はまた歩きはじめた。今回はケイトも遅れずについていった。指定時刻まであと五分になったころ、木々がまばらになりはじめ、目の前に広大な駅舎が現われた。

「どう見ても廃駅ではないわね」

二人の視線の先にある駅舎には、白衣や警備員のスーツや、その他いろいろな制服を着た人間が溢れ返っていた。駅に流れ込むあの人波にデヴィッドとケイトが交じれば、さぞかし目立つと思われた。

「急いで合流するぞ、森から出てきたところを見られるとまずい」

50

中国 チベット自治区 プラン郊外──イマリ総合研究所

ドリアンはモニター越しに、研究者たちが二十名ほどの中国人被験者を部屋から連れ出すのを眺めていた。よほど負担のかかる療法なのだろう。被験者の半分は歩くのもやっとという状態だった。

その監視室には、研究施設のあらゆる場所を映したスクリーンが並ぶ壁と、頭でっかちな連中が一日中わけのわからない作業をしているコンピュータの列があった。

部屋の反対側ではナオミが壁に寄りかかり、明らかに退屈した表情を浮かべていた。彼女が服を着ているととても妙な感じがする。ドリアンは身振りで彼女を呼び寄せた。彼女には科学者の報告を聞く権限がない。

「そろそろここを出ない？」ナオミが言った。

「もう少ししたらな。施設を見学してこい。おれはまだやることがある。すぐに行くから待ってろ」

「いい子がいないか探してくるわ」

「勝手な真似はするなよ」

彼女は返事もせずにぶらぶらと部屋を出ていった。

ドリアンは不安そうな顔の科学者を振り返った。ここに到着してからずっと、ストーカー並みにドリアンを待ち伏せたり追いかけたりしているのだ。

「ドクタ・チャン」

男が前に進み出た。「はい、何でしょうか？」

「いま映っているのは何だ？」

「これは三番目のグループです。可能な限り急いで進めています、ミスタ・スローン」ドリアンが黙っていると、チャンが続けた。「あの、ドクタ・グレイもいらっしゃるのでしょうか？」

「いや。今後、このプロジェクトに関することはすべておれに相談しろ。わかったな？」

「ああ、はい。あの……話は——」

「ドクタ・グレイは新しいプロジェクトで忙しい。おまえが状況を説明してくれ」

チャンが口を開きかけた。

「手短にな」ドリアンは焦《じ》れた思いで彼を睨みつけた。

「もちろんです」チャンが両手を組み、キャンプファイアで温めるときのようにそれをこすり合わせた。「ええと、ご存じのように、このプロジェクトが始まったのは一九三〇年代ですが、本当に具体的な進展があったのはここ数年のことです――すべては遺伝学の領域、とくにゲノム配列の解読技術の面で飛躍的な進歩があったおかげです」

「ヒトゲノムの配列なら――たしか九〇年代にはわかっていただろう」

「ああ、それは無知な――いえ、言ってみれば、不正確な言い方です。人間のゲノムはひとつではありませんから。解読が始まったのが九〇年代で、ひとりめのヒトゲノム配列――ドクタ・クレイグ・ヴェンターのゲノムですね――の概要版が出版されたのが二〇〇一年二月のことなんです。ですが、我々のゲノムは完全に同一なわけではなく、ひとりひとりに違いがあります。そこが問題なんです」

「話が見えないな」

「そうですよね、すみません。プロジェクトを説明する機会などそう多くはないもので」

彼は取り繕うように笑った。「ああ、当たり前でしたね！　いえ、とくにあなたのような地位にいる方には話したことがないんです。ええと、どこから始めましょう。過去からの流れを少し説明しましょうか。一九三〇年代――そのころの研究は……過激ではありましたが、興味深い結果を残しました。方法はさておき」チャンは、ドリアンの機嫌を損ねていないかどうか探るようにそわそわと視線を動かした。「ええと、我々は何十年ものあいだ、〝ベル〟が人間にどんな害を及ぼすのか調べてきました。ご承知のように、あれはいまだに正体がはっきりしない放射線を発しますが、その影響は――」

「おれに影響の説明をする必要はない、ドクタ。あれがどんな真似をするか、おれほど知っている人間はいないんだ。おれの知らない話をしろ。簡潔にな」

チャンは下を向いた。何度か拳を握り、パンツで手の汗を拭いた。「もちろんご存じでしょう。ただ、過去の研究との違いをはっきりさせようと……そう、いまの研究ですが、遺伝学と解読法の……あの……飛躍的な進歩によって、研究の方向が一八〇度変わりました。あの装置の影響を調べるのではなく、あれから生き延びる方法を見つけることに主眼を置くようになったのです。三〇年代当時から、被験者のなかにはある程度持ち堪えられる者がいることはわかっていました。しかし、最終的には全員死んでしまうので――」視線を上げたチャンは、彼を睨みつけるドリアンの目に気づいた。ドクタは首をすくめて恐る恐る先を続けた。「あの、我々の仮説はこうです。もし、装置への抵抗力と関係がある遺伝子を取り出せれば、装置の害から身を護るための遺伝子治療を開発できるだろうと。レトロウイルスを使ってその遺伝子、つまり、我々が〝アトランティス遺伝子〟と呼ぶものを体内に導入するのです」

「では、なぜまだその遺伝子が見つかっていない？」

「数年まえはすぐに発見できると見込んでいました。ですが、どうやら完全な抵抗力をもつ人間は存在しないということがわかってきたのです。ご存じのように、我々は当初こう考えていました。人間のなかには装置にある程度まで耐えられる者が一定数いて、そのDNAは地球上に散らばっている——だから、要は世界中を飛びまわって宝探しをすればいいのだ。ですが、大規模にサンプルを集めて様々な実験を重ねるうち、次第に我々は〝アトランティス遺伝子〟など存在しないと信じるようになりました。人間のなかには存在しないのだと」

ドリアンが片手を上げると、ドクタは口を閉じてひと息ついた。もしドクタの話が事実なら、連中はこれまで信じてきたことをすべて検討し直さなければならない。そして、ドリアンの方法こそが正しいと立証されるだろう。少なくとも、最善の策ということにはなるはずだ。だが、本当だろうか？　まだいくつか問題が残っている。「あの子どもたちはなぜ生き延びたんだ？」ドリアンは訊いた。

「残念ながらわかりません。そもそも、どんな療法が使われたかさえ——」

「その話なら知ってる。おれの知らない話をしろ」

「子どもたちが受けた療法は最先端のものです。それは間違いありません。おそらく、これまでどこにもなかった革新的な方法を使ったのでしょう。もっとも、我々もいくつか仮説は立てていますが。近年、遺伝学の領域ではもうひとつ飛躍的な進歩がありました――エピジェネティクスです。ここでは、我々のゲノムは固定された設計図ではなく、いわばピアノのように捉えられています。ゲノムをピアノの鍵盤だと考えて下さい。我々はみな違う鍵盤をもっていて、鍵盤そのものは終生変わりません。生まれつきの鍵盤、すなわちゲノムをもったまま死にます。変わるのは楽譜であり、これがエピジェネティクスです。楽譜は演奏される曲――どの遺伝子が発現するか――を決定し、その遺伝子が、知能指数から髪の色にいたるまで、我々の形質を決定します。つまり、ゲノムと、遺伝子の発現を制御するシステムであるエピジェネティクス、この二つが複雑に関係しあってひとりの人間を形成するというわけです。

興味深いのは、自分のエピジェネティクスをコントロールすることで、我々自身が曲作りに関与できるという点でしょう。両親や、環境だって関与するのです。もしある遺伝子が両親や祖父母のなかで発現しているなら、自分のなかでも活性化する可能性が高いと考えられます。基本的には、自分や両親がどう行動するか、またどんな環境にいるかによって、どの遺伝子が活性化するかも決まってくるからです。そう、遺伝子は可能性を、エピジェネティクスは運命を決定するといったところでしょうか。実に驚くべき発見です。我々も、従来の遺伝学では説明のつかない問題があることは承知していました。三〇年代と四〇年代に行った双子の実験で、双子を装置にかけると、ほぼ同一のゲノムをもっているにも拘わらず片方だけが長く生き延びる例がいくつかあったのです。エピジェネティクスが鍵だったんですよ」

「それで、あの子どもたちとの関係は？」

「これは私個人の見解ですが、あの子たちは、まだ知られていない療法で何らかの新しい遺伝子を挿入されたのかもしれません。その遺伝子がほかの遺伝子群に連鎖的な影響を与え、エピジェネティクスにまで作用した可能性があります。ベルから助かるには、適切な遺伝子群をもっていて、なおかつその遺伝子群、すなわち〝アトランティス遺伝子〟のスウィッチも入っていなければならないのでしょう。そこが肝心なんです。それにしても不思議な話ですよ。この療法は、まるで突然変異を起こさせるようなものですから」

「突然変異？」

「はい。簡単に言うと、突然変異は遺伝情報の偶発的な変化で、いわば遺伝のサイコロです。ときには大当たりが出て進化上の強みを手に入れられますが、ときには……指が六本や四本になるかもしれません。しかし、この療法はベルへの抵抗力を授けるのです。いやはや、実に素晴らしい。ドクタ・ワーナーと話すことはできないでしょうか？　それができれば大いに助かる――」

「ドクタ・ワーナーのことは諦めろ」ドリアンはこめかみを揉んだ。遺伝学、エピジェネティクス、突然変異。結局はどれも同じことを言っているのだ。研究は失敗で、ベルに抵抗できるたしかな療法はなく、残された時間もない、と。「ベル・ルームには何人まで被験者を入れられる？」

「ええと、通常は一回の試験で五十人までと決めています。ですが百人ぐらいは入るでしょうし、押し込めばもう少し入るかもしれません」

ドリアンはモニターを見つめた。白衣の頭でっかちどもが次の被験者の群れを寝椅子へ追い立て、死を招く透明なビニール袋に繋ぎとめている。「時間はどれぐらいかかる？」

「そう長くはありません。どんな被験者でも、ベルの作動後、五分か十分で息絶えます」

「五分か十分」つぶやくように言うと、ドリアンは椅子にからだを沈めて考え込んだ。そして腰を上げ、ドアのほうへ足を踏み出した。「残りの被験者全員をまとめてベルにかけろ──急ぐんだ」ドクタ・チャンが反論しようと前へ出たが、ドリアンはすでにドアを抜けていた。「ああ、忘れるな、死体は焼くなよ。必要なんだ。おれは原子力部門にいるからな、ドクタ」

51

中国　チベット自治区　プラン郊外──イマリの列車内

ケイトは黙って椅子に坐り、時速百四十五キロで飛び去る緑の風景を眺めていた。向かいのデヴィッドが、ドアを閉ざしたコンパートメントの座席で身じろぎした。こんなときによく眠れるものだ。あんな寝かたをしたら首の筋を痛めるにきまってる。ケイトは身を乗り出して軽く彼の頭を押した。

たとえ神経が昂っていなくても、脚の痛みがケイトを眠らせてくれないはずだった。飛行機の〝着陸地点〟から駅までずっと、早足のデヴィッドについてきたせいだ。おまけにあのあと駅へ駆け込み、大急ぎで四十四番のロッカーを探さなければならなかった。もっとも、二人はその中身に救われたのだが。

ロッカーのなかには二組の服が入っていた。デヴィッド用の警備員の制服と、ケイト用の白衣だ。胸に留める身分証のカードも用意されていた。ケイトはドクタ・エマ・ウェストという名の、何のことかはわからないが〝ベル・第一部門、遺伝学研究課〟の研究員になった。デヴィッドはコナー・アンダーソンになったらしい。身分証の写真はどちらも別人のものだったが、どのみち地下鉄に乗るときやクレジットカードで買い物をするときのように、読み取り機に滑らせて使うだけだった。そして二人は、明らかに午前最後の便と思われる十時四十五分発の列車に乗ったのだった。

列車に乗ると、ケイトはデヴィッドの方に向き直って訊いた。

「次はどうするの？」

彼はケイトにまた前を向かせた。「話しかけるな、やつらに聞かれている可能性がある。計画に従うんだ」

それは〝計画〟などと呼べるようなものではなかった。ケイトの目標は子どもたちを見つけ出して列車に戻ること。デヴィッドは電力設備を壊し、ケイトたちに合流する。未完成とさえ呼べない状態だ。この列車を降りるまえに捕まる可能性だってあるだろう。それなのに、彼はいまこうして眠っている。

だが……昨夜はあまり寝ていないのかもしれない。遅くまで眠らず、家捜しに来た男たちが核シェルターの入口を発見しないかどうか耳を澄ましていたのだろうか。あのコンクリートの床にどれぐらい寝ていたのだろう？　そしてそのあとは、あのガタガタと震える、骨董品クラスの空飛ぶ棺桶を何時間も操縦していたのだ。ケイトはバッグから服を摑み出し、彼の顔と壁のあいだにそれを差し込んだ。

それから三十分ほど経ったころ、列車が速度を落としはじめた。見ると通路に人が並んでいた。

デヴィッドがケイトの腕を摑んだ。いつの間に起きたのだろう？　ケイトはパニックが膨らむのを感じながらデヴィッドを見つめた。

「落ち着くんだ」彼が言った。「忘れるな、きみはここで働いている。検査のために子どもたちを迎えにいくんだ。責任者から指示されてな」

「責任者って、どこの？」ケイトは声をうわずらせた。

「もし訊かれたら、上の人間にしか明かせない、と言って歩きつづけろ」

また問いを口にしようとしたが、デヴィッドがコンパートメントのドアを引き開け、前進する行列にケイトを押し込んだ。振り返ったときにはもう彼は数人うしろにいて、さらに距離を広げるために反対方向へ進んでいた。ケイトはひとりだった。覚悟を決めて前を向き、何度か唾を呑み込んだ。きっとできる。

自然な動きを心がけ、人の流れに乗って進んだ。従業員のほとんどはアジア人だったが、アメリカ人と思われるヨーロッパ人種もそれなりに交じっていた。ケイトも少数派ではあるがそれほど目を惹くことはなさそうだった。

その巨大な施設には何カ所か入口があり、それぞれの入口に列が三本できていた。ケイトは白衣の大半が集まっている入口を見つけ、流れに乗ってそちらへ近づいた。列に並び、機械にカードを通す順番を待ちながら、まわりの胸の身分証を盗み見た。〝ベル・補助部、霊長類棟〟隣の列にも目をやった。〝ベル・管理部、整備・保守課〟自分はどこだった？ベルなんとかで、遺伝学が入っていたはずだが。みるみる恐怖が湧き上がってきた。もし偽の身分証を見下ろしたりすれば、誰かが指を差して叫ぶかもしれない。「偽者だ！　捕まえろ！」まるで、遊び場にいる子どもがお漏らしした仲間を見つけて大騒ぎするように。行く手では白衣が前進を続け、ロボットのように黙々と機械にカードを通していた。駅と同じで、列の動きはここでも速い。そしていままでは、ケイトの視界にあるものが映っていた――武装した警備員六人の姿だ。そのうち三人は各列の傍らに立ち、やって来るひとりひとりの顔をじっと睨んでいた。ほかの三人はコーヒーを片手にフェンスのうしろにたむろして、給水器に集まった会社員のように冗談を飛ばし合っている。彼らの肩には、社内連絡書が詰まったメッセンジャーバッグでも担ぐように自動小銃が提げられていた。

集中しなくては。身分証だ。カードを抜き取って素早く目をやった。〝ベル・第一部門、遺伝学研究課〟とある。隣の列に四十代前半ぐらいの背の高いブロンドの男がいて、同じ部署のカードをつけていた。数人ほどうしろにいる。彼が入口を抜けるまで待ち、あとをついていったほうがいいかもしれない。

「マダム――」

こちらに言っている！

「マダム」警備員は、上端に磁気カードリーダーのある太い柱を指差していた。隣ではカードを通した者たちが足早に去っていく。

手がぶれないように力を込め、溝にカードを走らせた。ブザーが鳴り、赤いランプが点いた。

隣の列ではさらに二人がカードを滑らせていった。グリーンのランプ。ブザーは鳴らない。

警備員が首を傾げ、ケイトの方へ一歩近づいた。

ケイトの手ははっきりと震えはじめていた。さりげなく振る舞うのよ。溝にカードを入れ、今度はゆっくり滑らせた。赤いランプ。警告音。

フェンスのうしろの警備員たちが話すのをやめた。こちらを見ている。ケイトの列の警備員が同僚たちの方を振り返った。

もう一度試そうとカードを縦にしたとき、誰かに腕を摑まれた。「カードが裏返しだよ」

ケイトは顔を上げた。ブロンドの男だった。よくわからない。いま何と言った？「ここで働いてるの」ケイトは短く言い放ち、あたりを見まわした。みんなこっちを見ている。

ケイトたちは三本の列の二本を堰き止めてしまっていた。

「そう願うよ」男がケイトの手からカードを取った。「新入りだね」カードをじっくり眺めながら言った。「見かけたことがないから――あれ、この写真はきみと似てないな」

ケイトはカードをひったくった。「やめて――この写真は見ないでちょうだい。私は、その、入ったばかりなの」そう言って髪を掻き上げた。このままでは捕まってしまう、それはわかっていた。男はまだケイトを見つめている。考えなければ。「古い写真を使われたのよ。いまは……だいぶ痩せたから」

「髪も染めたみたいだな」彼が怪しむように言った。

「ええ、そう……」ケイトは息を吸い込んだ。「できれば秘密にしておいて。だって、ブロンドのほうがもてるもの」どうにか笑顔を作ったが、まったく余裕のないびくついた顔になっているだろうと思った。

男が頷いてにんまりした。「ああ、そうだよな」

背後の列で誰かが叫んだ。「おい、色男。口説きたいなら休み時間にやってくれ」列からどっと笑い声が上がった。

ケイトは小さく笑った。「どうやるの?」またカードを通した。赤、ブザー。顔を上げた。

男がケイトの手を握り、カードを裏返して滑らせた。グリーンが灯った。彼も自分の柱に戻ってカードを通した。グリーン。彼がしかめ面をした警備員六人の前をそっと通り抜けたので、ケイトもそのあとを追いかけた。

「ありがとう、ドクター──」

「プレンダーガストだ。バーナビー・プレンダーガスト」二人はまたひとつ角を曲がった。

「バーナビー・プレンダーガスト。私もね、裏返しじゃないかと思いはじめてたのよ」

「へえ、たくましい性格をしてるな」彼がケイトに目を向けた。「さっきまでカードリーダーも使えなかったのに、あっという間に強気になって」

気づいているのだろうか? ケイトは気まずそうな表情を浮かべようとした。もっとも、演技する必要などほとんどなかったが。「銃のせいで緊張しちゃったのよ」

「それじゃあ、ここはかなり居心地が悪いだろうな。たぶん白衣以外は、みんな銃をぶら下げてるぜ」彼は最後の部分だけアメリカ風の口調で言った。彼がカードを通し、病院にあるような幅の広い両開きのドアを押し開けた。「きっと森が襲いかかってくるとでも思ってるのさ」彼は鼻を鳴らし、吐き捨てるように言った。「血に飢えたアホどもめ」

肥満体の男が数人、車輪の付いた檻を押して目の前を横切っていった。ケイトは目を凝らした。どの檻にもチンパンジーが入っている。彼らが去ってふと気づくと、ケイトはひとり取り残されていた。廊下を駆け足で進み、よく覚えていないが、バーナバスだか誰だかの姿を見つけた。そちらへ駆け寄った。

彼は次のドアを開く読み取り機の前で立ち止まった。「きみはどこへ行くんだったかな、ドクタ・ウェスト？」

「まだ……教えてないわ」ケイトはぱちぱちとまばたきしてみせた。自分でもばからしいと思いながら。「あなたは……どこへ？」

「自分のウイルス研究室だ。きみはいったい誰のところで働くんだ？」彼が不思議そうな顔をした。それとも怪しんでいるのだろうか？

ケイトは動揺した。列車で考えていたよりずっと厄介だ。だが、どうなると思っていたのだろう？　まさか保育園に行くのと同じ感覚で、〝インドネシア人の子ども二人を迎えにきました〟とでも言うつもりだったのだろうか。デヴィッドがくれた助言——上の人間にしか明かせないと言え——が、安直でいい加減なものに思えてきた。きっと、ケイトの気持ちを軽くし、とにかく列車から降ろして行動させるために口にしたのだろう。だが、ケイトの頭は真っ白で、気づくと「上の人間にしか明かせないわ」と口走っていた。

バーナビーはカードを滑らせようとしていた手を止め、それを引き上げて宙に浮かせた。「何だって？」ケイトを見つめ、それから声の出どころを探すように周囲に目をやった。

全速力で逃げ出したい衝動に駆られたが、どこへ向かうべきか見当もつかなかった。まずは子どもたちの居場所を探らなければならないのだ。「自閉症の研究をするの」

バーナビーがカードをもつ手を下ろし、ケイトと向き合った。「本当か？　自閉症の研究がされてるなんて気づかなかったがな」

「ドクタ・グレイのところで」

「ドクタ・グレイ？」何か考えるようにバーナビーの目が上を向いた。「聞いたことがないが……」顔から次第に疑いの色を消しながら、彼はドアの傍らにある壁掛け式の白い電話機の方へあとずさった。そして、それに手を伸ばした。「どこへ行けばいいのか訊いてあげよう」

「だめ！」

その大声で彼の動きがぴたりと止まった。

「やめて。行き先はわかってるから。私は……二人の子どものところへ行くのよ」

彼が伸ばした腕を下げた。「ああ、それじゃあ本当だったのか。噂だけは聞いていたが、みんなぜったいに口を割らなくてな。やけに秘密めいた雰囲気なんだ」

彼はあの子たちについて何も知らないようだ。だとすると、どうなるのだろう？　とにかく、いまは時間を稼いで考える暇を作らなくては。「ええ、そうなの。ごめんなさい、私も詳しいことは話せないのよ」

「きみの言うとおり、たしかにぼくのような下っ端には明かせないことらしい」彼はそれに続けて何やら低い声でつぶやいた。どうも、〝ぼくの地位を知ってるとは思えないがな〟と言ったようだ。「だが、これだけは言わせてもらいたい。こんな場所で子どもに何をさせるつもりなんだ？　生存率はゼロパーセントだと聞いてるぞ。ゼロパーセントだ。きみはそうまでして自分の地位を守りたいのか？」

そこで初めて、ケイトに怖ろしい考えが浮かんだ。これまでそのことにまったく思い至らなかった。生存率ゼロパーセント。あの子たちは、もう死んでいるかもしれない。

「聞いてるのか？」

ケイトは声を出せなかった。凍りついたように、ただその場に立ち尽くしていた。

彼に見られたのかもしれない——目に浮かんだ恐怖の色を。彼が首を傾げた。「やっぱり、きみは何か変だ。どうもおかしい」そう言って手を伸ばし、受話器を取った。

彼に飛びついて受話器を奪った。

彼が目を見開き、〝何て真似を〟とでも言いたげな表情を浮かべた。

ケイトは周囲に目を走らせた。デヴィッドのことば――やつらに聞かれている可能性がある――が頭のなかで響いていた。もう手遅れかもしれない。受話器を戻し、バーナビーに抱きついて耳元でささやいた。「聞いて。子どもが二人ここに閉じ込められているの。危険が迫っているわ。私はその二人を助けにきたのよ」

彼がケイトを突き飛ばした。「何だって？　頭がおかしいのか？」

きっと、二日まえにトラックでデヴィッドから質問されたときのケイトも、いまの彼とまったく同じ顔をしていたのだろう。

ケイトはまたからだを寄せた。「お願い、信じてちょうだい。あなたの助けが必要なの。あの子たちを見つけないと」

彼がケイトの顔をまじまじと見つめた。何か不味いものを口にしたが吐き出せない、といった様子で唇をすぼめている。「いいか、何かの訓練中なのか、悪い遊びをしているだけなのか、よくわからないが、さっきも言ったようにぼくは子どものことなんて何も知らない。本当にいるとしてもな。噂を聞いただけなんだ」

「いるとしたらどこだと思う？」

「見当もつかない。被験者を見たことなんて一度もないからな。ぼくが出入りできるのは研究室がある場所だけだ」

「考えてみて。お願い、助けてちょうだい」

「そう言われても……たぶん、居住区棟だとは思うが」

「そこへ案内して」

彼はカードを振ってみせた。「聞いてたか？　ぼくは立ち入れないんだよ。いま言っただろう、研究室にしか出入りできないって」

ケイトは自分のカードを見下ろした。「きっと私は入れるわ」

52

警備員が見つめる前で、女は男に近づき、受話器を奪い、男にしがみついて何か耳打ちした——脅したのかもしれない。男の顔にはっきりと怯えた表情が浮かんだ。セクハラについてのセミナーを受けたばかりだが、問題視されているのは、男が女に肉体関係を強要することだった。これは当てはまらない。だが、無視することもできないだろう。警備員は受話器を取った。「ええ、第七警備室です。どうやらベル・第一部局で問題が起きたようです」

中国　チベット自治区　プラン郊外――イマリ総合研究所

デヴィッドは列に並び、警備員たちの入場手続きが進むのを待っていた。巨大な建造物だった――デヴィッドもまさかこれほどとは想像していなかった。大きな壺形の冷却塔が三基、高々とそびえ立ち、雲に向かって白くうねる煙を吐き出している。足元に並ぶ建物にのしかからんばかりの迫力だ。

どうやらここは、医療研究機関と発電所が組み合わさった複合施設のようだった。あちこちの方面から延びる線路を伝い、また列車が到着した。従業員はすべて列車で敷地の外から運ばれてくるようだ――というのも、敷地の周囲には長さ百六十キロメートルはありそうな広い立ち入り禁止区域が設けられているからだ。なぜなんだ？　莫大な費用がかかるだろうに。こんな辺鄙《へんぴ》な土地にこれだけの施設を建て、毎日列車を使って物資や従業員を運ぶとは。

「次！」

デヴィッドは顔を上げた。順番が来たようだ。カードを滑らせた。ブザーが鳴って赤いランプが点いた。目をやると、カードを裏返しにもっていた。ひっくり返してグリーンのランプを点けた。

無事に建物に入ったが、問題はここからだった。どっちへ行けばいい？　またちくりと胸が痛んだ。ケイト。きっと途方に暮れているだろう。早く自分の仕事を片付けて彼女のところへ行かなければ。

壁に構内図があった――緊急時の避難経路だ。この階には原子炉室はないようだ。実のところ、冷却塔の位置を考えればそもそもこの建物にあるはずがなかった。

人の流れに合わせてメイン通路を離れ、ロッカーが並んだ空間へ出た。大雑把に見て、警備員たちは談笑する者と銃や無線を摑んで出ていく者の二つに分かれていた。

発電所について話している警備員たちがいたので、棚から無線と銃を取って彼らのあとを追った。小さな警備棟の裏口を抜けると、狭い中庭に出た。デヴィッドは向こうの方に三つの建物があるのを見て取った。巨大な発電所、医療研究施設と思われる窓の少ないビル、それに、屋根にイマリの旗がたなびいている窓の多い小ぶりな建物――おそらくこれが本部だろう。

前を行く男たちは会話に夢中になっていた。

デヴィッドは背中のバックパックに触れた。爆薬は足りるだろうか？　たぶん足りない。ここは予想よりはるかに大きいのだ。

発電所の入口では、丸椅子に坐った肥満体の警備員が身分証と受付台の書類を突き合わせていた。彼は無言のままデヴィッドの方へソーセージのような指を広げた。

デヴィッドは身分証を渡した。念のため、列車を下りて列に並んでいるあいだに写真は爪で掻いて消していた。

「このカードは何だ?」

「うちの犬の仕業だよ」

男は小さく鼻を鳴らしてリストを調べはじめた。そのリストの文字が急に異国の言語に変わったかのように、男の顔が次第に歪みはじめた。「今日のシフト表には載ってないぞ」

「おれも、今朝電話があったときにそう言ったんだ。あんたが帰っていいと言うならそうさせてもらうよ」デヴィッドは身分証に手を伸ばした。

シフトの番人がソーセージの手を引っ込めた。「いや、ちょっと待ってろ」そう言うとまたリストに覆い被さり、耳に挟んだペンを抜いた。そして身分証とリストのあいだを何度も目で往復し、表のいちばん下に子どもっぽいブロック体で〝コナー・アンダーソン〟と書き足した。彼がデヴィッドに身分証を返し、ソーセージを振って次の男を呼んだ。

次の部屋はロビーのような空間で、デスクに着いた受付係がひとりと、お喋りをしている警備員二人がいた。警備員は通り過ぎるデヴィッドに目を向け、すぐにまたお喋りを始めた。ここにも緊急避難経路図があり、デヴィッドはそれを確かめて原子炉エリアを目指した。

ありがたいことに、デヴィッドのカードは行く先々のドアを開けてくれた。原子炉室はもう目の前だった。

「おい、止まれ」

デヴィッドは振り返った。ロビーにいた警備員のひとりだ。

「おまえは誰だ？」

「コナー・アンダーソンだ」

警備員は一瞬戸惑い、そして銃を抜いた。「おまえは別人だ。動くんじゃない」

53

バーナビーはケイトと同じぐらい怯えているようだった。おかしなことに、それがケイトに自信を与えた。首謀者としての自信だ。

だが、その手に入れたての自信も、居住区棟に続くドアの前で痩せたアジア人警備員がコミックを読んでいるのを目にしたとたん、いくらかしぼんでしまった。こちらに気づいた彼が読んでいた薄い雑誌をテーブルに放り、壁のカードリーダーに近づく二人を目で追った。

ケイトはカードを読み取らせた。グリーンのランプ。

ドアを押し開けてなかへ足を踏み入れた。バーナビーがうしろにぴったりついてきた。

「待て！　あんたもカードを通すんだ！」警備員はバーナビーを指差していた。まるで銃口でも向けられたように、バーナビーが目を見開いてあとずさった。

「カードを通せ」男が読み取り機を指した。

バーナビーは胸のカードを握り締め、機械にそれを滑らせた。赤いランプ。

警備員が立ち上がった。「身分証を」そう言ってバーナビーに手を伸ばした。

ブロンドの科学者は壁際まで後退し、手から身分証を落とした。「彼女にやらされたんだ。この女は狂ってる！」

ケイトは二人のあいだに割って入った。「いいのよ、バーナビー」身分証を拾って彼に渡した。「ちょっと仕事を手伝ってもらいたかったんだけど、もういいわ」彼の腰に手をあてて向こうへ押しやった。「気にしないで。またね、バーナビー」ケイトは警備員のもとへ戻り、身分証を掲げてからもう一度それを読み取らせた。「見えた？――グリーンよ」堂々とドアを抜け、そこで少し立ち止まった。

ドアが開く気配はない。もう大丈夫だろう。ケイトは居住区棟の奥へと足を進めた。約六メートルおきに大きなドアがあり、ドアの向こうにはほかの場所に通じる廊下があると思われた。目が届く限り、どこまでも同じ景色が続いていた。そっくりなドアと、左右対称に延びる廊下。あたりは静まり返っていた。どこか不安になるような静寂だ。

カードを滑らせて手近なドアを開け、思い切ってなかへ入った。軍の宿舎や……大学の寮を思い起こさせる眺めだった。ケイトが立っているのは広い共有スペースで、周囲には二段ベッドのある狭い部屋が六つ並んでいた。いや、やはり寮とは違う……もっと殺風景で、どちらかというと刑務所の監房といった感じだ。人の姿は見当たらなかった。住人が去ったあとなのだろう。監房はどこも乱れていた。毛布や服が床に散乱し、二段ベッドの脇の小さな洗面台には日用品が散らばっている。よほど急いで出ていったとみえる。

部屋をあとにし、しばらくまた広い廊下を進んだ。一歩踏み出すたびにケイトのテニスシューズが甲高い音を鳴らした。遠くで人の話し声がした。行ってみるべきだが、心のどこかがそれを拒んでいた。ひと気のない場所にいれば危険もないからだ。

次の〝交差点〟を曲がり、話し声のする方へ向かった。出どころがわかった。病院のナースステーションのようなものが見える。ファイルが積まれた背の高いカウンターがあり、その奥に女性が二、三人いるようだった。

違う方向から、違う音が聞こえてきた——規則的なブーツの音が無人の廊下に響き渡っている。その音が近づいてきた。ケイトは忍び足でナースステーションを目指した。彼らの声が耳に届いた。「全員使う気らしい」——「知ってる」——「おれが言ったんだろ」——「連中のやることはさっぱりわからない」——「もう薬さえ打たずに——」

ケイトははっとして振り返った。ブーツが背後に来ていた。男が六人、警備員だ。彼らが銃を抜いてケイトに駆け寄ってきた。「そこで止まれ!」

走ればナースステーションまで行けるかもしれない。警備員たちはあっという間に距離を縮め、あと六メートルのところに迫っていた。一歩足を踏み出し、もう一歩進んだ。だが、ケイトを狙う銃口はすぐそこまで来ている。

ケイトは両手を上げた。

54

デヴィッドは手を上げた。

警備員が銃を突き出して近づいてきた。「おまえはコナー・アンダーソンじゃない」

「冗談はよせ」デヴィッドは小声で言った。「銃を下ろして口を閉じろ。やつらに聞かれるだろ」

警備員が足を止めた。そして、混乱した顔で視線を下げた。「何だと?」

「あいつに代わってくれと頼まれたんだ」

「は?」

「ゆうべちょっと羽目を外しすぎてな。代わりに行ってくれないと馘になる、って泣きつかれたのさ」デヴィッドはなおも言った。

「おまえは誰なんだ？」

「あいつの友人だ。どうやらあんたのほうは、本物の同僚みたいだな」

「は？」

「それしか言えないのか？　とにかく銃をしまって、さりげなく振る舞ってくれよ」

「コナーは今日は非番だ」

「ああ、どうもそうらしいな。半分酔い潰れた頭のせいだろ。帰ったらあいつを殺してやる。わからず屋のあんたにおれが殺されなければ、だがな」デヴィッドは上にした手のひらを彼の方へ傾け、ひとつ頷いて〝どうするんだ？〟という無言のメッセージを送った。

警備員は何も答えなかった。「おい、撃たないならもう行くぞ」

男がためらいがちに銃を収めたが、顔はまったく納得していなかった。「どこへ行く？」

デヴィッドは男に近づいた。「ここから出るんだよ。どう行けば出口に近い？」

男が振り返って指を差したが、その口から声が発せられることはなかった。デヴィッドの鋭い一撃がうなじに入り、完全にのびてしまったからだ。

この先は迅速に動かなければならなかった。デヴィッドは施設の奥へと走った。問題がひとつあった。当面の危機を乗り切るため、先送りにしていた問題だ。とはいえ、いまは、どこで電力を断つか考えるのが先だった。最善策は、原子炉を直接破壊することではなかった。もし炉に近づけたとしても、遮蔽材で覆われて厳重に護られているはずなのだ。しかも三基もある。いちばんいいのは送電線を切ってしまうことだった。送電線を爆破すれば施設全体への電力供給を完全に断ち切れるし、電力貯蔵装置があっても意味がなくなる。だが、デヴィッドはこの分野に強くなかった。もし送電線が地中などの手の届かない場所にあったらどうすればいいのか。この原子炉施設を囲む、警備の厳しい建物内を通っていることだってあり得る。そもそも、どれが送電線か見てわかるだろうか。あまりに不確定要素が多すぎる……。

壁にまた構内図を見つけ、配置を確かめた。原子炉一号機、原子炉二号機、原子炉三号機、タービン、制御室、第一配線室……。配線室――ここならいけそうだ。原子炉の向かい側に位置しているし、各炉から延びるケーブルがすべてここに流れ込んでいるように見える。

構内図から離れようとしたとき、警備員が二人、角を曲がってこちらへ歩いてきた。デヴィッドは彼らに頷いてみせ、配線室へ向かった。近くなるに従い、機械が出す単調な低音と高圧電気のうなりが聞こえてきた。壁を伝って床から這い上がってくるような響きだ。床が震えているわけではなかったが、カードを読み取らせて室内に入ると、巨大な装置の律動に合わせてデヴィッドのからだも振動した。

そこは広大な空間で、同時に狭苦しくもあった。パイプや金属の電線管がありとあらゆる方向に曲がって延び、定期的にうなったり弾けるような音を立てたりしている。まるで自分が小さくなってコンピュータの回路基板に吸い込まれたかのようだった。

さらに奥へと潜り込み、太い電線管が室内に入ってくる部分に爆薬を仕掛けていった。呼び名は知らないが金属製の〝戸棚〟のようなものがいくつかあったので、そこにも仕掛けた。残りの爆薬はわずかしかなかった。これで足りるのか？　時間はどれぐらいだ？　起爆装置を五分後に設定し、戸棚のいちばん下に隠した。残りはどこに仕掛けたらいいだろう。

管《くだ》が鳴らす騒音に混じり、何か聞こえた気がした。幻聴か？　爆薬を出して細い電線管の隙間に差し入れた。しばらくそれを支え、落ちないようにそっと手を抜いた。

視界の端に彼らの姿が映った――警備員が三人、部屋のなかにいて、まっすぐこちらへ近づいてくる。さすがにこの状況では、どんな作り話も思いつかなかった。

55

六人の警備員がケイトを囲んでいた。

ひとりが無線に向かって言った。「彼女を確保しました。第二通路をうろついていました」

「どういうつもり？」ケイトは声を尖らせた。

「いっしょに来てもらおう」無線の男が言った。

警備員二人がケイトの腕を掴み、ナースステーションの声とは反対の方向へ引いていこうとした。

「待って！」

振り返ると、こちらへ駆け寄ってくる女が目に入った。二十代ぐらいの若い女だった。とても……変わった服装で、《プレイボーイ》誌のバニーガールのようにセクシーな格好をしている。かなり場違いな印象だ。

「私が連れていくわ」彼女が男たちに言った。

「あんたは誰だ？」

「ナオミよ。ミスタ・スローンのもとで働いてるの」

「そんなやつは知らないな」責任者らしき警備員がほかの男に合図した。「彼女も連行しろ」

「そんな真似をしたら、あとで後悔するわよ」ナオミが言った。「訊いてごらんなさい。

待っててあげるから。ボスに連絡して、ミスタ・スローンに繋いでくれるよう頼むのね」

警備員たちが顔を見合わせた。

ナオミが手近な無線をひったくった。「私がやるわ」そう言ってボタンを押した。「ナオミよ。ミスタ・スローンに繋いで」

「お待ち下さい」

「スローンだ」

「ナオミよ。あなたのところへ女の子を連れていきたいんだけど、警備員たちが嫌がらせをするの」

「待ってろ」そう答えると、スローンが向こうにいる誰かに言った。「ばかな部下どもに嫌がらせをやめるように言え」

違う声が無線に出た。「隊長のチャオだ。そっちは?」

ナオミが無線を返そうとすると、相手の男はまるでウィルス兵器でも差し出されたようにあとずさった。ナオミはそれを責任者に放った。「がんばって」そう言うと、ケイトの腕を摑んで小声でささやいた。「何も言わずについてきて」

ナオミは、無線の相手に謝りつづけている警備員のもとからケイトを連れ去った。

右に曲がり、今度は左へ折れて、無人の廊下に出た。ナオミがケイトからカードを借りて両開きのドアのロックを解除した。

「あなたは誰なの?」ケイトは訊いた。

「それはどうでもいいわ。私はあなたが子どもたちを助け出せるよう、手伝いにきたの」

「誰の指示で?」

「この身分証を用意した人よ」

「ありがとう」言うべきことがそれしか思いつかなかった。

女が頷いた。彼女がドアを押すと、なかからアディとスーリヤの話し声が聞こえてきた。ケイトの心臓が止まった。開いたドアの先に、その姿があった。白い壁に囲まれてテーブルに向かっている。部屋に駆け込み、膝を突いて腕を広げた。二人がものも言わずに走りだし、腕に飛び込んできてケイトを押し倒した。生きていた。きっとできる。この子たちを助けられる。そのとき、力強い手がケイトを引っぱり起こした。

「悪いけど時間がないの。急がなくちゃ」ナオミが言った。

56

警備隊長がドリアンに無線を返した。「彼女たちにはもう迷惑をおかけしませんから。申し訳ありませんでした、ミスタ・スローン。何しろ新人ばかりなもので——」

「もういい」ドリアンは原子核科学者のドクタ・チェイスの方を向いた。「続けてくれ」

「北から届いた積荷は——使えるかどうかわかりませんね」

「なぜだ？」

「ベラルーシの核はかなりいじられています。時間があれば分解して再利用できるでしょうが」

「ほかのはどうなんだ？」ドリアンは訊いた。

「ウクライナやロシアのものは問題なさそうですね。古いというだけで。中国からの積荷は新品でしたよ。ごく最近作られたものです。いったいどうやって——」

「それはいい。それで、いくつ揃った？」

「お待ち下さい」彼はプリントアウトした紙に目を落とした。「核弾頭は、合計百二十六発です。しかも大半がかなり高い威力を有しています。標的の実力を測る指標になるでしょう。もちろん不確実な——」

「ポータブル型の爆弾はどうなってる？」

「ええ、はい、そちらも準備できています」ドクタ・チェイスが部屋の反対側にいる助手に合図した。若い男がドアを出ていき、大きな銀色の卵のようなものを運んで戻ってきた。買い物かごより少し小さいぐらいのサイズだった。男は滑りやすそうな卵をどうにか両腕で抱えており、それが転がり落ちないようにと、薪を運ぶときのように背中を反らして歩いていた。テーブルに着くと卵を下ろして退がったが、卵はぐらぐら揺れてテーブルの端まで転がった。助手が飛び出してそれを押さえた。ドクタ・チェイスは両手をポケットに入れ、ドリアンに頷いて何か期待するように微笑んだ。

ドリアンは卵を睨み、その目をドクタ・チェイスに戻した。「こいつは何だ？」

科学者がポケットから手を出して一歩前に進み、卵を指差した。「これが……ご所望のポータブル・タイプです。重さは七・四キロです」彼は頭を振った。「これより軽くするのは不可能です。まあ、時間さえあればできるのですが」

ドリアンは椅子にからだを沈め、卵から科学者に視線を移動させた。

科学者が卵のもとへ行って眺めまわした。「何か問題がありますか？　もうひとつ作ってあり――」

「ポータブルだ。おれは、持ち運べる核爆弾が二発欲しいんだ」

「ええ、もちろん運べますよ。いまハーヴェイが運んできたのをご覧になったでしょう。たしかに少々かさばりますが――」

「ある程度の距離を担いで運ぶんだぞ。鬼が水切り遊びでもしそうな魔法の卵に用はない。小さくするのにどれぐらいかかる？　サイズはこう言えばわかるか、ドクタ？　小型の旅行鞄にすっぽり収まるぐらいの大きさだ」

「それは……もともとそんな話は……」彼は卵に目をやった。

「どれぐらいだ？」ドリアンは語気を強めた。

「二日ほど頂ければ――」

「ミスタ・スローン、発電所で問題が発生しました。これをご覧になって下さい」

ドリアンは椅子をまわし、警備隊長が差し出したタブレット端末に目を向けた。背後では科学者がうろうろと歩きまわってハーヴェイに愚痴をこぼしていた。「映画じゃないんだ。コードをちょん切ってリュックに押し込んで、さあエヴェレストに登ろう、なんてわけにはいかない。小さくするなら……」ドリアンは科学者を無視してタブレットの映像に集中した。男がどこかの機械室のなかを歩いていた。

「ここは？」

「原子炉の近くの第一配線室です。まだあります」警備隊長が映像を巻き戻した。

男が爆薬を仕掛けている映像だった。ふとあることに気づいた。ドリアンは画面に触れて一時停止し、男の顔を拡大した。まさか。

「この男をご存じなんですか？」

その顔を見つめながら、ドリアンはパキスタン北部のあの山村を思い出していた。村の小屋が炎に包まれ、女や子どもが逃げ惑い、男たちが燃える家の前で倒れている……そして、あの男が撃ち返してくる。ドリアンはたしかに撃ったはずだった。何発撃ち込んだかわからないほど。そうして仕事を片付けたのだ。「ああ、知っている。こいつはアンドリュー・リード、元CIAの工作員だ。やつを押さえ込むにはもっと大勢の人間が必要だ」

「射殺しますか？」

ドリアンは視線を漂わせた。無線が耳障りな音を立て、隊長が大声で指示を出した。あのリードがここにいて、電力設備を破壊しようとしている。ひとりではないはずだ。この四年のあいだ、いったいどこに隠れていたのだ？　もし死んでいなかったとすればだが。それに、なぜ電力なんだ？

警備隊長が身を乗り出してきた。「爆薬とタイマーを回収しました。発電所の外へ運び出しているところです。彼が入ってきてからの監視映像を確認しましたが、ほかには仕掛けられていないようです。現在彼を包囲していますが、射──」

「撃つな。やつはどこにいる？」ドリアンは訊いた。

隊長がタブレットを手に取り、地図上の一点を指差した。

ドリアンはその図面にあるほかの場所に触れた。「この部屋は何だ？」

「原子炉ホールのひとつです。一号機と二号機を繋ぐ、ただの通路のような部屋です」

向かい合った大きなドアを指差して訊いた。「出入り口はこの二カ所だけか？」

「はい。それに、この部屋は全面、厚さ三メートルのコンクリートで囲まれています」

「完璧だ。やつをここに追い込んでドアを封鎖しろ」ドリアンは命じた。何か見落としている気がした。警備隊長が無線を使っているあいだ、じっと考えた。子どもたち。「あの子どもたちはいまどうしている？」

隊長はその問いに面食らったようだった。「監禁室にいますが」

「見せろ」

隊長が素早く画面を叩いた。そして、愕然とした様子で顔を上げた。

「捜せ」ドリアンは言った。

隊長が無線に向かって叫んだ。しばらくして無線から雑音の混じった声が数回聞こえ、隊長が何かをタブレットに打ち込んだ。差し出されたその端末を見ると、ちょうどある映像が再生されはじめたところだった——ナオミだ。そして、彼女といっしょにケイト・ワーナーと子どもたちがいる。果たしてこれは、最悪の報せなのか、最高の報せなのか。

隊長はもう一方の手に無線を握って叫びつづけていた。

ドリアンは考えた。あの二人だけで来たのだろうか？

「即刻、彼女たちを捕まえます。いったいどうやって——」

ドリアンは振り向かずに片手を上げた。「黙ってろ」

どうするべきだ？　いずれにしろ、これは深刻な機密漏洩があったということだ。容疑者は限られている。ドリアンは連れてきた側近のひとりに合図した。「ローガン、イマリ評議会にメモを送れ。『中国の施設が襲撃された。警戒態勢を固めているが、全研究機能を破壊される可能性がある。よって、早急にトバ計画を実行に移す。進展があり次第報告する』とな。発電所の男と、子どもを連れ出そうとした女たちの映像もいっしょに送っておけ。誰かから返事があったらすぐに知らせろ」

隊長が直立して胸を反らした。「彼女たちを取り押さえました」

「ああ、よくやった」ドリアンは冷ややかに言った。

隊長が唾を呑み、今度はおずおずと口を開いた。「このあとは……」

「女二人はベルに連れていけ。準備できた被験者たちといっしょでいいが、あの二人は確実に入れるんだ。列の先頭に並ばせろ。そして、一刻も早くスウィッチを入れろ──チャンには問答無用だと言っておけ」ドリアンはふと動きを止めた。ケイト・ワーナーがベル・ルームに入る。何と甘美な裁きだろう。もはやマーティンにできることは何もない。抵抗できる者など、もうすぐひとりもいなくなるのだ。事態は計画していたよりもずっといい方向に進んでいる。ドリアンはドクタ・チェイスに合図した。「核はすべて列車に積んだか？」

「はい、ベラルーシのもの以外は。それに……ポータブル・タイプもまだ──」

「よし」ドリアンは隊長の方に向き直った。「子どもたちを核といっしょに列車に乗せて、いますぐ発車させろ」椅子をまわしてドクタ・チェイスに言った。「おまえもその列車に乗るんだ。そして、海岸へ着くまでに卵をバックパックに入るサイズにしておけ。さもないとおまえが入ることになるぞ。わかったか？」

　ドクタ・チェイスは黙って頷き、顔を背けた。

隊長が無線に耳を傾け、それを脇に下ろした。「あの工作員を第二原子炉ホールに閉じ込めました」

「わかった。ほかの列車は一本もここから出すなよ。まだ運ぶものがあるからな」ドリアンは、イマリ警備のドリアン専属部隊の副司令官であるドミトリー・コズロフのもとへ歩いていった。

「ベルが止まったら死体を列車に積んで発車させろ」ドリアンは言った。「一時保管場所を用意する必要がある。インド北部がいいだろう。空港にアクセスしやすい場所にしろ」

「ここの職員はどうしますか？」

「おれも考えているんだが」そう言うと、ドリアンはほかの職員から離れた場所にドミトリーを連れていった。「連中がいると厄介なことになる。ここから出すわけにはいかない。少なくとも、トバ計画が軌道に乗るまではな。問題がもうひとつある。ここの被験者は百十九人しかいないんだ」

　男はすぐにその意味を悟った。「死体が足りないのですね」

「必要な数にはほど遠い。この二つの問題を一度に解決する方法があるが、いろいろと難しい点もある」

ドミトリーは頷き、研究室で動きまわっている科学者たちに目をやった。「職員をベルにかけるんですね？　なるほど。それにはチャンのチームに機械を操作させなければなりませんね……同僚を相手に。可能ですが、少々荒れた雰囲気になるかもしれません。それに、ここには警備員が百人はいます。たとえ訓練と称して一カ所に集めておいても、大人しくしているとは思えません」

「何が必要だ？」

「五十から六十名ほどの応援部隊が要るでしょう。イマリ警備かクロックタワーの武装工作員なら理想的です。現在、イマリ警備はクロックタワーのニューデリー支局を浄化しています。手の空いている工作員を集められるかもしれません」

「そうしてくれ」そう言うと、ドリアンは歩きだした。

「どちらへ？」

「イマリの内部にリードに協力しているやつがいる。そいつを突き止めるんだ」

57

ケイトは大声で叫んだ。警備員が彼女の手から子どもたちを奪い取り、彼女を床に押さえつけた。ケイトは相手の顔を引っ掻いて脚をばたつかせた。もう二度と手放すわけにはいかない。戦わなければ。

「いや、列車に連れていけ」警備員のひとりが言った。少年たちは逃げようともがいていた。

子どもたちに手を伸ばしたが、男に腕を押さえつけられた。ほかの男が走り寄ってきた直後、ケイトの目が顔に迫ってくるライフルの台尻を捉えた。

室内は暗くて混み合っていた。あらゆる方向から人がもたれかかってくる。肘で左右を押してみたが、反応する者はひとりもいなかった——まるで立ったまま死んでいるようだ。これほどすし詰めになっていなければ、きっと倒れているだろう。

ケイトの頭上から何かを叩くような低い音が響いてきた。巨大な金属の機械が天井から下りてくる。上部のライトが点滅を始め、低く響く音とシンクロした。その響きがケイトの胸や周囲のゾンビのからだを震わせていた。

あの子たちもここにいるのだろうか？　ケイトはあたりを見まわした。目に入るのは寝ぼけたような虚ろな顔ばかりだった。そのとき、ナオミの姿を発見した。ケイトを救ってくれた凜々しい女が、いまは恐怖の表情を浮かべている。

頭上の低い響きが轟音に変わり、ライトが強烈な光を放った。ケイトは自分を取り巻くからだが熱くなっていくことに気づいた。手を上げて顔の汗を拭おうとしたが、その手はすでに濡れていた。ドロドロして粘り気のあるものに覆われている——べったりと血がついているのだ。

58

原子炉ホールのコンクリートの扉が大きな音を立てて閉まった。巨大な原子炉のうなりに混じり、デヴィッドの耳にもその音がかろうじて聞こえてきた。デヴィッドは部屋の奥へと進み、自分の〝最後の抵抗〟の舞台を見渡した。ケイトはきっと逃げられるだろう。銃から弾倉を引き出した。弾は二発だ。一発は残しておくべきだろうか？　ケイトは危険な自白剤を打たれた。やつらは何をするかわからない連中なのだ。自分は重要な情報を握っている。私心を捨てるなら死を選ぶべきだろうが、ほかの思いもある。いや、いまはそんなことを考えるのはやめよう。いざとなればやるだけだ。

部屋を歩いてまわった——塔のようにそびえる二本の原子炉を繋いでいる空間だった。あちこちに金属製の足場が組まれた、天井の高い体育館のような部屋だ。上から見ると砂時計のような形をしているだろう。長方形に近いが中央付近にくびれがあり、そこに厚いコンクリートで覆われた原子炉の壁が食い込んでいるのだ。出入り口は二カ所で、上下にスライドするコンクリートの扉が部屋の正面と奥にある。扉を囲む滑らかな高い壁にはいくつも穴が空いていて、金属製の電線管や銀色のパイプがその穴を通っている。数本だが青や赤のパイプもあり、まるで扉が口で、その上の灰色の額に怒張した血管が浮いているようにも見えた。

「やあ、アンドリュー」スピーカーから声が響き渡った。緊急時に使用するスピーカーだろう。その声には聞き覚えがあった。クロックタワー時代よりまえに聞いたはずだが、声の主は思い出せなかった。

時間を稼ぐ必要があった。それしかケイトを助ける方法がないからだ。「もうその名前は使っていない」両側の原子炉がまたうなりを上げた。この騒音のなかで、〝声〟はデヴィッドの返事を聞き取れるのだろうか。

あれからどれぐらい経っただろう？　そろそろ爆発するころだ。電力供給を断ち切ればデヴィッドの運命は確定するが、ケイトの役には立つはずだ。

「女は捕まえた。爆弾も発見したぞ。あまり独創的とは言えないな。おまえはもっとできるやつだと思っていた」

デヴィッドは周囲に目を走らせた。でたらめだろうか？　なぜわざわざおれに教える？　何かできることはないか。原子炉を撃つ？　何て間抜けな考えだ――分厚いコンクリートだぞ。電線管を適当に撃ったらどうだろう？　期待はできない。天井は？　無意味だ。

声はデヴィッドの反応をうかがっているようだった。もっと質問すべきことがあるはずなのに。おそらく嘘をついているのだ。ケイトは列車で待っているのかもしれない。きっと彼女は捕まっていない。「何が望みだ？」デヴィッドは叫んだ。

「誰の指示で来た？」声が響いた。

「彼女を解放しろ。そうすれば教えてやる」

声が笑った。「いいとも、交渉成立だ」

「それは何より。ここへ下りてきてくれ、詳しく教えてやる。似顔絵だって描くぞ。彼のメール・アドレスだって知ってる」

「そこへ行かなきゃ教えないと言うなら、おまえとの会話は終わりだ。こっちは忙しい身だからな。くだらないやり取りをしてる暇はないんだ」

原子炉のうなりがさらに大きくなった。こんなに音がするものなのか？

声が続けた。「おまえに選択肢はない、アンドリュー。わかっているはずだ。それでもおまえは粘ろうとする。問題はそこさ――そこがおまえの弱点だ。勝ち目のない挑戦が大好きなんだ。誰かを救出するというファンタジィがおまえのなかで膨らむんだろう。パキスタンの村人だろうと、ジャカルタの子どもだろうと、おまえはいつだって救いたがる。なぜだかわかるか？　彼らに感情移入するからだよ。おまえは自分自身も犠牲者だと感じているのさ——それがおまえの内面だ。おまえは、自分にひどいことをした相手に仕返しができればそれで満たされると考えている。だがそうじゃない。終わりが来るだけだ。おまえも気づいているだろう。おれの声をよく聞け、正体はわかるな。約束は守る。あの女は苦しまずに死なせてやろう、約束だ。これ以上いい選択肢はない。さあ、誰なのか教えろ。これが最後のチャンスだぞ」

教科書どおりの尋問法だ。相手を潰して自分の優位を確立し、口を割るしか道がないと思い込ませる。とはいえ、この状況ではたしかにほかの道などなかった。その気になれば、彼らは催涙弾を投げ込んでデヴィッドをガス責めにすることも、数人がかりで襲撃することもできるのだ。選択肢はない。だが、マイクに向かって話しているのが誰なのかはわかった。ドリアン・スローンだ。彼はパキスタンやアフガニスタンでイマリの野戦指揮官をしていた。スローンならいまごろこの地域一帯でイマリ警備の指揮を執っていても不思議はない。早く気づくべきだった。冷酷で有能で……うぬぼれの強い男。そこを利用できるだろうか？　いまできる最善の選択は、とにかく何かが起きる可能性に賭けて時間を稼ぐことだ。もしスローンの話が嘘なら、ケイトを遠くまで逃がすこともできる。

「まいったな、スローン、就く仕事を間違えたんじゃないか？　その見事な精神分析……驚いたよ。おまえのことばで自分の人生を見つめ直しちまった。もう少し時間をかけて、おまえが指摘してくれた点を掘り下げてみてもいいか？　つまり——」

「時間を無駄にするのはやめろ、アンドリュー。そんな真似をしたって、おまえにも彼女にも意味はない。原子炉が賑やかになってきただろう？　その音はな、いままさにケイトを殺している装置に電力を送り込んでいる音なんだ。もうおまえしか残っていないのさ。クロックタワーも数時間まえに陥落した。わかったら、さっさと誰なのか――」

「だとしたら、時間を無駄にしているのはおまえのほうだ。おれから話すことは何もない」デヴィッドは意を決して銃を放り投げた。銃が勢いよく扉の方まで滑っていった。「おれとの会話を終わらせたいんだろ。だったらここへ下りてきてどうにかしてみろ。おれは丸腰だ。おまえにも勝ち目はあるかもしれないぞ」デヴィッドは砂時計形の部屋の真ん中に立ち、二つの扉を交互に見た。どちらが先に開くだろう……チャンスはあるだろうか。

原子炉がさらに激しく咆え、そこから熱まで伝わってきた。何かの異常ではないだろうか？　背後でコンクリートの扉が揺れ、床に掘られた深さ六十センチの溝から浮き上がりはじめた。銃があるのは反対側の扉だ。

上がっている扉を目指して走りだした。残り十二メートル。九メートル。残された手はひとつだった――隙間から滑り出て接近戦に持ち込み、それから包囲網の突破を試みるのだ。あと六メートル。

隙間をくぐってスローンが現われた。銃を握った右手を突き出している。彼は立て続けに三発撃った。一発目の弾がデヴィッドの肩に命中し、一瞬にして突き倒されたデヴィッドはコンクリートの床に大の字になった。血を塗り広げながら転がって立ち上がろうとしたが、目の前に立つスローンがデヴィッドの脚を蹴り払った。

「この場所を誰から聞いた？」

彼の声は原子炉の咆哮に掻き消されそうだった。肩がずきずきと脈打っていた。傷とは違う感覚だった――からだの一部が吹き飛ばされたかのようだ。もはや左腕にも何も感じなかった。

スローンがデヴィッドの左脚に銃口を向けた。「せめて見苦しい最期だけは避けたいだろ、アンドリュー。教えればすぐに終わらせてやる」

デヴィッドは懸命に頭を働かせた。〝時間を稼ぐんだ〟「名前は知らない」

スローンが脚に銃口を近づけた。

「だが――IPアドレスなら知ってる。それで連絡をとっていたんだ」

スローンがからだを退き、何か考え込んだ。

デヴィッドは息を吸い込んだ。「左のポケットに入ってる。取ってくれ」そう言うと、身振りで動かない腕を示した。

スローンが身を屈め、引き金を引いてデヴィッドの脚に銃弾を撃ち込んだ。

デヴィッドは激痛に悲鳴を上げてのたうちまわった。スローンがデヴィッドのまわりを一周した。「いいか、おれに嘘をつくな」

デヴィッドが何も答えずにいると、スローンがブーツを上げてデヴィッドの額を思い切り踏みつけた。頭蓋骨がコンクリートの床に打ちつけられ、無数の点がまぶたに浮かんだ。気が遠くなりかけていた。そのとき、頭上の原子炉の音が変わった。違う種類のうなりを上げている。スローンがそちらを見上げた。と、いきなりサイレンが鳴り響き、直後に起きた爆発がコンクリートや金属の破片を飛ばして部屋を揺さぶった。パイプや壁から噴き出したガスが瞬く間にあたりを埋めていく。反対側の扉が開いて人影がなだれ込んできた。

デヴィッドは寝返りを打って腹ばいになり、残った手脚で撃たれた手脚を引きずりながら前へ進んだ。痛みに押し潰されそうだった。一度止まり、唾を呑んで息を吸い込んだ。また一メートルほど這った。床を覆う塵や埃を吸い込まないよう注意した。脚と肩の穴に入り込んでいることはわかっていたが、そんなことよりいまは逃げるのが先だった。スローンが煙を払って走りまわるのが見えた。

また爆発があった。

ほかの原子炉だろうか？

煙が一段と濃くなり、いまでは完全に視界を遮っていた。

話し声がした。近くはない。「避難して下さい。問題が発生――」

「わかった。その銃を寄こせ」

銃弾があらゆる方向に飛びはじめた。四方の壁にも、床の上にも。デヴィッドは固まっていた。床に頭をつけ、耳をそばだて、何かのサインを待つようにじっとしていた。床から十数センチの視界のなかに次々と死体が落ちてきた。スローンの部下たちが、どうにかデヴィッドにもう一発撃ち込もうとするスローンの凶弾に倒れていった。

「もう逃げなくては――」

「わかった!」

周囲を走るたくさんの足音が聞こえた。無事なほうの腕でからだを起こそうとしたが、だめだった。力が入らないし、寒いのだ。自分の息が床に積もった白い塵を吹いていた。呼吸をするたびに白い粉が転がっていく。デヴィッドのまわりで白色がゆっくりと赤色に侵蝕されていた。何かを連想させる眺めだった。想像か、記憶か、何だろう? 髭剃りだ。髭剃りで切った傷の血が白いティッシュに染み込んでいく様子に似ている。サイレンが鳴り響くなか、デヴィッドは赤色が白を呑み込みながら自分の顔に近づいてくるのを眺めていた。

59

初めは、部屋に詰め込まれた群衆が倒れだしたのだと思った。だが、やがてケイトは彼らが溶けているのだということに気づいた。怖ろしいことに、足元からだんだんと崩れていくのだ。点滅するライトが室内を照らし、轟音が響くたびに死を運ぶ潮流のようなうねりが広がっていくのが見えた。

しかし、その轟音にいまは変化が現われていた。点滅する光も次第に弱くなり、眩しくて見られないというほどではなくなっていた。ケイトは機械に目を向けた——何かの装置が天井から吊るされている。ベルのような形で、上部に窓がある巨大なポーンのようにも見える。目を細めると、何かが……垂れていることがわかった。鉄のしずくが落ち、真下にいる不運な人々を溶けた死の毛布で覆っているのだ。

倒れる者はまだいたが、室内には生存者の姿もちらほらあった——死刑執行のくじに当たるのを待つかのように戸惑った表情を浮かべる者、走りだして隅に向かう者。ドアを叩く者も三、四人いる。

ケイトは下を向き、意識が戻ってから初めて自分のからだに目をやった。血まみれだったが、それはケイトのものではなかった。頭の痛みをべつにすれば、どこにも異常はない。まわりの人を助けなくては。膝を突いて足元の男を調べた——彼の残った部分と言うべきだろうか。見たところ、血液の膨張が原因だと思われた。膨らんだ血液が内側から血管を破り、全身に起きた大量出血が皮膚を裂いて目や爪からも血を押し出したのだ。

ベルにまた変化があった。ライトがにわかに明るくなり、これまで以上に眩しい光を放ちはじめた。ケイトは額に手をかざしてライトから顔を背けた。前方にナオミの姿があった。ドアのところまで死体を掻き分けて進んだようだ。ケイトは這うようにしてそちらへ向かった。

轟音はすでに単調な低い響きに変わり、いつまでも尾を引く弔いの鐘のような音が鳴っていた。鉄が引き延ばされている音だろうか？

ケイトはうつ伏せのナオミをひっくり返し、顔にかかる髪を払った。死んでいた。きれいな顔をしている。頭部までは血が達しなかったのだろう。

まわりに人が群がってきていた――生きている者たちだ。出口に集まり、叫び声を上げてドアを叩いている。立ち上がろうとしたが無理だった。詰めかけた人々がケイトの頭上で腕を伸ばしたりドアを押したりしているからだ。

その爆発はケイトの鼓膜を震わせ、人々をなぎ倒した。半ダースほどの人間がケイトにのしかかってきた。必死で空気を吸おうとしたが、何も入ってこなかった。彼らに押し潰されて呼吸ができなかったのだ。手を突き出して身をよじり、頭をうしろに移動させた。雨が降っていた。違う――細かな瓦礫が降っている。そして次の瞬間、大量の水が一気に流れ込んできた。ケイトのからだが自由になって浮き上がり、ケイトを乗せた巨大な高波が死の部屋の崩れた壁を越えていった。

勢いよく息を吸い込んだ。呼吸をするたびに痛みが走ったが、その痛みに安堵してもいた。そのときケイトは二つのことを考えていた。

〝私は生きている〟

〝きっとデヴィッドが助けてくれたのだ〟

60

ドリアン・スローンはヘリコプターのヘッドセットをつけるようドクタ・チャンに合図した。

眼下ではまた爆発が起きて施設が揺れ、その衝撃でヘリも震えてわずかに傾いた。チャンがヘッドフォンで耳を覆った瞬間、ドリアンは口を開いた。「いったい何が起きたんだ？」

「ベルです。何か問題があったようで」

「何か仕掛けられたのか？」

「いえ、たぶん違うと思います。すべて正常でしたから。電力も、放射線出力も。それなのに……異常が起きたようです」

「ばかな」

「ですが、ベルの仕組みはいまだに完全にはわかっていないんです。それに、ご存じのようにあれはとても古く、十万年以上もまえのものです。おまけに八十年近くのあいだ休みなく使ってきましたから——」

「いまは保証期間の話をしてるわけじゃない、ドクタ。原因を解明してもらわねば——」

ほかの者が割り込んできた。「施設から電話が入っています。警備隊長からで、緊急の用件だそうです」

ドリアンはヘッドセットをむしり取って衛星電話を手にした。「何だ？」

「ミスタ・スローン、もうひとつ問題が発生しました」

「いちいち名前を呼ぶな。それに、〝もうひとつ〟なんて付けなくていい。問題がいくつもあることはわかりきっているんだ。さっさと用件を言え。おれの時間を無駄にするな」

「ああ、ええ、すみません——」

「何だ？　早く言え！」

「ベル・ルームです。爆発しました。放射線が漏れ出した可能性があります」

ドリアンは素早く頭を働かせた。もし死体が——あるいは放射線が——ベル・ルームから出てしまったとしても、トバ計画を守ることはできる。地上の連中に計画の必要性を認めさせればいいだけだ。

「もしもし?」警備隊長がためらいがちに言った。「手順に従って隔離措置をとろうと思います。承認さえ頂ければ――」

「だめだ。隔離するつもりは――」

「ですが、私が受けた指令は――」

「変わったんだ。状況に合わせてな。我が社の職員を救うんだ、隊長。人員をすべて使って全職員を列車に乗せ、施設から避難させろ。死体も乗せるんだぞ。家族には埋葬する権利があるからな」

「しかし、そんなことをすれば各地に――」

「おまえは全員を列車に乗せることだけ考えればいいんだ。あとのことはおれに任せろ。いろいろとおまえの知らない要素があるんだよ。最後の列車が出たら連絡しろ。イマリは家族だからな。誰ひとり置き去りにはしない。わかったか?」

「わかりました。ただのひとりも置き――」

ドリアンは通話を切ってヘッドセットを頭に戻した。そして、向かいの席にいるイマリ警備の工作員、ドミトリー・コズロフに顔を向けた。「チェイスは核や子どもたちと出発したのか?」

「はい、海岸に向かっています」

「よし」ドリアンはしばし考え込んだ。ベルの死体はまだ手に入る――これはいいニュースだ。だが、施設での爆発は注目を集めてしまうだろう。もし世間にあそこがどういう場所かを知られたら……。五千年に及ぶ彼らの活動や、その間ずっと守られてきた秘密がすべて台無しになる。そしてイマリも終わってしまう。「アフガニスタンからドローンを飛ばせ。最後の列車が出たらすぐにあの施設を爆破するんだ」

61

彼らは人形か何かのようにデヴィッドを持ち上げて運んでいった。そこは戦場だった。サイレンが鳴り渡り、白い粉塵が雪のように宙を舞い、炎が黒煙を吐き出し、中国語の叫び声が飛び交っている。デヴィッドはうっすらと目を開け、すべてが夢のようにも思えるその風景を眺めていた。

スピーカーが繰り返し録音の音声を流していた。「炉心損傷、避難して下さい、避難し《イヴァキ》て下さい《ユエイト》、避難して下さい《イヴァキユエ》、避難して下さい《エヴァクイレン》——」その声が遠くなり、顔に日差しを感じた。彼らはデヴィッドを揺らしながらでこぼこの地面の上を進んだ。

「待て！　ちょっと見せろ」男がデヴィッドの顔を覗き込んでいた。白衣を着ている。ブロンドで四十歳前後。イギリス人だ。彼がデヴィッドの顔を掴んでまぶたを押し上げ、全身に目をやって傷を確かめた。「だめだな、これは助からない」そう言うと地面を指差し、手で首を切る仕草をした。「下ろせ。次を運んでこい」男が建物の方へ顎をしゃくった。中国人従業員たちが傷んだジャガイモの袋でも捨てるようにデヴィッドを下へ落とし、その建物に走って引き返した。

デヴィッドは地面に転がったまま、男がべつの作業員グループのもとへ駆け寄るのを眺めていた。そのグループも瓦礫の下から引っぱり出した人間を運んでいた。男はざっと目を走らせて言った。「うん、彼女は助かるだろう」彼が列車を指差すと、作業員たちはその女をさらに六メートルほど運び、車両にいる作業員たちの方へ放って引き上げさせた。

白衣の男がまたべつのグループに顔を向けた。「備品？ 列車に積め。急げよ」

列車。六メートル先に自由がある。だが、デヴィッドはそこから動くことができなかった。

62

ケイトが着いたのはちょうど客車が動きだしたときだった。走って追いかけたが、目眩《めまい》がしはじめたころには脚もずきずきと焼けるように痛み、列車との距離はアメフト競技場の半分ほどにまで広がっていた。

足を止め、膝に両手を突いて息を荒らげるケイトを残し、列車のリズミカルな走行音が広大な緑の森に消えていった。

あの子たちはあの列車に乗っている。どこかはわからないが、ケイトのなかのある部分がそれを確信していた。手の届かないところへ行ってしまった。そして、どうしていいのかもわからない。あの装置、この場所。その瞬間、ケイトは底知れない敗北感に襲われた。あたりに目をやった。ほかに列車は見当たらなかった。来るときの列車は一時間近くもひたすら深い森のなかを走っていた。ケイトが歩いて抜けられるとは思えないし、問題はほかにもあった。冷えてきているのだ。避難できる場所が必要だったが、たとえこの近辺に隠れたところで、そういつまでもイマリの警備員に見つからずにいられるとは思えなかった。

ふとあることに気づいた。デヴィッド。私を捜しているだろうか？　彼は見事にあの施設を爆破した。もしかしたら、ケイトもいると考えてあの列車に乗ったのかもしれない。いまごろ子どもたちと坐るケイトの姿を捜し、車両をすべて見てまわっているのだろうか？　いないと気づいたら彼はどうするだろう？　ケイトは、もしイマリに捕まったら自分がどうなるのかわかっていた。

燃えているイマリの施設に目を向けた。それしか道はなかった。

列車の警笛が聞こえた。ケイトははっとして振り返り、出どころを探した。どっちで鳴った？　また首をまわし、懸命に方角を突き止めようとした。敷地の反対側にちがいない。ケイトは走りだした。冷気とベル・ルームの影響で肺が焼けつくように痛かった。医療研究所のビルまで来たとき、ふたたび警笛が鳴った。顔を下に向けて混乱状態のビルのなかを突っ切った。裏口は狭い中庭に通じており、その先に発電所があった。ここがいちばんダメージを受けたようだ。崩れかけて煙を上げている。壺のような形をした巨大な煙突があったが、そのうち二本は完全に倒れていた。列車がまた警笛を鳴らした――この建物の向こう側だ。ケイトはすべての力を振り絞って走った。発電所でふたたび爆発が起き、爆風が大気を揺らしてケイトのからだを押し倒そうとした。足を踏ん張り、前へ進んだ。

発電所の横を通り抜けた瞬間、それが目に入った――貨物車だ。作業員たちがスライド式の扉の奥に箱や人間を運び入れ、すべての貨車に積荷を載せられるよう、列車がゆっくり前進を続けている。

発電所の惨状を目にしたときから、ケイトの頭には新たな考えが浮かんでいた。もしデヴィッドがここから脱出していないとしたら？　まだ建物内にいる可能性がある。あるいは、この列車に。ケイトは貨車に横たわっている人々を見渡した。このなかにデヴィッドがいるかもしれない。列車が出てしまうまえに貨車を調べ、見つからなければ発電所に向かわなければ。彼を置き去りにするつもりはない。

背後で聞き覚えのある声がした。あのイギリス人のドクタだ。たしか、バーナビー・プレンダーガストといったか。

彼に駆け寄った。「バーナビー、ここに――」だが彼は負傷者に気をとられていた。ケイトを無視し、近くにいる中国人の警備員たちに何か叫んだ。彼の湿った白衣の襟を摑んでこちらを向かせた。「バーナビー、人を捜してるの。警備員の服装で、ブロンドの三十代――」

「おまえ！」バーナビーが身を退こうとしたが、ケイトは手を離さなかった。彼がケイトの格好に目を留めた。怪我をしている様子もないのに、服にたっぷりと血が染み込んだその姿に。彼はじりじりとあとずさり、ケイトの手から逃れようとした。「おまえがやったんだろ！」彼は警備員のひとりに手を振った。「助けてくれ！この女は偽者だ、テロリストだ、こいつが犯人なんだ。誰か！」

人々が作業の手を止めて振り向いた。数人の警備員がケイトの方へ近寄ってきた。

ケイトはバーナビーを放して周囲を見まわした。「嘘よ！私はそんなこと」だが、警備員は足を止めなかった。逃げなくては。出口を求めてプラットホームに目を走らせた――。

デヴィッドがいた。その場に横たわり、目を閉じたまま、身動きひとつしない。瓦礫だらけのコンクリートのプラットホームの上で、彼のからだが不自然に傾いていた。あんなところで、ひとりで息を引き取ろうとしている。いや、もうすでに？

彼のもとへ駆け寄って傷を調べた。撃たれている。しかも、肩と脚の二ヵ所を。何があったのだろう？　傷はかなりひどかったが、それ以上に気になる点があった——もうほとんど出血していないのだ。ひんやりとしたものが背筋を伝い、みぞおちのあたりが重くなった。

それでも手を止めるわけにはいかなかった。素早く残りの部分を観察した。衣服がぼろぼろで、脚にも上半身にもいやというほど焦げ痕や金属片で切れた痕があったが、銃創以外に大きな傷はなかった。となると、まずは——。

肩を摑まれた。警備員だった。もう二人やって来て、ぜんぶで三人の警備員に取り囲まれた。デヴィッドを目にした瞬間から、それ以外のことはすべてケイトの頭から抜けてしまっていたのだ。彼らがケイトの両腕を摑んで立ち上がらせた。バーナビーが彼らのうしろにいて、指を差しながら群衆を煽っていた。「おれは止めようとしたんだ！」

身をよじって警備員の手から逃れようとすると、さらにきつく腕を引かれた。ケイトの手は、警備員の腰の、銃のところにあった。もぎ取ろうとしたが何かに引っかかった。もう一度力まかせにねじると、パチンという音がした。ケイトは銃を手にした。が、彼らは相変わらずがっちりとケイトを挟み込んでいた。そして、三人がかりでケイトを地面に引きずり倒そうとした。ケイトは銃口を宙に向け、引き金を引いた。銃が手から飛び出しそうになったが、男たちも一斉に飛び退いた。バーナビーなどは一目散にその場を離れ、一度怯えた目をこちらに向けてから頭を抱えるようにして走り去った。

ケイトは銃を突き出して左右に振り向け、手を上げている男たちをさらに後退させた。激しく震える手をもう一方の手で支えた。ちらりと背後に目をやった。列車だ——もうすぐすべての車両が通過してしまう。先ほどまでプラットホームに残っていた人々も、すでに最後の三両となった貨車に逃げ込んでいた。

「彼を列車に乗せて」警備員たちに命じた。彼らはまだ退がりつづけていた。ケイトは銃口をデヴィッドに向け、次にそれを列車の方に振った。「乗せて！　早く！」デヴィッドから少し離れて彼らに場所を空けた。警備員たちがデヴィッドを持ち上げて貨車まで運び、扉からすぐのところに彼を置いた。そちらに銃を向けながら、ケイトは下に転がっている医療品を掻き集めた。きっと怯えた作業員が落としていったのだ。何が必要だろう？　抗生物質、消毒して傷口を閉じるためのもの。助けられないかもしれないが、たとえ自己満足のためでも試したかった。

また爆発が施設を揺さぶり、それに続いて警備員の無線から中国語の怒鳴り声が聞こえてきた。ここで起きていることを考えれば、いまは医療品を盗もうとしている頭のおかしい女にかまっている暇はない——彼らはそう判断したにちがいなかった。気づけばケイトは、たったひとり取り残されていた。

背後の列車が徐々に速度を上げてホームを去ろうとしていた。腰に銃を挿そうとしたが、ふと気づいて手を止めた。これは撃鉄を起こした状態だろうか？ ハンマーが退がっている。自分の脚を吹き飛ばしてしまうかもしれない。そっと銃を下に置き、医療品をめいっぱい抱えて列車に駆け寄った。箱が二、三箱転がり落ちたが、気にせず走りつづけた。かろうじて列車と同じ速度を保っていた。医療品を放り込むと、そのうちいくつかが貨車の端にあたって跳ね返った。扉のハンドルを摑んで地面を蹴り、脚を宙に残したまま腹から着地した。そして残りの部分も引き込み、プラットホームが去って発電所も視界から消えてなくなるのを見届けた。

デヴィッドのもとへ這っていった。「デヴィッド？ 聞こえる？ すぐによくなるわ」

ケイトは腕を伸ばし、医療品の小さな山をより分けていった。

63

振り返ったデヴィッドは恐怖におののいた。ビルが崩れ落ち、コンクリートや塵や金属の破片が彼を呑み込んだ。のしかかる瓦礫が彼を押し潰し、傷口をさらにえぐった。塵や煤煙を吸い込みながら、近くや遠くで上がる悲鳴を聞いた。彼は待った。どれぐらい待っていたのかはわからない。気づくと彼らがいて、デヴィッドを引いていた。

「もう大丈夫だぞ。無理に動かなくていい」

FDNY。彼らがデヴィッドを掘り出し、そこから引き上げてくれたのだ。彼らはストレッチャーをもってくるよう叫び、デヴィッドをベルトで固定し、足場の悪い地面を進んでいった。日差しがデヴィッドの顔に降り注いだ。

医師がまぶたを押し上げて光をあて、やがて何かをデヴィッドの脚に巻きつけた。

「聞こえる?」彼女はまた少し脚に何かをし、顔のところへ戻ってきた。「脚が潰れているし、背中に大きな裂傷もあるわね。でも、すぐによくなるわ。わかった?」

ケイトはデヴィッドの脚と肩の傷口を縛ったが、あまり意味はなかった——止血するほど血が出ていないからだ。彼のからだはすでに冷たくなりはじめていた。

きっと貨車の戸口から冷たい風が吹き込んでいるせいだ、ケイトは自分にそう言い聞かせた。列車はスピードを上げ、いまでは来たときの列車よりも速く走っていた。日が傾いて気温が下がりはじめていた。立ち上がって金属の扉を閉めようとしたが、この速度では無理だった。

また床にしゃがみ込み、なるべく扉から離そうとデヴィッドの腕を掴んで隅まで引いていった。抗生物質は打ったし、傷口も可能な限りきれいにして塞いであった。できることはもう何もなかった。壁に寄りかかり、デヴィッドを膝に引き上げて彼のからだに両脚を巻きつけた。少しでも温めるためだった。デヴィッドのぐったりとした頭がケイトの腹に乗り、ケイトはその短い髪を手で梳《す》いた。デヴィッドは冷たくなる一方だった。

64

ヘリコプターの窓の向こうで、太陽がチベットの高原に沈もうとしていた。ドリアンは眼下に広がる緑の森のなかに施設を探した。いまやそれは、灰色と白が混じった一本の煙でしかなかった。大自然のなかで燃えているキャンプファイアのようだ。

「最後の列車が出ました」ドミトリーが言った。

「ドローンは?」ドリアンは窓外の煙の柱を見つめつづけた。

「あと三十分で到着します」ドリアンが何も答えずにいると、その男が続けた。「次は何を?」

「列車をすべて停車させろ。死体も含めて、乗っている人間のリストを作るんだ。こちらの作業員にはしっかり防護服を着せろよ」

65

ケイトは外の闇を見つめていた。うしろに飛び去っていく木々の先端で細い月の光が小さくきらめいていた。いや、飛び去っていたと言うべきか。列車の速度が落ちはじめていた。外には森が広がっているだけだというのに。

デヴィッドの頭を滑らせて膝から下ろし、扉のところへ行った。身を乗り出して列車の進行方向に目をやり、次に後方へ視線を向けた。二人がいるのは最後尾の車両で、うしろの線路には何もなかった。戻ろうとして扉に背を向けたとたん、それが目に入った――反対側の扉の外にもう一本線路があり、そこに列車が停まっているのだ。夜に溶け込むように暗くひっそりとうずくまっていて、うっかりすると見落としてしまいそうだった。それに、まだ何かある――列車の屋根にいくつか黒い人影が立っている。何を待っているのだろう？

列車が停まり、ほぼそれと同時に天井からブーツの着地する音が響いてきた。ケイトは貨車の暗がりまであとずさった。と、次の瞬間には兵士たちが鉄棒をまわる体操選手のような身のこなしで戸口から飛び込んできた。素早く車内に散り、ライトでケイトの顔や貨車の四隅を照らした。そして列車のあいだにワイアを張り、強度を試すようにそれを引いた。

ひとりの男がケイトを捕まえ、ワイアに装置を留めて戸口から隣の列車へ滑り下りた。ケイトは振り返った。デヴィッド！　だが、彼らはデヴィッドも運んでいた。すぐあとに続いている男が、眠った子どもを抱くようにして片腕にデヴィッドを抱えていた。

ケイトを捕まえた男が彼女を食堂車へ連れていき、ブース席に押し込んだ。「ここで待て」中国語訛りの英語でそう言うと、彼は背を向けて去っていった。

違う男がデヴィッドを運んできてソファに下ろした。ケイトはデヴィッドに飛びついた。悪くなってはいないようだが、だからと言ってよろこべるわけでもなかった。残された時間はあまりないだろう。

兵士が閉めかけているドアに駆け寄り、それを摑んで彼を止めた。「助けてほしいの」彼はケイトを見つめ、またドアを閉めようとした。

「待って！　病院に行かなくちゃ。医療品が必要なの。血液よ」彼はことばを理解しているだろうか？　「治療の道具」必死でそう言いながら、ものでつたえられないかとあたりを見まわした。

彼がケイトの胸を押して車内に戻し、ドアを閉めた。ケイトはデヴィッドのもとへ戻った。肩と脚に撃ち込まれた銃弾はどちらも貫通している。傷口は可能な限り塞いだ。適切な消毒が必要だが、いまの段階でいちばん危険なのは感染症ではなかった。彼には輸血が必要なのだ——いますぐに。ケイトの血を与えることはできる。ケイトの血液型はO型RHマイナスなので、どの血液型のドナーにもなれるのだ。もし彼に輸血さえできれば……。

列車がいきなり揺れてケイトは床に転がった。動きだすようだ。起き上がるころには、列車は息を吐き出して喘ぐように前進を始め、次第にその速度を上げていった。窓に目を向けても先ほどまで乗っていた貨物車は見えなかった。どうやら反対の方向へケイトたちを運ぶつもりらしい。彼らは何者だろう？ ケイトはその疑問を頭から追い払った。いま大事なのはデヴィッドを助けることだけだ。

周囲に目をやった。使えるものが何かあるかもしれない。その食堂車は長さ十二メートルほどで、大半がブース席で埋まっていたが、いちばん奥はカウンターになっていた。ジュースのディスペンサーやグラスや、酒が置いてある。きっとストローも——。

ドアがまた開き、先ほどとは違う兵士が加速する列車の動きによろめきながら入ってきた。彼は赤い十字が側面に描かれたオリーヴ色のケースを床に置いた。

ケイトはすぐにケースに駆け寄った。

手が届いたころには、兵士は食堂車を出てドアを閉めていた。蓋を開けてケースをあさった。中身を目にしたとたん、胸に安堵が広がった。

十五分後、一本のチューブがケイトの腕からデヴィッドの腕に伸びていた。ケイトは拳を緩めてまた握った。血が流れていく。お腹が空いていたし、眠かった。だが、いまはデヴィッドのためにできることがある。それだけでケイトは満足だった。

66

ケイトは鐘の音で目を覚ました。小さなベッドが置かれたアルコーヴの上に大きな窓があり、音はそこから流れてきている。山から吹くひんやりとした清らかな風が、白いリネンのベッドカバーを顔のそばまでめくり上げた。

布に触れようと手を上げたが、痛みを感じてすぐに引っ込めた。肘の内側にひどいあざができていた。そこに溜まった濃い紫と黒が、前腕へ広がって二の腕にも延びている。

デヴィッド。

室内を見渡した。おそらく修行部屋か何かだと思われた。縦にも横にも長いその部屋は、素朴な木の床と白い漆喰の壁でできており、三メートルおきに木の梁《はり》が架かっていた。

列車を降りたときのことはよく覚えていなかった。深夜遅くのことだった。男たちがケイトを運んで果てしなく続く階段を上り、山奥の要塞に入っていった。いや、いまになって思い出すと……寺院か、修道院のような場所だった。

ベッドから出ようと寝返りを打ち、そこでぎょっとなった。部屋のなかで何か動いたかと思うと、人影が床から立ち上がったのだ。目に留まらないぐらいじっと動かずそこに坐っていたようだ。近くまで来た彼を見て、十代の若者だということがわかった。まるで十代のダライ・ラマという印象だった。厚い緋色のローブを肩から斜めにかけ、長く垂れた裾の下から革のサンダルを覗かせている。髪も剃っていた。彼が微笑み、いきいきとした声で話しかけてきた。「おはようございます、ドクタ・ワーナー」

ケイトは床に足を下ろした。「ごめんなさい、ちょっとびっくりしちゃって」頭がふらついた。

彼が片腕を斜め下に伸ばし、深々とお辞儀した。「驚かせるつもりはありませんでした、マダム。私はミロと言います。あなたのお世話を致します」彼は一語一語、注意深く発音した。

「ああ、ええ、ありがとう」ケイトは頭を働かせようと髪を撫でつけた。「いっしょに来た男性がいるでしょう」

「はい、ミスタ・リードですね」

リード？

ミロがゆっくりとベッドのそばのテーブルに近づいた。「私は、あなたを彼のもとへ案内するために来たのです」彼は両手で大きな陶器の鉢を持ち上げ、ケイトのもとへ戻ってきて顔の前にそれを差し出した。「でも、まずは朝食を！」ミロが眉を上げて言った。

ケイトはその鉢を脇へ押しやったが、立ち上がったとたんに目がまわり、またベッドに倒れ込んでしまった。

「朝食を食べればドクタ・ワーナーは元気が出ます」ミロが微笑んでふたたび鉢を差し出した。

ケイトは顔を寄せ、そこに入っている濃い粥状のものの匂いを嗅ぎ、スプーンを手にして恐る恐る試してみた。美味しかった。もっとも、よほど飢えているか、あの携行食がそれだけ不味かったということかもしれないが。あっという間に鉢を空っぽにし、手の甲で口を拭った。ミロがテーブルに鉢を戻してケイトにハンカチーフのような厚手の布を渡した。ケイトはばつの悪い思いで小さく笑い、改めて口元を拭った。

「さあ、彼に会わせて――」

「ミスタ・リードですね。もちろんです。こちらへ」ケイトを連れて部屋から出ると、ミロはあちこちの建物に通じている長い渡り廊下を進んでいった。

目の覚めるような風景だった。はるか地平線まで緑の高原が広がり、視界を遮るものといえば、ところどころに横たわる雪を被った山脈だけだった。眼下の高原には村が点在し、そこから煙が立ちのぼってくる。遠くの山々の中腹に点が見えていた。雪の斜面にすっぽり埋まるようにして、あちこちに寺院が建っているのだ。

立ち止まって心ゆくまで眺めたい誘惑に駆られた。ミロは歩調を緩めてケイトが追いつくのを待っていた。

またひとつ角を曲がった。すぐ下に、足元の山や麓の村を見渡せる広い正方形のウッドデッキがあった。髪を剃って緋色のローブをまとった人々が二、三十人ほど集まり、そこであぐらを組んでじっと遠方を見つめている。

ミロがケイトの方を振り返った。「朝の瞑想です。参加したいですか？」

「いいえ、今日はやめておくわ」ケイトはつぶやくように答え、その光景から何とか目を引き剝がした。

ミロに案内された部屋に、デヴィッドが横たわっていた。ケイトが目覚めたのと同じようなアルコーヴにいる。彼に駆け寄り、傍らに膝を突いて素早く診察した。意識はあるが朦朧としているようだった。抗生物質――感染症の進行を防ぐにはもっとそれが必要だ。このまま放っておけば間違いなく死んでしまうだろう。いずれは銃創も消毒して本格的に塞がなければならないが。

とにかく、まずは緊急の問題からだ。抗生物質はあの貨車に置いてきてしまった。〝置いてきた〟と言っても、拉致されたのだから仕方ない。それとも、あれは救出だったのだろうか？　いまのところはすべてが謎に満ちている。